CB019534

Surfistas, Beijos e um Pé de Pato

Carolina Cequini

Surfistas, Beijos e um Pé de Pato

Editora Atheneu Cultura

EDITORA ATHENEU

São Paulo	– Rua Jesuíno Pascoal, 30
	Tel.: (11) 2858-8750
	Fax: (11) 2858-8766
	E-mail: atheneu@atheneu.com.br
Rio de Janeiro	– Rua Bambina, 74
	Tel.: (21) 3094-1295
	Fax: (21) 3094-1284
	E-mail: atheneu@atheneu.com.br
Belo Horizonte	– Rua Domingos Vieira, 319 – Conj. 1.104

PRODUÇÃO EDITORIAL: REDB STYLE

DIAGRAMAÇÃO: ADIELSON ANSELME

REVISÃO: CRISTINA LOUREIRO DE SÁ

CAPA: CAROLINA CEQUINI

Dados Internacionais de Catalogação na Publicação (CIP)
(Câmara Brasileira do Livro, SP, Brasil)

Cequini, Carolina
    Surfistas, beijos e um pé de pato/Carolina Cequini. – São Paulo: Editora Atheneu
Cultura, 2015.
      296 p. : il.

    ISBN 978-85-388-0627-1

    1. Ficção brasileira I. Título.

15-01907
CDD-869.93

Índice para catálogo sistemático:
1. Ficção: Literatura brasileira
869.93

Surfistas, Beijos e um Pé de Pato. CEQUINI, C.

©*Direitos reservados à EDITORA ATHENEU — São Paulo, Rio de Janeiro, Belo Horizonte, 2015.*

*Aos meus pais, que sempre apoiaram minha
paixão pela leitura e acreditam no meu
sonho de publicar esta história.*

Prefácio

Quem nunca teve aquela paixonite crônica na escola que deixava a gente animada até quando tinha que acordar às 6 da manhã? Quem nunca pagou um mico tão épico que desejou comprar uma passagem só de ida para Saturno? Quem nunca sonhou em ter uma linda cauda de sereia como a princesa Ariel e sair nadando como se não houvesse amanhã? Em *Surfistas, Beijos e um Pé de Pato* você verá que esses e outros sonhos se tornarão realidade... e alguns pesadelos também!

Celine Marr é como toda adolescente carioca: gosta de ir à praia, sair com os amigos, assistir a maratonas de comédias românticas na TV e não é muito fã dos enormes deveres de casa do Ensino Médio. Mas, ao descobrir seu pé de pato encantado, ela passa a ter que equilibrar tudo isso com sua nova vida de sereia, em que peixinhos passeiam pela janela do quarto, vozes angelicais cantam em seu ouvido e há palácios escondidos logo abaixo das ilhas do Rio de Janeiro. E você que achava que não havia nada por lá!

Fiquei muito feliz por ter sido convidada para escrever este prefácio. Afinal, fui uma das leitoras-beta da Carol dos tempos de escola! Ok, pode não ter sido há tanto tempo assim, mas lembro como se fosse ontem das duas sonhadoras garotas de 14 anos viciadas em mangás (quadrinhos japoneses), chocolate e Zac Efron que escreviam *fanfics*. Trocávamos nossas histórias entre nós e vivíamos puxando setinhas com comentários do tipo: "Não acredito que esse personagem fez isso!", ou "Que fofos esses dois! Quero que se casem e tenham 30 filhos!". Bem, hoje ainda somos viciadas em mangás, chocolate e Zac Efron, mas agora estamos aqui, cada uma com seu "filho"!

Surfistas, Beijos e um Pé de Pato é uma história leve, divertida e que tenho orgulho de ter visto sair do papel (literalmente) e chegar até aqui. Se pudesse dizer algo àquela escritora-mirim de 5 anos atrás, diria: Continue correndo atrás desse sonho, um dia você vai longe! E para a Carol, o céu – ahh... Na verdade o oceano, nesse caso – é o limite!

Este livro é para aqueles que, como eu e Carol, carregam a magia da adolescência dentro deles. Aqueles que ainda possuem um deslumbre por novas experiências, procuram superar suas inseguranças (que todo mundo tem, vamos admitir!) e têm amigos que os ajudam a não levar a vida tão a sério. E você, leitor, vai descobrir que tem mais em comum com uma sereia do que jamais imaginou! Achava que a vida delas era apenas nadar, cantar e ter sempre o cabelo perfeito? Está muito, muito enganado! Então pegue seus pés de pato, a toalha e o protetor solar, porque está prestes a mergulhar fundo nesta deliciosa aventura!

Giulia Paim
autora do livro *Boston Boys*
(www.giuliapaim.com.br)

Sumário

1	Ninguém merece!	1
2	Começando as férias com o pé esquerdo	12
3	Ok, isso foi estranho	19
4	Milagres acontecem! Viva!	25
5	Pensamentos felizes nos levam para baixo	32
6	Vou às compras debaixo d'água	38
7	Atenção até demais	47
8	Bombons curam mais que remédios	52
9	Caudas de peixe, vozes angelicais	57
10	Awkward moment is awkward	67
11	Tudo o que é bom dura pouco	74
12	Sereianos não são nada amigáveis	85
13	Em apuros	90
14	Tribunal do Mar	96

Surfistas, Beijos e um Pé de Pato

15	Por essa eu não esperava	103
16	Uma boa ducha lava qualquer tristeza	110
17	Vou precisar de babá	116
18	Undine, Rainha do Mar	124
19	De volta ao mundo real	135
20	Taikun	143
21	Entendendo-me com meu guarda-costas	156
22	Desvendando mitos	163
23	Boas ou más notícias?	176
24	Atlântida	184
25	S.O.S., animal perdido!	192
26	Um bebê gigante	199
27	Valeu mesmo, São Pedro	204
28	Meu sonho se torna realidade	208
29	Hot and cold	214
30	Quem avisa amigo é	221
31	Hora da festa	228
32	Pesadelo	237
33	Briga!	242
34	Rios de lágrimas	246
35	Fim do luto	256
36	Se beber, não marque um encontro	264
37	Sob controle	270
38	O temível encontro	274
39	Essa não	280

Carolina Cequini

Surfistas, Beijos

e um

Pé de Pato

1
Ninguém merece!

Sem brincadeira, acho que devia estar fazendo uns 40ºC na sombra. Porcaria de aquecimento global! Estamos em julho. Supostamente, deveria ser inverno.

Mas tudo bem, eu prefiro o calor. Tem muito mais a cara do Rio, odeio ver a cidade cinzenta e nublada. E depois de amanhã entramos de férias, o que significa que eu vou poder ir à praia esse final de semana, antes da frente fria realmente chegar.

Era *nisso* que eu estava pensando na escola, enquanto fazia alguns exercícios de química olhando o solzão que estava lá fora. Eram umas paradas de dipolo-dipolo, Van der Waals e sei lá mais o que... Eu vou ser sincera: sabe quando eu vou usar isso na vida além do vestibular? Nunca. A não ser que eu queira ser engenheira química, mas quem em sã consciência escolhe uma carreira dessas? Quer dizer, a não ser que curta bombas atômicas ou algo do tipo, o que não é o meu caso.

Em vez de fazer os exercícios, comecei a rabiscar no canto da folha do caderno, como sempre fazia quando estava entediada nas aulas. E pode acreditar, isso acontece com frequência.

– Celine!

Eu me virei pra ver quem estava me chamando.

— O que foi, Dani? – perguntei para a minha amiga, Daniela, que estava sentada na minha diagonal. Ela fez sinal para eu ir até ela. Fui de fininho, sem a professora ver – Ai, o que foi? A gente tem que fazer os exercícios!

— Ah, tá. Até parece que você está *tentando* fazer os seus. Senta aqui no meu colo pra gente conversar! Eu *odeio* sentar aqui atrás sozinha.

— Então não chegue atrasada – falei.

— A culpa não foi minha! Foi do meu despertador, que não tocou!

— Ai, isso já aconteceu comigo! No dia daquela prova de...

— Celine, o que você está fazendo aí? – fui interrompida de repente, levando um susto. Era a professora de química.

— Ah! Eu só vim pegar uma canetinha colorida emprestada! Demorei porque estava meio indecisa! – inventando uma desculpa, peguei qualquer caneta e voltei pro meu lugar, enquanto todo mundo da sala me olhava, inclusive a professora, de cara feia.

Poxa! Eu não era a única que estava conversando! Ok, talvez ninguém estivesse sendo tão descarado como eu...

Bem, não tem jeito. Acho melhor terminar logo isso pra não levar dever de casa.

Usando a canetinha verde que peguei da mesa da Dani, escrevi a data no meu caderno. Não tinha nem anotado as páginas do dever quando um papel dobrado voou até minha mesa.

Ei, o que vc vai fazer esse fim de semana?

Revirei os olhos.

Vc REALMENTE não quer que eu faça o dever, não é?

Ah, já que vc não tem nenhum plano, quer vir aqui em casa?
Tô pensando em chamar as meninas para ver um filme,
que tal? Eu faço aquela torta mousse de limão, se vc quiser

Ei, chantagem não vale!! rsrs

Carolina Cequini

A Dani é *ótima* na cozinha. Minha mãe vive pegando no meu pé por causa disso, porque eu não sei nem fritar um ovo. Não que ela possa falar alguma coisa. Quer dizer, *eu* pelo menos não queimo até picoca de micro-ondas.

Pode ser!! Eu vou falar com os meus pais!

Então começamos a conversar mandando bilhetinhos e, quando dei por mim, a aula já tinha acabado. Olhei para o meu caderno intacto.

Droga. Mais dever de casa acumulado. Por que eu não aprendo *nunca*?

Arrumei depressa as minhas coisas para não perder o ônibus, me esforçando para conseguir carregar todos os livros sem deixá-los cair.

Não demorou muito e cheguei em casa, que não é muito longe da escola. Moro na cobertura de um prédio atrás do Canal de Marapendi, na Barra. É um apartamento bem grande, para só três pessoas. E eu e meus pais mal ficamos em casa: eles são médicos e eu tenho uma rotina meio agitada. Para não ficar sozinha, geralmente vou para a casa das minhas amigas ou da minha tia, irmã do meu pai, que mora em frente à praia.

Ah, bom, tem o Jacob, o meu Border Collie, mas ele também não fica muito em casa. Ele passa muito mais tempo com a minha tia. Só não mora lá de vez porque ela ainda finge que não gosta de cachorros.

– Mãe! Pai! – gritei da porta da sala assim que entrei no apartamento. Eu já ia falar logo com eles sobre o final de semana na casa da Dani para não ter problema depois. Só que ninguém respondeu.

Estranho. Eu jurava que eles tinham dito que não iam trabalhar hoje.

– *Hello-ou?* Alguém? Mãe?

– Aqui no quarto, filha! – ouvi-a gritar.

Subi as pequenas escadas do nosso apartamento dúplex e entrei no quarto dos meus pais.

– Mas o quê... ?! – eu me assustei.

O quarto estava uma bagunça, roupa por todo lado, duas malas gigantes em cima da cama, com meu pai e minha mãe andando pra lá e pra cá.

– Ahn... O que estão fazendo? – perguntei.

– Vamos para a Itália! – exclamou mamãe, sorridente.

– O quê?! – eu não acreditei de início. Devia ser alguma pegadinha.

Surfistas, Beijos e um Pé de Pato

Papai me olhou enquanto pegava um par de sapatos e enfiava na mala. Parecia estar falando bem sério.

— É isso aí, filha – disse ele – Fomos convidados em cima da hora para um congresso com tudo pago, e ficaremos mais uns dias para aproveitar as férias e descansar!

Eu sorri. Estava começando a gostar da ideia. Mas mamãe parou o que estava fazendo e deu uma cotovelada nele.

— Marcos! – repreendeu ela – Fale menos e arrume mais rápido as suas coisas! O voo é daqui a duas horas!

— Daqui a duas horas?! – perguntei, aflita. E as minhas roupas? E a minha mala?? Não ia dar tempo! Mas então eu olhei a cara que minha mãe fez e tive a impressão de que não estava incluída no passeio.

— Seu pai não conseguiu outra passagem e diária de hotel a tempo, querida. Sinto muito, as coisas aconteceram muito em cima da hora.

— O quê?! Vocês vão me deixar aqui sozinha? Eu também quero ir para a Itália!

— E você ainda tem tempo de sobra na vida para fazer isso. Vamos lá a trabalho, e depois eu e seu pai merecemos um tempo de descanso

— Eu também mereço um tempo de descanso! Esse primeiro semestre no Ensino Médio não foi nada fácil!

— Celine, não grite – papai me repreendeu – Podemos fazer uma viagem de final de ano todos juntos, mas agora não tem como você ir.

Engoli o choro. Apesar da raiva, sabia que não adiantaria agir feito uma criancinha mimada agora.

— Promete mesmo? Olha que eu vou cobrar, hein?

Mamãe sorriu e me abraçou, dizendo que no final do ano eu poderia até escolher o destino. Isso me acalmou, porque eu sempre quis conhecer Nova York e agora tinha a minha chance! E, quem sabe com a casa só pra mim eu não poderia dar uma social digna de filmes americanos...

— Mas não se preocupe, você não vai ficar sozinha aqui em casa – mamãe falava enquanto guardava as gravatas do papai – Vai ficar na casa da sua tia.

— Na casa da tia Luisa?! Ah não, mãe! – reclamei. Lá se foram meus planos! Meu pai piscou, surpreso.

— Eu pensei que você gostasse de ficar lá. Já combinei tudo com a minha irmã.

Carolina Cequini

– Eu gosto de ficar lá durante, sei lá, uma tarde ou outra no meio da semana, mas não uma semana inteira! Lá só tem internet discada! Você tem noção de como essa coisa é lerda?

– Ah, serão duas semanas – disse minha mãe, voltando a ficar sorridente.

– *Duas* semanas?! – gritei, indignada.

– Passam rápido, Cel – disse meu pai – E não se esqueça de levar Jacob com você.

Pensei em protestar mais, mas de que adiantaria? Realmente não teria como eu ficar aqui em casa sozinha durante as férias inteiras.

Fui cabisbaixa até o meu quarto.

Duas semanas. Duas semanas *inteirinhas*. Comecei a arrumar minha mala também, pois minha tia passaria aqui em casa para buscá-la amanhã enquanto eu estivesse na escola.

Pulei na cama com tudo e abracei minhas almofadas coloridas e meus bichinhos de pelúcia. Eu gostava principalmente de bichinhos de animais marinhos, como focas, golfinhos, peixes e cavalos-marinhos. Abracei o meu preferido, o Linguado da Ariel, que eu comprei quando fui a Disney uns 4 anos atrás.

Argh! Essas férias vão ser muuuuuito monótonas!, pensei, irritada.

Como estava enganada.

Cheguei na escola no dia seguinte com um mau humor daqueles. Ironicamente, mais da metade da sala estava superalegre, os alunos unidos num grupinho no canto da sala, algumas garotas dando gritinhos histéricos. Uma dessas era a Daniela.

– O que aconteceu? – perguntei, com a curiosidade substituindo o mau humor – O professor de física pediu demissão?

– Não, muito melhor! – Dani respondeu, dando pulinhos de alegria.

– O que foi então?! – agora eu estava curiosa *de verdade*. Acho que esse era um dos meus problemas. Curiosidade excessiva.

– A Bruna convidou a gente para passar quase a semana inteira no Ocean Star, como parte do presente de aniversário dela!

– Ah... – foi o que eu consegui dizer.

Argh! Bruna, a riquinha metida do colégio. O pai dela é dono da rede de hotéis de luxo Ocean Star. Como ela não é muito conhecida pela sua generosidade, aposto que estava fazendo isso para receber presentes melhores dos amigos.

Só estou sendo realista.

— Por que ela fez isso? Não faz o tipo dela – argumentei. Só eu e a Dani sabíamos como ela é realmente, ou seja, uma vaca total.

— E o que isso importa? Ela vai convidar o Rafael também, então é *lógico* que eu estou dentro!

— Ai, esperava mais de você...

— Mas não sou só eu não! Pode perguntar para as garotas convidadas, todas elas vão! Bom, não só garotas. Ela convidou também o Rafael, o Murilo, o Pedro, o Rodrigo, o Ricardo, o Gabriel e...

— Espera um segundo! – eu a interrompi – Ela convidou o GABRIEL?

— Sim, por quê? Ah... – ela logo entendeu.

Gabriel é o garoto mais gato da escola. É do segundo ano. Faz o estilo esportista, acho que ele sabe desde esquiar até surfar, passando por todos os esportes que tem direito. Não é lá muito inteligente, mas sua aparência compensa *com certeza*. Fomos amigos há, tipo, uns seis anos, no Fundamental. Agora acho que ele já nem lembra mais de mim. Todas as meninas do colégio inteiro já gostaram ou ainda gostam dele. E, embora eu deteste admitir, sou uma delas.

— Quem mais ela convidou? Das garotas? – eu perguntei, o coração acelerado.

— Er... Eu não sei, ela só me chamou e disse que o Rafael ia, então eu aceitei sem nem pensar duas vezes.

Essa Bruna era esperta.

— Acho que ela só mencionou esses outros nomes de que te falei. Por que não pergunta pra ela se você pode ir também? – disse Dani.

— Ficou doida? Desde quando eu sou assim tão cara de pau? Vai você e pergunta sobre o resto dos convidados como quem não quer nada! – falei, empurrando-a em direção àquele monte de gente.

Vi Daniela se enfiar no meio da multidão na nossa sala, que ficava cada vez maior, com direito a pessoas de outras turmas e tudo o mais. Ela voltou pouco tempo depois, meio sem graça. Ela me olhou nos olhos e eu entendi na hora.

Carolina Cequini

Eu praticamente já esperava aquela resposta. Eu *não* estava convidada. O que, pra falar a verdade, era meio óbvio. Eu odeio essa garota. E ela me odeia. Quase todas as meninas do Ensino Médio sabem disso. *Então por que eu estava tão chateada?*

Quando no final da aula minha tia chegou para me buscar, eu estava muito deprimida.

– E aí, Cel? Animada com as férias? – perguntou ela, irritantemente feliz.

– Não – falei, olhando a janela enquanto estávamos paradas no trânsito.

– Iiiiih, por que está tão triste?

Não sei, tia, pensei, irônica.

Talvez porque meus pais estejam chegando nesse momento em Veneza enquanto estou aqui. Talvez porque a maioria da galera da minha sala vá passar a semana em um hotel de luxo – com os garotos gatos do segundo e terceiro anos – enquanto estou aqui. Talvez porque eu tenha comido um salgado estragado na hora do lanche que me deixou com mal-estar. Talvez por tudo isso.

– Hein, por quê? – minha tia insistiu.

– Por nada. Acho que só estou meio cansada. Preciso mesmo de umas semanas de descanso...

– Que nada! Deve ser o calor, com esse seu uniforme. Esses dias têm estado muito quentes, mas parece que a frente fria finalmente vai chegar semana que vem, dando uma refrescada no tempo... Mudando de assunto, Cel, eu queria te pedir um favor.

– O que foi? – me endireitei no banco do carona e olhei para ela. Já estávamos na rua da praia agora, quase chegando no prédio dela.

– Esse final de semana estou com poucos funcionários na loja, será que pode me ajudar? – tia Lu perguntou, hesitante – Só hoje e sábado, pelo menos. A funcionária que começaria hoje ficou doente e não vai poder vir.

Minha tia é dona de uma loja de produtos de praia e mergulho, a Summer Sports, que não fica muito longe da casa dela. Pra ser sincera, é só atravessar a esquina. O legal é que fica do lado de uma lanchonete tropical, então, sempre que eu vou com ela na loja, a gente toma um açaí.

Surfistas, Beijos e um Pé de Pato

– Tá, pode ser – falei.

Chegando na casa dela fui direto para o "meu" quarto, aquele em que sempre dormia quando ficava uns dias por lá. Era pequeno, e a decoração era meio sem graça, típica de quartos de hóspedes. Bem diferente do meu quarto lilás fofinho. Mas a varanda dava direto para o mar e a tarde estava linda.

Eu conseguia ver aquela ilha com uma montanha pontuda que sempre gostei. Quando eu era pequena, eu me perguntava se havia animais selvagens ali. Tipo, olhando da praia, você só consegue ver árvores e mais nada. O que *tem* ali? Ela é fofinha demais para ter só coisas sem graça como aves e pequenos animais; tinha que ter alguma coisa interessante. Às vezes, eu praticamente *sentia* que existia algum segredo perto dela, fosse dentro ou fora do mar.

– Tcharaaaan!!!! – alguém gritou.

Eu levei um susto. Era a tia Luisa, que estava na porta do quarto segurando uma camiseta horrorosa com o logotipo da loja. Era amarela. Eu *odeio* roupas amarelas. Faz você parecer uma banana ambulante, se quer saber minha opinião. Ainda mais quando você é loira.

– O que... é... isso? – perguntei, temerosa da resposta.

– Ora, o que você acha? O novo uniforme da loja, é claro! Quem disse que no inverno não podemos usar cores do verão? Eu acabei de pegar lá embaixo, é o seu número. Ainda parece estar cansada, então eu deixo você começar a trabalhar só amanhã.

– Eu... vou ter que *usar* isso? – perguntei, com uma careta.

– É claro que sim! Vem, deixe sua mochila aí e vamos comer alguma coisa. Depois só quero que me ajude a tirar algumas coisas do quartinho.

A casa da minha tia tem três quartos. O dela, o de hóspedes e o quartinho. O quartinho é o lugar onde ficam as tralhas da casa. Coisas velhas, que eram do meu pai, dos meus avós (maternos e paternos) e sei lá mais o quê. Já que minha família não tem uma casa de praia ou sítio, tudo o que não queremos mais vem parar aqui. É também onde ficam os produtos em estoque que não cabem no depósito da loja.

Tia Luisa pediu para eu pegar umas caixas cheias de toucas de natação que estavam lá para levarmos para a loja depois do almoço. Depois disso poderíamos ir à praia.

– Beleza! – eu disse, indo pro quartinho. Entrar na água sempre conseguia me animar, independentemente do meu humor.

Carolina Cequini

Peguei a caixa de uma prateleira e estava quase saindo quando um brilho estranho vindo de outra caixa me chamou a atenção. Eu me aproximei da caixa onde estava escrito "Celeste", o nome da minha avó materna. Devia ter só coisas dela ali dentro.

O que quer que fosse que estava refletindo a luz da lâmpada, eu tirei da caixa para ver. Vi que era um pé de pato comprido e fino. Parecia ser feito de escamas, mas não sabia se eram de verdade. De qualquer forma, era bem bonito. As escamas, ou seja lá do que ele fosse feito, eram verde-água. Sabe aquele tom meio turquesa que você sempre fica em dúvida se é azul ou se é verde? Era mais ou menos assim. Só que na luz ficava *bem* azul, um azul claro cintilante...

– O que é isso? – perguntei a tia Lu, depois que lhe entreguei a caixa de toucas de natação.

– Um pé de pato. Bem bonito. Onde achou? Eu não vendo desses.

– Numa caixa com o nome da vovó.

– A vovó Maria? – espantou-se ela – Achei que ela só tivesse pratinhos de porcelana e retratos velhos ali nas caixas!

– Não, vovó Celeste, mãe da mamãe.

– Ah, sim... Bem, ela realmente tinha umas coisas bem interessantes que deixou para a sua mãe. Pode ficar para você, se quiser. Quer dizer, sua mãe não dá a mínima para as coisas da sua avó. Fica tudo aí jogado.

– Ok! – eu disse, encarando o pé de pato maneiro.

Eu nunca soube exatamente como era a minha avó materna. A vovó Maria era legal e muito fofa, vivia fazendo doces para mim (é surpreendente o fato de eu não ter sido uma criança obesa) até que acabou ficando doente. Mas minha avó Celeste? Nunca conheci.

Ela morreu jovem, junto com o vovô, quando mamãe ainda era pequena, tinha uns 3 ou 4 anos. Não gosto de ficar entrando em muitos detalhes, até porque eu nem sei tanta coisa assim, mas minha avó e meu avô morreram em um acidente de carro. Alice, minha mãe, foi criada então pelos tios. Fiquem tranquilos, ela não cresceu traumatizada nem nada. É uma das pessoas mais felizes que eu conheço. Até demais. Quer dizer, quem acorda a filha às 7 horas da manhã, toda sorridente, pra ir malhar?! Só ela.

Mas, voltando ao assunto, pra mim a vovó Celeste é uma mulher muito misteriosa... e muito bonita. Sério, eu vi a foto dela e tipo... Caraca! O cabelão dela era ondulado e ruivo e tinha um olho bem azul, igual ao meu e ao da minha mãe. Ela parecia uma modelo. O meu vô se deu bem!

Bom, e eu e minha mãe também, porque puxamos a ela. Só que somos loiras, e não ruivas. O que é uma pena, porque ser ruiva parece ser superdivertido. O único problema de ter puxado à vovó é... a pele. Clara *demais* para os padrões do Rio de Janeiro. Não sou nenhuma *europeia-like*, mas eu já me conformei que nunca vou conseguir um bronzeado de verdade.

Como prometido, fomos à praia depois de arrumar as coisas na Summer Sports. A tia Lu ficou só um pouquinho na praia comigo e teve que voltar para cuidar dos negócios.

Assim que ela saiu, eu encarei o pé de pato. Ele me encarou de volta. Coloquei nos pés e não foi que serviu perfeitamente?

Senti uma vontade súbita de entrar na água com ele. Não, não era vontade... Acho que era mais necessidade. Eu PRECISAVA entrar na água!

Fui correndo pela areia e mergulhei com tudo. Não me lembro de ter voltado à superfície.

A tarde estava terminando e a água começando a ficar escura. Mas eu podia ver alguns peixinhos coloridos, e a sensação de nadar com aquele pé de pato era tão boa que eu não queria sair do mar nunca mais. Era como se eu fizesse parte dele, mal fazia esforço com minhas pernas e deslizava rápido e suavemente pela água.

Falando em minhas pernas, de repente elas começaram a me incomodar. Começaram a ficar meio dormentes, a formigar.

Mais peixes começaram a me circundar, como se estivessem sendo atraídos por mim, e eu comecei a ficar com medo. Subi na superfície pela primeira vez, respirando fundo. Meu Deus! Eu estava longe, muito mais longe da areia do que eu costumava ficar! Eu queria voltar!

Mergulhei de novo e nadei o mais rápido que pude, mesmo com o intenso formigamento da cintura para baixo.

Saí da água me jogando na areia. Eu quase não sentia minhas pernas, de tanto nadar, eu acho. Vendo pelo lado bom, pelo menos tinha perdido umas boas calorias, já podia tomar meu açaí sem culpa. Assim que tirei o pé de pato a dormência parou.

Quando cheguei onde estava minha canga com minhas coisas é que olhei o relógio e vi quanto tempo tinha se passado. Quase uma hora inteira nadando! Tia Lu procurava por mim. Ela me chamou mais uma vez e dessa vez eu respondi.

– Não me mate do coração, garota! Onde você estava?

– Nadando.

– Mas onde? Eu nem conseguia ver você quando voltei para as nossas cadeiras!

– Er... É que eu fui meio longe... – eu disse, tentando achar um ponto de referência na água para descobrir até onde tinha ido. Eu só sabia que tinha passado daquela boiazinha laranja, e que só ela já estava bem longe da areia! Eu nadei tudo aquilo só subindo para respirar uma única vez! Isso podia ser um novo recorde!

Com certeza eu tenho que tentar de novo, para ver até onde consigo ir, pensei.

Eu sei, às vezes eu tenho umas ideias muito idiotas. Mas é geralmente *depois* que eu já fiz a besteira que me toco disso.

Surfistas, Beijos e um Pé de Pato

2
Começando as férias com o pé esquerdo

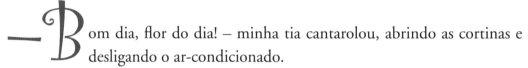

— Bom dia, flor do dia! – minha tia cantarolou, abrindo as cortinas e desligando o ar-condicionado.

— Mmm... – foi o máximo que eu consegui pronunciar, puxando o edredom para cobrir o rosto.

— Vamos, já passou da hora de acordar! São 9:00! Eu saí da loja agora há pouco para te chamar!

— Tá, tá, já vou...

Levantei, trôpega, e fui lavar o rosto. Escovei os dentes, coloquei o uniforme amarelo horroroso e fui tomar café.

— Quer que eu faça um misto-quente pra você? – perguntou ela, enquanto eu me sentava na mesa.

— Pode ser, obrigada.

— Pode ficar tranquila, a vizinha vai estar lá me ajudando com os clientes também, não é ótimo? Ela e o filho dela!

Quase cuspi o leite que estava tomando.

— O quê?! Aquela vizinha tagarela e o filho mala dela?!

— Que é isso, Cel, ela não é tããão tagarela assim. E o filho dela não é um mala.

– É, tem razão. Ele é um nerd mala.

– Ah, mas vai ser bom ter alguém da sua idade te ajudando, assim você não fica entediada.

– Como não pensei nisso antes? Ficar o dia inteiro ouvindo as melhores jogadas dele no *World of Warcraft*! Uhuuuul!

Levei meu pé de pato novo, ainda tinha em mente o meu plano de quebrar um recorde até o final do dia, se desse tempo. Quando chegamos à loja dei um oi para a tagarela e o mala e tentei não me irritar muito enquanto separava as bermudas por cores e ouvia Pedro me falar de um jogo novo, um tal de *Halo III*, IV ou V, sei lá. Ou será que ele já tinha voltado a falar daquele cheio de elfos e dragões?

– Pedro, muito legal saber que você passou várias fases num mesmo dia, mas será que não pode me contar isso uma outra hora? Estou meio ocupada.

– Bem, tecnicamente falando, você não tem fases nesses jogos, você realiza missões que fazem você upar de level e...

– Ih! Tem alguém me ligando! – peguei o celular que vibrava no meu bolso – Oi, Dani!

– Oi, Cel, tudo bem? Você não vai acreditar! Cheguei hoje no hotel e ele é MARAVILHOSO!

– Puxa, que inveja! – eu ri – Enquanto você está aí com o Gabriel e as garotas, eu estou aqui com... Pedro – falei baixinho, para ninguém na loja ouvir, principalmente o dito cujo.

– E ele continua falando só de jogos e animês bizarros que ninguém nunca ouviu falar? Coitada de você! Mas olha só... eu tava combinando com todo mundo de ir aí pra praia, que tal? Vamos dar um mergulho? O pai da Bruna vai nos levar de lancha do Canal da Joatinga até uma daquelas ilhazinhas. Prepara uns kits de snorkel aí pra gente, na loja. Liguei mais cedo e sua tia me falou que você ia passar o dia aí. Vê se ela te dá uma folga!

– Ok! Vou falar com ela! Beijos! – desliguei o celular.

– ... é bem complexo, por que a cada level você pode comprar mais coisas para ajudar você a ganhar mais levels, mas as missões começam a ficar cada vez mais difíceis e...

– Tia! Meus amigos estão vindo pra cá! Quero ver todo mundo sorrindo, ok?

Surfistas, Beijos e um Pé de Pato

Peguei uma piranha de flor que vendíamos e prendi o cabelo, que não tinha acordado em seus melhores dias. Meu cabelo comprido é meio ondulado, e até que fica com umas ondas bonitas *a la* Gisele Bündchen, mas só quando quer. Hoje ele resolveu ficar selvagem, então era melhor prender, só por garantia. Depois de um tempinho eles chegaram.

Caraca!, pensei, *todos esses estão hospedados no hotel em nome dos pais da Bruna?!*

Alguns me cumprimentaram, simpáticos, inclusive o Gabriel. Seu cabelo mel, nem completamente castanho, nem completamente loiro, se destacava entre o grupo. Seus olhos dourados faiscavam enquanto ele observava a seção de surf. Sua pele bronzeada também brilhava, tudo nele era dourado. Gabriel esticou os braços por trás da cabeça, o que destacou seus músculos bem trabalhados. E então ele olhou em minha direção. Meu coração disparou.

– Flor legal – disse ele – É daqui?

– É sim! Só 10 reais! – falei, com um sorriso. Ei, por que estou dizendo o preço?? Seja menos profissional e mais casual, Cel! *Idiota, idiota, idiota!*, briguei comigo mesma.

– Gostei – ele falou, sorrindo, antes de se afastar para a parte de mergulho e ser atendido pela minha tia.

Ai, eu juro que, se ele me olhar daquele jeito de novo com aqueles olhos cor-de-mel, eu vou derreter!

– Vou levar – disse Bruna, pegando todas as flores e as colocando no balcão do caixa, fazendo-me voltar à realidade. Ela me olhava por trás dos óculos escuros, balançando o cabelo preto e escorrido de chapinha como se fosse uma princesa com saída de praia.

– Todas?! – perguntei, incrédula.

– É. *Todas* – sua boca vermelha fazia um biquinho de impaciência – Parece que o Biel gostou delas. Essa que está no seu cabelo está a venda também?

Biel? Desde quando a Bruna chama ele de *Biel?*

– Er... Não, essa não...

– Hum, que pena. Bem, aqui está: cem reais. Pode ficar com o troco.

– Tem certeza?! São 20 reais de troco!

– Que seja – ela falou, com pouco caso. *Metida* – Ei, vocês teriam algum suco para oferecer aqui?

– Não, desculpe.

Carolina Cequini

– Tsc! Bem coisa de quinta categoria quem não tem nada para oferecer aos clientes.

– Olha só – falei com raiva – Tem um restaurantezinho aqui do lado cheio de sucos naturais, sabia? Sinta-se livre para ir lá comprar um, sua... Oi, Gabriel! – parei o que ia dizer com um sorriso estampado no rosto quando ele se aproximou.

– Oi, eu vou levar este aqui... – Gabriel falou, colocando algum negócio de surfe no balcão, que eu não sabia exatamente para que servia – O que foi? Qual é o problema, Bruna?

– Ah, nada. É só que essa porcaria não tem nada para beber.

– É, bem que eu estou com sede também...

– Quer saber? Eu acho que posso ir lá rapidinho pegar alguma coisa, se vocês quiserem! – eu podia aproveitar os 20 reais rejeitados pela Miss Rasgadora de Notas – Um suco de goiaba para cada um, que tal? – eu sabia que esse era o preferido do Gabriel.

– Ah, eu prefiro uma limonada, Cel! – Dani gritou lá da seção de óculos de sol. Eu a fuzilei com os olhos. Não era hora para ela ser abusada!

– Ótimo! Alguém mais quer alguma coisa? – Bruna berrou para a loja inteira. Todos os adolescentes levantaram as mãos.

– 1, 2, 3, 4... 14 – *Ótimo*.

A garçonete era uma chata, não queria me deixar levar os sucos para a minha loja, por causa dos copos. Eu falei que, se ela me deixasse, eu mesma levaria e ficaria encarregada de trazer de volta. No final ela deixou, me servindo com copos de plástico para garantir. Infelizmente, quando voltei para a Summer Sports, me desequilibrei com o pequeno degrau que tinha na porta. Consegui recuperar o equilíbrio a tempo, mas depois tropecei na bolsa de praia extragrande da Bruna. Não consegui me segurar: fechei os olhos enquanto tudo caía... bem em cima do Gabriel!

– Ai meu Deus!!! Gabriel!! Desculpe! Perdão! MIL desculpas!! – eu não sabia onde enfiar minha cara. Com certeza eu devia estar mais vermelha do que o suco de goiaba na camisa dele.

– Ah, er... Não foi nada... Eu... Hum... Acho que vou dar um mergulho para me lavar – ele tirou a camisa encharcada, tentando não se melecar de suco, e saiu, atravessando a rua e indo para a areia.

Surfistas, Beijos e um Pé de Pato

Bruna e suas amiguinhas saíram cochichando e dando risadinhas, não antes de se virar para mim e dizer:

— Pensando bem, acho que eu prefiro uma água de coco. Tchauzinho!

— O que aconteceu, Cel? Vamos, abra a porta! Eu vou fechar mais cedo hoje!

— Eu já disse, me tranque aqui dentro, tia! Eu não quero mais ser vista por ninguém à luz do dia mesmo – falei, de dentro do banheiro. Como quase ninguém usava, ele estava sempre limpinho. O que era bom, por que imagina tentar se esconder da sociedade num banheiro fedido? Não ia dar certo.

Ai, por que eu tinha que ser *tão* desastrada?? Vamos combinar: quando todo mundo souber, eu vou estar perdida. Não quero nem pensar no que a Bruna andou falando de mim o dia inteiro. Serei conhecida como... Bem, não tenho criatividade para criar um apelido cruel o suficiente, mas a bruxa da Bruna com certeza deve ter ideia de sobra para essas coisas. Talvez eu me mude para algum país pequeno da Europa. Ou, se a situação estiver muito crítica, eu me mude para o Japão. Quer dizer, não pode ser tão ruim, eu adoro comida japonesa. Só me recuso a comer cachorro. Ou isso é na Coreia? No Japão é só sushi, né? Ah, sei lá.

Falando em peixes, me deu uma vontade de nadar no mar. A sensação ontem foi tão boa que talvez eu esquecesse um pouco os meus problemas. Destranquei a porta.

— Ai, até que enfim, Celine! Estava começando a achar que você estava falando sério e que ia ficar aí dentro até amanhã. Os vizinhos já até foram embora, vamos?

— Sabe, tia, eu acho que vou nadar um pouco.

— Mas já são quase 6 horas da noite! Já está escurecendo!

— Quando escurecer eu volto, por favor! Pode ir andando para casa se quiser, eu fico em frente ao condomínio, prometo!

— De jeito nenhum, sua sem-juízo! – eu fiz minha melhor carinha de cachorro abandonado – Ai, está bem! Assim que escurecer, quero você de volta em casa ouviu? E eu vou estar esperando no quiosque da praia!

— Ebaaaa! Valeu!

Peguei o pé de pato e atravessei a rua correndo. Atirei minha camisa e meu short na areia e pulei direto na água, sem olhar para trás.

Ah! Como era boa aquela sensação de que eu parecia me fundir com a água, como se eu fizesse parte do mar e voltasse para casa depois de um longo tempo...

Hum, acho que pagar mico deixa as pessoas inspiradas.

Enfim, os peixes me seguiram de novo, mas dessa vez eu não tive medo. Nem sei porque. Acho que só o que eu queria era nadar o mais longe possível, não importando a companhia. Eu juro que nem estava pensando em quebrar um recorde naquela hora.

Mas foi quando aconteceu.

Quer dizer, minhas pernas já estavam formigando fazia um tempinho, mas de repente eu não conseguia mais senti-las. Elas não estavam só dormentes, estavam completamente entorpecidas. Era uma sensação estranha, desagradável, e eu quis desesperadamente sair da água.

Havia uma pedra grande e lisa logo em frente, que saía um pouco para fora d'água. Eu geralmente morro de medo dessas pedras pretas no meio do mar, mas essa era uma situação de emergência. Se eu continuasse ali ia me afogar!

Consegui subir facilmente, apesar do desespero. E, assim que subi, percebi que estava longe, muito longe da praia. Mais longe do que da última vez. Estava muito perto da ilha pontuda, que começava a ficar meio sombria devido à escuridão que vinha com a chegada da noite. Não era à toa que eu não sentia minhas pernas, eu havia nadado quilômetros!

A sensação estranha começava a passar. Foi quando eu olhei para baixo... e *vi*.

Estava meio difícil de enxergar, já que já estava de noite, mas ainda assim conseguir ver. E quase tive um treco. Vou admitir, eu gritei, e quase caí na água de susto. Cutuquei algumas vezes para ter certeza. Foi uma péssima ideia, porque daí eu quase desmaiei quando senti que aquela coisa gelada e úmida fazia parte de mim.

Minhas pernas não estavam mais lá.

As escamas bonitas e verde-água do pé de pato tinham se espalhado pelo meu corpo e vinham quase até a minha cintura, parecendo que o pé de pato tinha me engolido pela metade! Dava a impressão que eu tinha... Quer dizer, isso é impossível, eu sei, mas ainda assim dava a impressão de que eu tinha... uma cauda de sereia.

Carolina Cequini

3
Ok, isso foi estranho

Então era isso. Eu estava ficando maluca. Devia ter alguma coisa no meu suco que me fez ficar meio alterada. Quer dizer, caudas de sereia não brotam assim do nada, não é? *Não é??*

E o pior: alguns minutinhos fora da água e a cauda desapareceu. Evaporou-se. As escamas foram sumindo, uma a uma, até que sobrou apenas o pé de pato e o biquíni, como se eles nunca tivessem deixado de existir. Agora eu estava a quilômetros da praia e com medo de entrar na água de novo!

Mas alguma parte do meu cérebro alterado ainda devia estar funcionando, porque, ao ver a cauda desaparecer fora d'água, ele começou a raciocinar. Eu fiz um teste: afundei as duas pernas na água, e em pouco tempo a cauda se formou.

– Ah! – eu subi de novo na pedra. Era meio sinistro de ver.

Ao sair da água, meus pés voltaram, e eu tirei o pé de pato. Depois molhei as pernas de novo e adivinha o que aconteceu? Isso mesmo: nada! Era o pé de pato que se transformava em cauda de sereia, e ela só aparecia em contato com a água!

Mas meu Deus! *Onde minha tia conseguiu esse pé de pato?* Ah não, estava nas coisas da minha avó... Mesmo assim! *Onde a vovó conseguiu esse pé de pato??*

Isso era uma coisa que não saía da minha cabeça, mas não me impedia de nadar na água, rodopiar e saltar que nem um golfinho, usando a minha nova cauda de sereia removível.

Ah, quer saber?? *Quem* liga como esse pé de pato foi parar nas coisas da vovó? O que importa é que eu virei uma sereia! Uma SEREIA!!! SE-REI-A!!!! Eu nem consigo acreditar!!!

E então eu continuei nadando, feliz, como se estivesse num sonho. Não preciso nem dizer que esqueci a promessa feita à minha tia de voltar para casa logo, não é? Porque, mesmo se tivesse lembrado, isso já era. Os últimos raios de sol haviam desaparecido muito antes de eu subir à superfície e a lua crescente, quase cheia, já brilhava no céu escuro. Deviam ser quase 7:00 e eu não estava nem aí. Mas também não é todo dia que se vai à praia e vira um ser mitológico!

Estava tudo bem até eu ver, um pouco distante, uma sombra escura, praticamente do mesmo tamanho que o meu. Eu me assustei. O que era aquilo? Um peixe gigante?? Foi só aí que eu me toquei de como já estava tarde e comecei a correr (ou nadar, mas você me entendeu) para a praia. Até ouvir uma voz estridente:

– Espere!

Parei de repente. Ai meu Deus! Alguém estava me chamando! Devia ser algum pescador num barco ou algo do tipo! E se vissem minha cauda?? Eu ia ser pescada como uma sardinha e levada para uma exposição do projeto Tamar, enquanto ele ia ficar milionário à minha custa!! E eu nem tinha me declarado ao Gabriel ainda!

Espere, do que estou falando? Eu tenho mais é que fugir!

Recuperei o controle sobre mim mesma e voltei a nadar.

– Ei, não me ouviu? Eu falei para esperar! – seguraram meu braço, me obrigando a parar – O que pensa que está fazendo? Está se aproximando muito da praia, vão acabar te vendo!

Espera aí... O quê?

Eu me virei e vi que não se tratava de um pescador, e sim de uma garota, que parecia ter a mi-

Carolina Cequini

nha idade, talvez um ano a mais. Ela era ruiva, pelo que eu podia perceber na escuridão (que inveja!), e tinha os olhos castanhos, quase mel. Seu cabelo comprido ondulava na água e... Ei! Eu disse *água*?!

Olhei para baixo e vi que ela usava uma espécie de biquíni feito de escamas alaranjadas preso com um cordão cheio de pequenas pérolas. Bem, ela usava só a parte de cima, porque em baixo ela tinha... uma cauda de sereia. Como eu.

– M-m-mas o *quê*?! – eu berrei, chocada. Só podia ser um sonho! Ou colocaram drogas no meu cachorro-quente de praia mais cedo.

– O que foi?! – ela perguntou, alarmada, olhando ao redor, pensando que talvez eu pudesse ter me assustado com alguma coisa. Alguma coisa que não fosse ela, digo.

Eu me belisquei no braço com a maior força que pude.

– Ai!! – reclamei. Isso *não* era um sonho.

– Ei, ei, ei, pare de se automutilar! EI, GAROTA! – ela berrou, uma vez que eu parecia não estar ouvindo, tentando desesperadamente acordar.

Mas aí eu entendi. Aquilo era *real*. Por que, se fosse um sonho, o Gabriel com certeza estaria nele.

– Ah, eu já saquei. Você também tem um pé de pato mágico, não é? Acho que isso é um novo equipamento ultramoderno de mergulho que lançaram e eu não estou sabendo, presa do jeito que estava na semana de provas...

– O quê? – ela me olhou como se eu tivesse falado grego. É, acho que ela *não* tinha um pé de pato mágico. A expressão assustada e ao mesmo tempo surpresa voltou ao meu rosto.

– Você... você é uma sereia. De verdade.

– Dããã, é claro que eu sou! Eu pareço o que, uma baleia? – ela abanou a cauda, fazendo respingar gotas de água do mar no meu rosto.

– Não, você parece uma sereia, é claro.

E eu devo estar parecendo uma idiota.

– Bem, só sei que é melhor voltarmos. Soube que houve gente mergulhando por aqui mais cedo, e se for pega por humanos...

– O quê? O que acontece? – perguntei. O que geralmente acontecia a sereias pegas pelos humanos? Quer dizer, alguma sereia já *havia* sido pega por humanos? *Oh my gosh!!*

– Eu não sei, mas dizem que não é nada legal.

Surfistas, Beijos e um Pé de Pato

– "Dizem"?

– É, tipo, as outras sereias mais velhas. Já ouvi muitas histórias por aí.

Meus olhos brilharam.

– Outras sereias?! Que demais!! – tudo aquilo era bom demais para ser verdade! Para quem começou o dia com um mico daqueles para o garoto dos seus sonhos, eu agora estava tendo uma conversa com uma sereia! E descobrindo que havia mais! Mais sereias! SEREIAS!! Em pleno Rio de Janeiro!

A tal sereia colocou a palma da mão na minha testa, parecendo um tanto preocupada.

– Você me parece um pouco perdida. Está se sentindo bem?

– Melhor que nunca! Mas é que... Bem... – eu precisava inventar uma desculpa, e rápido. Senão ela iria saber que na verdade eu era uma humana e eu nunca mais teria uma chance dessas de conversar com uma sereia de novo! – Eu sou meio nova aqui, acabei de me mudar.

– É, acho que dá pra perceber... A propósito, não nos apresentamos. Estava tentando fazer você não nadar rumo ao suicídio – ela balançou a cabeça, indicando a direção da praia. – Eu sou Serena.

– Ah! Que nem a garota do *Goss*... – consegui me conter antes que fosse tarde. Sereias provavelmente não assistiam *Gossip Girl* – Meu nome é Celine, mas pode me chamar de Cel. É como todos me chamam normalmente.

– Ah, Shell, tipo de "concha"?

– Er... Sim – falei, insegura. Shell parecia mais sereiesco do que Cel, talvez assim fosse mais fácil me passar por sereia.

– Bem, Cel-tipo-Shell, acho melhor voltarmos. Está ficando tarde.

– Voltar para onde? – perguntei.

Para onde ela estava me puxando?

– Para a cidade, é claro! Não vai querer ficar aqui no meio do nada, né? – ela olhava para mim com paciência, como se estivesse acostumada a cuidar de sereias-humanas um tanto perdidas. Ou talvez só fosse extremamente gentil e gostasse de ajudar ao próximo – Porque eu posso te levar até a cidade, você parece estar realmente assustada com alguma coisa. Tem certeza de que está tudo bem?

– Mas a cidade fica pra lá...

Serena riu.

Carolina Cequini

– Até que você não está tão mal assim! Está até fazendo piadinhas! – disse ela – Aí é a cidade dos humanos! Como é que as sereias vão morar aí?

Er... Claro.

Meu cérebro não parava de girar. Alguma coisa como "sereias", "humanos", "praia" e "mais sereias" não saía da minha cabeça.

– Você disse que é nova, não é? Chegou hoje? Onde está ficando enquanto isso? Na casa de algum parente ou algo do tipo?

Consegui organizar um pouco meus pensamentos:

– É, é isso mesmo! Estou na casa da minha tia enquanto isso, só que ela fica pra lá... – apontei a praia.

– Sério? Que lugar estranho para se morar. Sempre dizem que ir além dessa pedra é meio perigoso... Na verdade, acho que tem uma lei que proíbe que a gente construa casas depois da Pedra-Limite. Sua tia sabe disso e ainda assim mora por aí?

Juro, eu não sabia o que responder. Talvez algo como: "Não conte a ninguém, mas minha família é meio fora da lei. Na verdade, seria bom se você esquecesse que me viu para as coisas não ficarem pretas para o seu lado". Mas não precisei dizer nada, porque Serena logo se recompôs:

– Ai, desculpe! Eu sou meio enxerida mesmo, foi sem querer!

– Que isso, sem problemas! – respondi, com um sorriso amarelo, morrendo de medo de que ela fizesse outra pergunta que eu não soubesse responder.

– Bom, se está tudo bem mesmo, eu acho que já vou indo... Cel, né?

– Aham.

– Pois é, então a gente se vê. Eu nem devia estar aqui até tarde, eu tenho escola amanhã!

– Ainda não está de férias?! – foi estranho eu me espantar mais com isso do que com o fato de sereias irem para a escola.

– Bom, as férias só começam semana que vem... Culpa da Rainha, que decidiu assim! Eu já ouvi dizer que nos outros reinos eles têm dois meses de férias! Dois! E eu não tenho nem um mês direito!

Cada palavra que Serena dizia me fazia voltar a duvidar se essa era mesmo a realidade.

– Então, eu tenho que ir mesmo... – ela se desculpou – A gente se vê! Até mais!

Surfistas, Beijos e um Pé de Pato

– Até... – eu olhei embasbacada enquanto ela desaparecia, não sem antes mergulhar com toda a graciosidade digna de uma sereia, balançando sua cauda prateada e tudo.

Demorei um tempinho para me recompor do choque do que tinha acabado de acontecer.

Eu não só tinha virado uma sereia. Oh, não, eu também tinha conversado com outra sereia e descoberto que existem mais! E que elas vão à escola! E que elas têm uma rainha! E que existem mais reinos!!

Virei-me e fui nadando, feliz da vida, até a praia. Aquilo tudo era um sonho! Um sonho real!

Mas uma dúvida veio de repente: eu contaria à tia Luisa sobre isso que tinha acabado de acontecer? Bom, só se eu quisesse que ela me levasse correndo para a psicóloga dela. Melhor levar uma bronca por ter desobedecido do que contar o que realmente tinha feito eu demorar tanto.

Cheguei à conclusão de que seria melhor ter isso como segredo, um segredo só meu. Tenho certeza de que nem minhas amigas acreditariam em mim. Ou será que a Dani sim?

Enfim, me veio de repente à cabeça quais seriam as matérias que uma sereia deveria ter. Quer dizer, imaginá-las fazendo interpretação de texto e equações químicas era muito ridículo. Com certeza perguntaria a Serena amanhã. Eu tinha que encontrar com ela de novo!

Sorri, pensando nas possibilidades fantásticas do dia seguinte.

Carolina Cequini

4

Milagres acontecem! Viva!

Por um milagre, eu não levei um sermão por ter desobedecido minha tia. Saí da água esperando encontrá-la uma fera, sentada lá no quiosque apenas esperando para me punir com um castigo, me proibindo de voltar para a praia no dia seguinte. Mas, assim que subi as escadinhas de pedra, vi ela conversando animadamente com um homem. Tão animadamente que nem me notou.

Pigarreei quando me aproximei.

– Er... Tia Lu? Desculpe por ter demorado mais que o combinado.

Os dois se viraram para mim.

– Cel! Você demorou? Mas que horas são?

– Sete e quarenta.

– Nossa! Nem vi o tempo passar! – ela riu, e depois se virou para o homem de novo – Eu não falei que estava com a minha sobrinha? Essa é Celine, filha do meu irmão.

O cara me cumprimentou e eu retribuí, sorrindo para ele. Ele era bonitão, moreno e bronzeado, com o cabelo curtinho. Devia ter lá pelos trinta e poucos anos, não parecia ser muito mais velho que a tia Lu, que acabou de fazer 31. Ele a reconheceu de quando foi comprar um protetor solar na Summer Sports e ela o atendeu. Pelo visto, ele também morava por ali em frente à

Surfistas, Beijos e um Pé de Pato

praia, e caminhava todo dia no calçadão, passando pela loja dela. Pareceu-me bem simpático.

Nós nos despedimos dele e fomos embora. Tia Luisa não voltou a mencionar o meu atraso, o que foi ótimo. Na verdade, ela caminhava de volta para casa com um sorriso no rosto, e eu podia adivinhar no que ela estava pensando.

Fiquei tão aliviada por não ser punida que até me esqueci o *porquê* de eu ter que ser punida: a cauda de sereia, horas nadando, outra sereia... Só voltei a me lembrar quando fui esvaziar minha bolsa no quarto e percebi que o pé de pato estava lá. As lembranças vieram de uma vez, e eu franzi a testa, pensando um pouco.

Céus, eu realmente devia ter passado mal e tido uma alucinação. Sentada na cama de hóspedes, com minha mala ainda mal desfeita, o uniforme da Summer Sports jogado de qualquer jeito em cima da cama e a flor de cabelo que o Gabriel elogiara, tudo aquilo parecia fazer parte de um sonho. Fala sério! Sereias? Elas não existem!

Olhei para o meu pé de pato de novo, lembrando a sensação de formigamento das escamas se formando...

Estremeci.

Não, aquilo realmente foi só uma peça pregada pelo meu cérebro... Ou será que não?

No domingo eu e tia Luisa almoçamos juntas no Devassa, pertinho da casa dela também, antes de irmos à praia. Eu ainda estava imersa em pensamentos, pensando se dessa vez o pé de pato ia funcionar de novo, para tirar todas as minhas dúvidas acerca de ontem. Foi um pouquinho antes de a comida chegar que a Dani me ligou, me trazendo de volta à realidade:

– Oi, Cel, tudo bem? Olha só, eu só liguei pra avisar que os pais da Bruna vão dar uma festa no salão do hotel amanhã, não sei de quê, mas o pessoal todo que está hospedado aqui vai. A Bruna convidou você!

– Ela o quê?!!

– Tá, na verdade ela só deixou você ir depois de eu insistir muito, porque só poderia entrar quem já estava no hotel, mas dá na mesma! Festa de arromba amanhã às 21:00, uhuuuul!

Carolina Cequini

Parei de pensar em sereias e me dei conta do que estava de fato acontecendo: eu teria uma chance de ver o Gabriel. Todo arrumadinho de roupa de festa. Alguém lá no céu estava finalmente ouvindo as minhas preces! Só tinha um problema:

– Mas *amanhã*? Eu não tenho nenhum vestido para ir, não marquei salão para fazer o cabelo... – graças a Deus meu esmalte de três dias atrás ainda estava razoavelmente inteiro. Se eu tivesse que sobreviver sendo manicure, morreria de fome – Eu tenho que estar perfeita, o Gabriel vai estar aí!

– Calma! É só ir no shopping depois do almoço, que nem eu. Podemos ir juntas. Quer dizer, eu já estou aqui no shopping agora, com as garotas, mas daí você se enconta com a gente!

Pensei por alguns segundos.

Eu estava pensando seriamente em me encontrar com a sereia hoje, ia tentar nadar até aquela pedra e ver se a encontrava de novo. Mas eu realmente precisava de um vestido. E precisava marcar um salão o quanto antes, para ajeitar o cabelo... E, acima de tudo, eu ainda não acreditava 100% que a sereia era real e não um fruto da minha imaginação fértil.

Encarei o pé de pato que trouxera comigo na bolsa e lembrei da sensação de ontem, quando eu estava nadando. Queria muito fazer aquilo de novo, mas...

Suspirei.

– Ok. Encontro você daqui a pouco.

Passei a tarde inteira no shopping. Fomos em várias lojas, cada uma provando milhões de vestidos e dando suas opiniões enquanto as outras se trocavam. Eu, que geralmente sou bem rápida na hora de escolher roupas, demorei para achar o vestido ideal para a festa, porque era uma chance única que eu teria para ficar conversando com o Gabriel, sem a Bruna dançando que nem uma periguete na pista de dança só para chamar a atenção dele. Quer dizer, os pais dela estariam lá. Iria ser uma festa chique, não uma balada.

Demorei tanto para achar um vestido que até a Juliana, a mais indecisa, escolheu o vestido dela antes de mim.

– Cel, esse vestido ficou perfeito em você! – exclamou Amanda, depois da quinta ou sexta vez em que eu saí do provador com um modelo diferente.

– Você acha? – perguntei, insegura, me vendo no espelho com o vestido branco tomara que caia todo enfeitado com pequenas continhas peroladas.

– Com certeza! – Dani concordou – Definiu bem a sua cintura fininha e não deixou sua bunda grande apertada.

– Minha bunda não é tão grande! – eu ri – Não tanto quanto os seus peitos!

– Morra de inveja, bebê! Cada uma com sua vantagem.

– Parem de falar besteira – Camila revirou os olhos. Ninguém zombava de roupas na frente da Mestra da Moda – Eu achei que ficou bem chique!

Eu me olhei melhor no espelho e achei que esse era realmente o mais bonito que eu tinha provado, e havia mesmo ficado ótimo em mim. Eu gosto de tomara que caia, e não tinha nenhum vestido branco (não que eu tivesse muitos vestidos). E aquele estava mesmo muito fofo, todo brilhante.

– Ok! Então eu vou levar! – falei, supercontente com os elogios. Não foi o mais barato da loja, mas como eu nunca compro nada pra mim e realmente tinha gostado daquele, resolvi levar.

Cada uma carregando o seu vestido nas sacolas, completamos nosso momento *girlie* tomando um *frozen yogurt* enquanto nossas mães – ou caronas, no meu caso – não chegavam. Ficamos conversando sobre várias coisas, mas principalmente sobre as coisas maneiras que tinham para fazer no hotel. E sobre os tanquinhos maneiros que os garotos do hotel tinham.

Eu estava superfeliz tomando meu *frozen yogurt* quietinha, só pensando na festa do dia seguinte, quando Camila falou de repente, interrompendo a conversa:

– Você está muito quieta, Cel.

– O quê? Eu?

– É, você geralmente é mais tagarela. Aconteceu alguma coisa ontem?

– O-ontem?!

– É, fala aí: você ficou chateada com o que aconteceu na loja com o Gabriel? – a Ju perguntou – Porque ele não ficou nem um pouco bravo, é sério. Eu não sei se isso vai te preocupar ou te acalmar, mas ele pareceu esquecer completamente o incidente.

Jesus, eu tinha esquecido completamente o micaço de ontem!

– Pois é, você podia muito bem ter ido mergulhar com a gente. O que você ficou fazendo depois que saímos da loja?

Se eu estava pensando em dividir com alguém o que tinha acontecido ontem esse alguém eram as minhas amigas. Aprendemos desde pequenas que os adultos não acreditam em nada que fuja de sua realidade, então não mencionei nada à minha tia, nem mesmo um "Só por curiosidade, tia, você acredita em sereias?". Estava pensando em desabafar com as meninas, e o tempo todo estive pensando se teria uma hora certa, até que desisti de contar a quem quer que fosse.

Porque, indo para o shopping com as minhas amigas e conversando as baboseiras de sempre, percebi como eu soaria infantil se dissesse que tinha virado uma sereia e descoberto que existe um castelo delas aqui tão perto da praia. *Você* acreditaria se uma amiga sua dissesse isso? Provavelmente não.

Então eu decidi guardar para mim mesma, por mais que estivesse me deixando maluca. Eu estava em dúvida, porque parte de mim insistia em dizer que sereias não existiam, eram só personagens de ficção, e outra parte continuava a se lembrar nitidamente do que havia acontecido. Fiquei acordada quase a noite inteira pensando nisso. A sensação de nadar com uma cauda foi tão mágica que, chegando em casa, eu me perguntei se aquilo não havia sido uma ilusão, uma miragem... ou uma alucinação. Na pior das hipóteses.

Mas eu não era louca. Eu *havia sim* conversado com uma sereia. Não... Mais do que isso, eu havia *virado* uma. Com a simples ajuda de um pé de pato. Ou pelo menos era disso que eu tentava convencer a mim mesma.

A confusão que dominava meus pensamentos me fez demorar um pouco para responder:

– Ah, nada demais – falei, tentando parecer casual – Minha tia estava realmente precisando de ajuda, e eu tive que ficar lá até tarde.

– Ah...

Elas pareceram meio desapontadas, ou meio desconfiadas, eu não sei dizer. Mas com certeza devem ter estranhado a minha hesitação.

Foi nessa hora que Camila se virou pra mim de novo – e eu jurava que ela ia me perguntar mais alguma coisa – e disse:

– Não olhe agora, mas a pessoa que você mais ama no mundo está vindo em nossa direção.

Eu imediatamente me virei, é claro, mas sendo discreta, porque pensei que ela estava falando do Gabriel. Ele era tudo o que eu precisava para esquecer um pouco essa loucura toda.

– Olá, garotas! – Bruna apareceu, com um enorme sorriso em sua cara de fuinha – Estavam comprando vestidos para a minha festa amanhã?

Surfistas, Beijos e um Pé de Pato

Adooooro a ironia da Camila. Nunca dá pra sacar quando ela está sendo irônica ou não. Isso era tudo o que eu precisava para fechar o meu dia com chave de ouro.

– É claro! E você? – perguntou Larissa.

– Ah, não, eu estava só passeando pelo shopping mesmo – ela falou, depois de passar cumprimentando todo mundo, menos eu – Vocês sabem que eu nunca compro vestido de loja. Os meus são feitos todos sobre medida, pela amiga da minha mãe, que é estilista.

Ela balançou seu cabelo preto irritantemente liso, acertando meu rosto. E então se virou para mim, arregalando seus olhos impecavelmente maquiados e dando um sorriso.

– Cel! Eu nem vi que você estava aqui! – ela me puxou para um abraço e me deu dois beijos.

Puxa, deve ter sido tão difícil me ver. Quer dizer, eu só era aquela que estava bem na frente do Yogoberry, assim que você entrou, e fiquei parada do seu lado o tempo todo.

– Espero que não tenha ficado chateada quando eu disse que a loja da sua tia parecia uma espelunca, querida. Meus padrões é que são altos, e espero que o convite extra que eu te dei para amanhã possa recompensar isso. Desculpe mesmo, fofa.

Isso era para ser um pedido de desculpas?

– A intenção é que vale – Dani cochichou no meu ouvido, adivinhando meus pensamentos – Eu acho...

Bruna continuou a falar sobre a amiga estilista da mãe dela como se ela fosse a próxima Coco Chanel da vida. Camila, a Mestra da Moda, ficou com os olhinhos brilhando e implorando pela chance de conhecê-la. Bruna, claro, adorou a bajulação e não perdeu a oportunidade de falar sobre todas as vezes em que serviu de modelo. Não pude evitar revirar os olhos. Ela não perdia mesmo uma oportunidade de se mostrar.

Carolina Cequini

Depois de conversar um pouco com as meninas, Bruna deu tchau para cada uma e, quando chegou a minha vez, sussurou no meu ouvido:

– Eu te dei um convite, *Cel*, mas não pense que já ganhou. É só o que eu te digo.

Olhei para ela com os olhos arregalados, surpresa com o comentário repentino e carregado de veneno. Bruna deve ter pensado que eu estava com medo dela – *Rá!* –, pois sorriu cinicamente, levantando seu nariz empinado.

E então ela se virou e saiu rebolando pelo shopping, enquanto eu me perguntava o que teria feito para merecer isso.

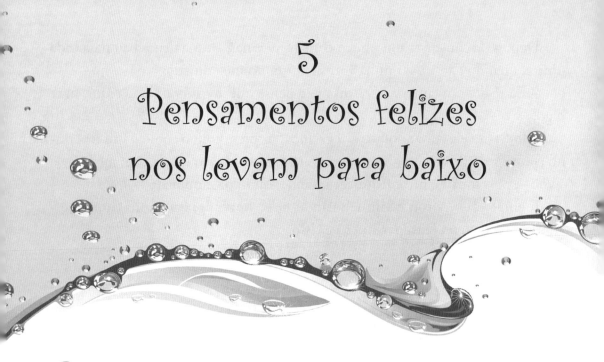

5
Pensamentos felizes nos levam para baixo

Segunda-feira. O dia em que você realmente se dá conta de que está de férias, porque não precisa acordar cedo para ir à escola! Levantei da cama superanimada, queria começar as férias com algo legal. Soube exatamente o que fazer assim que vi o pé de pato apoiado na porta do armário.

Exelente!, pensei. Nada melhor do que começar as férias virando uma sereia.

Minha tia havia deixado a mesa de café da manhã arrumada, com um bilhetinho de que estaria trabalhando e voltaria no almoço. Eu podia ficar até 13:00 na água.

Respirei fundo enquanto caminhava.

Eu posso fazer isso, pensei, tentando me convencer.

Posso ir lá de uma vez por todas e comprovar se o que aconteceu na noite retrasada foi real ou não.

Quando cheguei na praia, óbvio, estava completamente lotada. Realmente não era o melhor lugar para se transformar magicamente num ser metade humano metade peixe. Tive que entrar na água com o pé de pato na mão, e só pude colocá-lo depois que passei daqueles surfistas malucos que ficam lá no fundão.

Carolina Cequini

Depois de engasgar uma vez ou outra com água do mar caindo na cara e depois de tomar uns dois ou três caldos, finalmente consegui colocar o pé de pato. Nos primeiros minutos, não aconteceu nada, e eu já estava pronta para voltar para casa e marcar uma consulta com uma boa terapeuta. Mas então senti um formigamento que começou na pontinha do dedão e se espalhou por toda a minha perna até a cintura.

Eu já esperava pela sensação estranha da transformação, mas ainda assim foi desconfortável.

E, claro, valeu a pena no final.

Em pouco tempo minhas pernas deram lugar a lindas escamas azul-celeste e turquesa, e eu passei a nadar no mar como um golfinho feliz. Longe da costa, eu podia saltar e pular à vontade, e não demorei para chegar àquela pedra onde havia encontrado com a outra sereia da última vez.

Bom, eu não sei se esperava encontrá-la por lá de novo ou não, mas confesso que fiquei desapontada quando não vi ninguém. Seja como for, se eu tinha virado sereia de verdade, então a outra sereia também era real, e mais cedo ou mais tarde eu a encontraria de novo.

Olhei ao redor, na água. O dia estava lindo, bem ensolarado (apesar de um vento gelado dando os primeiros sinais de vida), deixando o mar bem azul. Eu podia abrir os olhos embaixo d'água e eles não ardiam, e podia ficar lá embaixo um tempão e não sentia a necessidade de subir para respirar.

Espera. Isso tá meio estranho...

Sem pensar, coloquei a mão no pescoço. Gelei.

– Aaaaaaaaah!!!!! – berrei, fazendo sair milhões de bolhas da minha boca – Eu tenho guelraaaaaas!!!

Meu Deeeus, quando elas *surgiram*??, pensei, imaginando se elas teriam se formado com o pé de pato, e como isso era possível.

– Oi? Tem alguém aí?

– Aaah!! – já assustada, levei um susto ainda maior quando ouvi uma voz atrás de mim. Era a sereia ruiva, saindo detrás da pedra. Seu rosto perfeito e sua cauda lilás com reflexos prateados eram inconfundíveis. Ela também levou um susto, mas pareceu se recompor quando me reconheceu.

– Ah! É você de novo! Cel, né? Vim aqui ontem no mesmo horário, pra treinar meu canto, mas você não estava aqui.

Surfistas, Beijos e um Pé de Pato

– Ah, é, pois é... Ontem eu não pude vir... – tentei parecer casual, mas ver outra sereia é ainda mais chocante do que ver você mesma com uma cauda. E eu tentava olhar para o seu pescoço, para ver se ela também tinha guelras, mas seu cabelo ondulava na água e cobria tudo.

Remexi o pescoço, desconfortável. Se eu não tivesse notado esse detalhe, eu seria uma sereia muito mais feliz.

– Está com um problema no pescoço? – perguntou ela, preocupada comigo de novo.

– Não, eu estou bem!

– Ah, então tá... – Serena deu de ombros, e então se virou para mim de novo – Sabe, eu fiquei pensando ontem, quando você não apareceu aqui... Alguém já chegou a te mostrar a cidade? Pelo visto você mora meio afastada, e como é nova aqui, posso te mostrar alguns dos lugares principais. Como a Escola, o Mercado, o Castelo...

– EU QUERO!!! – e me vi berrando antes que pudesse me conter – Q-quer dizer, eu adoraria!

Serena riu.

– Uau, mas você é bem animada, hein? Ok, então! Vamos nessa! É só me seguir!

No entanto, assim que ela virou de costas, dei uma olhada no meu relógio.

– Espere um pouco! – exclamei.

Serena me encarou, sem entender nada.

– O que foi?

– Vai demorar muito? É que na hora do almoço já tenho que estar de volta. Minha tia me mata se eu não estiver em casa.

– Bem, pode demorar um poquinho sim, não que tenha muita coisa para se ver. Quer dizer, nossa cidade é pequena. Mas, se quiser, podemos ficar apenas nadando por aqui mesmo e outro dia eu te levo com calma para conhecer o lugar...

– Não, não!! Nunca vi uma cidade de sereias antes, estou morta de curiosidade!

Serena arregalou os olhos grandes, deixando-os maiores ainda.

– O quê?!!

Percebi que tinha falado besteira e desejei poder me afogar na água naquela hora mesmo.

– Não! Quer dizer... E-eu... Er... – comecei a gaguejar de nervosismo, a ponto de não conseguir pronunciar nenhuma palavra inteligível.

– De onde você disse que tinha vindo mesmo? – Serena perguntou, insegura, me interrompendo.

Eu não tinha dito nada disso.

– Ahn... Dos Mares do Sul? – falei. Eu não queria dizer um lugar muito específico para ela se virar e responder: "Não existem sereias aí" (vai saber, né?), mas acabou que minha resposta saiu muito idiota.

– E você está morando na direção da praia enquanto isso, não é? Um lugar que, tecnicamente, as sereias não devem nem se aproximar – ela continuou, alarmada.

Eu não sabia o que responder. Serena me encarou por um tempo. Olhou para o meu biquíni listrado, olhou para a praia, de onde eu tinha vindo, voltou a olhar para mim e para o meu relógio à prova d'água...

Opa... Acho que sereias não têm relógios da Nike.

– AI MEU DEUS!!! – ela berrou de repente, horrorizada – Você...! Você...! Você NÃO é uma sereia!!!

– Não! Eu sou sim!! Eu... Eu só...

Pela cara que ela estava fazendo, estava bem claro que não adiantava enrolar. Serena parecia estar prestes a fugir correndo dali. Adeus, *tour* pelo fundo do mar...

Comecei a chorar.

– D-descuuulpeee! Eu não sou! Sou s-só u-uma garota comum q-que e-está passando as férias n-na casa da tia! Eu só queria ver a cidade d-das sereias!!! – implorei, agarrando o braço dela.

Mas Serena só olhava para minha cauda.

– Como...?

– Eu não sei – falei – Apenas *acontece*.

Serena me encarou, o rosto com uma expressão de descrença. Se antes ela parecia amigável até demais, agora parecia estar querendo sair o mais rápido de perto de mim.

Nadei em direção à superfície e percebi que, depois de um momento de hesitação, ela me seguiu. Sentei na pedra, tirando o pé de pato. Era mais fácil mostrar do que tentar explicar.

Surfistas, Beijos e um Pé de Pato

– É isso que me transforma em sereia – falei, mostrando-o para ela – Não me pergunte exatamente como funciona porque eu também não sei. Mas, como pode ver, é tudo uma farsa, não passo de uma garota normal. Eu sou patética, eu sei.

Quanto mais eu falava e olhava para a cara assustada dela, mais deprimida ficava, vendo meu sonho de visitar o castelo submarino ir por água abaixo. Mais do que literalmente.

Mas, deixando o medo de lado, Serena pegou o pé de pato, olhando-o curiosa. Seu olhar de medo foi substituído lentamente por um olhar de... fascínio?

Nessa hora era eu quem estava confusa. Ela sorriu.

– Patética, você acha? Isso tudo é muuuuuito legal!! É a primeira vez que eu falo com uma humana de verdade! Posso tocar? – falou Serena, para meu espanto, pegando meus dedinhos do pé.

– Ai, cuidado! Eu tenho cócegas, sabia??

Ela riu mais. Risadas de sereia eram muito bonitas. Pode parecer clichê, mas parecia literalmente o soar de pequenos sininhos. Eu nunca entendi direito o que isso queria dizer nos livros, mas agora eu entendo. Só ouvindo para saber como é. Serena olhou para minhas pernas de novo.

– Cara, que demais!! Como é ter pernas?? Eu sempre quis saber!

Ela realmente não estava mais com medo de mim, ela estava curiosa a meu respeito! *Obrigada*, Deus!! De uma hora para outra, me vi explicando como era caminhar na praia de manhã, andar de bicicleta no calçadão, viver no seco...

Por mais estranho que isso parecesse, falar com ela era tão fácil como respirar. Sabe quando você encontra com alguém no banheiro e, depois de tanto cada uma falar da sua vida, saem de lá se conhecendo como amigas de infância? (Minha mãe já fez muita amizade assim. Meu pai sempre reclama.) Bom, foi mais ou menos isso. Eu quase esqueci que nós duas tínhamos uma cauda e estávamos no meio do mar. *Quase.*

– Já chega de falar de mim! Como é viver numa cidade submarina??

Ela ficou séria de repente. Jogou os pés de pato para mim e eu peguei, insegura.

Será que ela mudou de ideia a meu respeito?, fiquei aflita.

– Por que te explicar se eu posso mostrar?

Meus olhos brilharam, e por um momento eu não acreditei.

– Sério?!

– Sério!! – ela sorriu.

– Aaaaaaaah!!!

Coloquei o pé de pato rapidamente e pulei de bomba no mar, espalhando água para tudo quanto é lado, enquanto Serena ria. Quando voltei à superfície, perto dela, tinha absoluta consciência de meu sorriso de orelha a orelha.

– Ai, obrigada obrigada obrigada! – eu a abracei, não consegui me segurar. Sua expressão ficou séria de novo.

– Ok, mas você não pode contar para ninguém sobre mim ou sobre o que você vai ver agora. Eu nunca fiz nada tão... doido. Tudo isso tem que permanecer em segredo, o que quer dizer que terá que tomar muito cuidado quando for se transformar.

– Ok! – eu assenti, mal me contendo. Minha cauda balançava furiosamente de tanta agitação. Eu queria ir logo, poxa!

– E eu prometo que não vou contar nada sobre sua verdadeira identidade a ninguém. Qualquer coisa a gente fala que você é minha prima, filha de uma amiga da minha mãe ou coisa do tipo. Só não podem saber que você é humana, senão...

Ela parou de repente, minha felicidade diminuindo bruscamente.

– O quê? O que acontece? – perguntei, nervosa.

– Er... Deixa pra lá. Não vai querer saber.

E, com esse pensamento feliz, eu segui Serena mar adentro.

Surfistas, Beijos e um Pé de Pato

6

Vou às compras debaixo d'água

— Qual é a primeira coisa que você gostaria de ver? – Serena me perguntou, enquanto nadávamos cada vez mais para baixo. Minha cabeça deveria estar quase explodindo com a pressão da água nesse ponto, mas eu não sentia nada. Ser uma sereia era tão incrível!

— Ah, sei lá! Você que escolhe! – falei, animada.

Serena pensou um pouco.

— Bom, já que você tem pouco tempo e provavelmente só vamos conseguir ver um lugar, acho que o mais legal é o Mercado!

— Um mercado...?

— Não, *O* Mercado! É como se fosse uma feirinha submarina permanente. Fica mais distante da costa, então se tiver algum problema...

— Ei, você é que está me guiando, não? É a sereia de verdade aqui. É só falar o caminho que eu te sigo!

Serena riu.

— Sabe... – ela me olhou pelo canto dos olhos – Nunca pensei que existisse algum humano assim como você.

— Como assim? – fiquei confusa. As pessoas me chamavam de bem-humorada, mas será que ela pensava que só havia gente ranzinza em terra firme?

Carolina Cequini

– Não fique brava, mas... quando eu ouvia a palavra "humano", geralmente me vinha à cabeça, sei lá, um cara grande e feio, provavelmente com uma arma na mão, tipo redes, arpões, varas ou o que for. Pelo menos era esse o relato da maioria dos peixes.

Para tudo!

– Sereias falam com os peixes?? – eu exclamei, parando de nadar por um segundo.

– Não necessariamente. Cada sereia tem um dom, e o meu é entender o sentimento dos animais. Gosto muito de ajudar os outros, principalmente os seres indefesos. Na verdade, quando crescer, quero me tornar uma boa sereia veterinária.

– Uau – falei – Não sabia que existiam profissões assim no mundo das sereias. Achei que elas, tipo, só cantassem e enfeitiçassem as pessoas.

Ei, espera, do que eu estou falando?! Eu nem acreditava em sereias até três dias atrás!

– Suponho que você tenha ouvido falar disso em alguma lenda antiga ou algo parecido? – ela me observou pelo canto do olho enquanto nadava, sua cauda lilás oscilando graciosamente com o balanço da água. Será que a minha fazia isso ou eu ainda era tão desajeitada até mesmo como sereia?

– Sua suposição está quase correta, apenas substitua "lendas antigas" por "filmes e livros de ficção" – falei – Nunca pensei em sereias adolescentes que fossem para a escola, escolhessem profissões e coisas desse tipo. Quer dizer, já cheguei a ler uns livros em que vampiros, bruxos e lobisomens vão para a escola, mas nunca pensei nas sereias desse modo.

– Idem em relação aos humanos – falou Serena – Quer dizer, no meu caso eu sabia que vocês iam para a escola, e depois trabalhavam, e se aposentavam, como nós, mas acho que nunca me toquei como isso estava tão próximo da minha realidade.

– Eu te entendo.

– Entende mesmo? – perguntou ela – Por que, no seu caso, você nem sabia que sereias existiam!

– É, mas eu posso comparar com, sei lá, pessoas de outros países. Por exemplo, lá na Bósnia pode ter alguma garota mais parecida comigo do que qualquer metidinha da minha sala seria capaz! Mesmo assim, é difícil imaginar exatamente como deve ser a rotina de uma adolescente assim.

Surfistas, Beijos e um Pé de Pato

Serena piscou.

– Não vai me dizer que existem humanas nojentinhas também?

– Pera aí: não vai me dizer que existem *sereias* nojentinhas também??

E então ela começou a falar daquelas sereias-estereótipo-de-filmes, que só pensam na aparência e ficam penteando o cabelo e se olhando no espelho o dia inteiro. Cara, essas sereias deviam mesmo ser insuportáveis. Eu falei, óbvio, da Bruna.

Sabe, nós éramos amigas na quarta série. Na verdade, praticamente melhores amigas. Eu, ela e o Gabriel. Brincávamos juntas, íamos uma para a casa da outra, essas coisas. É claro, ela sempre foi mais extrovertida e queria sempre ficar vendo aquelas cenas quentes de novela, enquanto eu só queria brincar de Polly e assistir às Super Gatinhas no Cartoon Network. Mas nos dávamos bem.

Nos *dávamos* bem, até que na quinta série ela achou que já tinha virado gente grande e simplesmente parou de falar comigo, só querendo saber dos meninos e me chamando de infantil. Pera lá, eu tinha 11 anos e ela 12. Éramos pirralhas. O Gabriel ainda era meu amigo, para frustação de Bruna. Dava pra ver que ela estava a fim dele, mas ele ainda só queria saber de futebol e desenho animado, assim como eu. Quer dizer, tirando o futebol. Eu ainda preferia bonecas e bichinhos de pelúcia.

Enfim, eu não sei se foi inveja, mas a questão é que ela decidiu descontar a raiva em mim. Eu e o Gabriel já nos falávamos pouco desde o final da quarta série, e eu acabei conhecendo a Daniela, que era nova na escola. Ficamos amigas super-rápido, e eu achei que minha vida seria tranquila, até...

Bom, até o Gabriel sofrer o "milagre da puberdade" na oitava série. Ele voltou das férias um gato *total*. E eu, se já não gostava dele antes sem saber, me apaixonei completamente. E a Bruna, que *já* gostava dele antes, se apaixonou mais. Ela e metade da população feminina da escola. E hoje em dia ela me trata como lixo, enquanto eu tento ignorá-la, e Gabriel me trata com indiferença, enquanto eu penso secretamente num jeito de fazer ele me notar.

– Fim – falei pra Serena – Feliz, não?

Falei também da festa de hoje à noite, e Serena de repente ficou com um ar pensativo. Até que ela sorriu.

– Celine, sei exatamente do que você precisa.

– Ahn? Do que você está falando?

— Fazer ele te notar, você disse? Sei em que loja devemos ir primeiro – ela pegou na minha mão e acelerou o nado, me puxando – Agora vem, que nós praticamente já chegamos!

Eu olhei ao redor, boquiaberta. Aquele era o lugar mais lindo que eu já tinha visto em toda a minha vida. Era mar aberto, estávamos no fundo, a areia branca e lisinha, marcada apenas por pequenas ondulações do movimento da água. Havia pedras de corais por todos os cantos, e cada pedra grande parecia ser uma loja diferente, iluminada por esponjas luminescentes de várias cores, desde o verde até o vermelho, passando por azul, lilás e laranja. Aquela espécie era conhecida pela humanidade?

Peixes de todos os tamanhos e cores nadavam por todo lado. Um cardume de peixes prateados com manchinhas pretas passou bem perto de mim, fazendo meu cabelo ondular.

— Um cardume de betaras – Serena me explicou – E aquelas são cavalas-aipim – ela apontou para alguns compridinhos meio azuis, com listras na parte de cima como um tigre – E esses aqui são...

Infelizmente, não consegui prestar atenção na futura sereia-veterinária que tagarelava sobre espécies de peixes ao meu lado. Isso porque dezenas de outras sereias nadavam ao meu redor. Sereias, tritões, crianças, adultos, caudas azuis esverdeadas como a minha, caudas lilases como as de Serena, caudas verdes, vermelhas, rosas, todas com reflexos prateados ou dourados. Algumas sereias tinham cores de cabelo exóticas, como verde ou azul. Eu não conseguia nem piscar. Não que eu *precisasse* piscar embaixo d'água. Com o pé de pato, eu nem sentia meus olhos arderem.

Um enorme bagre me tirou do transe, seus bigodes roçando no meu ombro.

– Aaaaah!! – eu gritei, abraçando Serena com força.

– Calma, Cel, é só um peixe! – ela falou, e eu me acalmei enquanto ele ia embora, mais assustado do que eu.

– Mas ele é um peixe muito feio, e muito grande! – respondi – Eu só gosto dos pequenininhos – falei, vendo um cardume de peixinhos listrados de branco, preto e amarelo perto dos corais. Havia também alguns roxos, outros vermelhos, e outros listradinhos de azul-claro – Esses sim são fofos – falei.

Bem nessa hora, um imenso peixe-espada passou próximo de mim. Eu quase desmaiei... Sério!

– Você viu que lindo aquele agulhão-vela, Cel? – seu sorriso desmanchou quando ela reparou em minha expressão assustada – *Cel?*

– V-vi...

Serena riu da minha cara branca de pavor. Em seguida ela me pegou pela mão, me guiando novamente.

– Vem, vamos pra loja que eu te falei.

Fiquei mais tranquila depois de um tempo, enquanto via as sereias e os tritões nadando despreocupadamente entre os peixes, visitando lojinhas de coisas interessantes que eu não conseguia identificar. Prendi a respiração quando vi uma água-viva perto de nós, mas Serena a afagou na parte de cima, a que não queima, para me mostrar que estava tudo bem. Prendi a respiração de novo, dessa vez por prazer, quando vi duas lindas tartarugas marinhas nadando próximo de nós.

Mas então me veio algo em mente: não podia existir *tanta* vida marinha assim tão próximo da cidade. Ou será que podia? Mas com certeza não podia haver tantas *sereias* assim tão próximo da cidade.

– Serena...?

– Sim?

– Quando você disse "longe da costa", você quis dizer *quanto* exatamente?

– Bom, nadamos cerca de 3 milhas.

Hum, certo.

– E milhas valem quantos quilômetros, aproximadamente?

– Não sei ao certo. Talvez 1.400, 1.500 quilômetros, algo assim.

– Ah... Não pareceu que foi tudo isso...

– Sereias podem percorrer longas distâncias na água e quase não percebem. Isso que nadamos agora foi pouquinho. Experimente nadar até uma das praias distantes ao Norte. *Aí sim* você vai ficar morta.

Finalmente chegamos na lojinha para onde ela queria me levar. Era uma loja de flores marinhas, cada uma mais exótica do que a outra. A loja era formada por uma grande pedra de corais, onde a vendedora ficava dentro de uma caverninha espaçosa, iluminada por esponjas luminescentes laranja e rosa. Serena foi falar com a sereia, que tinha um cabelo preto até o ombro e cauda dourada, a pele morena. Era linda, pra variar, e usava um top de escamas verdes com vários colares exóticos enfeitando seu pescoço.

A sereia pegou, dentre as flores que estavam lá, uma grande e rosa, meio alaranjada nas pontas, com bolinhas roxas e risquinhos prateados. Era linda, e muito cheirosa. O cheiro era uma mistura de perfume do mar, um tanto cítrico, mas também mais doce no final. Deus, aquilo era bom. Podiam criar um novo *Chanel* com isso.

– Qual o nome dessa flor? – perguntei à Serena.

– O nome popular é flor-do-marinheiro – respondeu ela – Usada há séculos pelas sereias quando iam enfeitiçar um humano.

Eu parei de cheirar a flor imediatamente, arregalando os olhos.

– Só funciona com humanos do sexo masculino – Serena me tranquilizou – É perfeita para atrair homens.

– Atrair homens, você disse...? – passei a olhar a flor com mais respeito.

– É perfeita para você usar na sua festa hoje com o Gabriel! Essa flor vem direto do mar do Caribe, é muito rara – Serena se virou para a vendedora de novo – Vamos levar – disse ela.

– Ei, ei ei! A menos que as coisas aqui no Mercado sejam de graça, não vamos poder levar a flor! Eu não tenho dinheiro!

Surfistas, Beijos e um Pé de Pato

– Bem, *eu* tenho. E não se preocupe, pode considerar um presente.

Serena enfiou a mão entre suas escamas da cauda e riu do meu olhar assombrado.

– Bolsos – ela sussurrou, sorrindo – Se esse seu pé de pato for bom, você também deve ter um, como toda sereia.

Engoli em seco – mesmo estando no mar – e fui checar... Oh, Deus, eu também tinha bolsos na minha cauda portátil! Isso poderia vir a ser muito útil no futuro!

Serena retirou do bolso três moedas, um pouco maiores do que uma moeda de um real. Brilhavam como a parte interna de uma casca de ostra, com reflexos furta-cor. Imaginei do que seria feita. Bom, provavelmente, de casca de ostra, mas eu não tinha como ter certeza.

Serena me entregou a flor, dentro de uma sacolinha também de algas. Puxa, sereias são amigas do meio ambiente, usam sacolas orgânicas!

– Presente! – disse ela, sorridente – Para você arrasar com o garoto na festa!

Peguei o presente que Serena me estendia, emocionada.

– Serena... Você não existe! – falei, dando um abraço nela.

Ela me levou para outra loja, que dessa vez vendia vários tops de conchas.

– O que viemos ver aqui? – perguntei.

– Vamos comprar um top de conchas pra você.

– O quê?! Você vai me dar mais coisas?! Não precisa!

– Estão olhando estranho para o seu biquíni listrado. Precisamos sim.

Não pude discutir.

Ela me entregou um par de conchas como os dela, só que com reflexos mais rosados em vez de azulados. Fui até o camarim, empurrando a cortina de algas vermelhas para entrar no espaço dentro da pedra, iluminado por uma esponja verde. Coube direitinho.

– Ótimo! – Serena falou assim que eu saí – Já até paguei! Agora só falta uma última coisa!

– Mais?!

Ela me levou para uma loja que vendia colares, pulseiras e outros acessórios para enfeitar a cauda. Serena comprou um colar de pérolas.

– O quê?! Não posso aceitar! – falei, alarmada.

– Ué, por que não? É o último presente, eu juro. Para completar o seu *look*. E, para ficarmos quites, é só você me trazer alguma coisa maneira da terra firme!

Carolina Cequini

– Nada se compara a um colar de pérolas como esse! É muito caro!

– Para os humanos, talvez. Aqui é bem comunzinho, mas é lindo do mesmo jeito.

Bem, Serena tinha razão. No fundo do mar era bem comunzinho. Não tinha uma sereia que não usasse pelo menos um acessório de pérolas.

Continuamos vendo as lojinhas. Tinham objetos de casa para vender, como seu próprio abajur-esponja, roupas feitas de algas e de um tecido delicado e transparente que eu não sabia do que era feito, acessórios de conchas e pérolas, bugigangas que vinham da terra firme trazidas pela correnteza e até lojinhas de comida.

Infelizmente, não pude provar nenhuma comida exótica de sereia, pois precisávamos voltar para casa. Fomos conversando por todo o caminho sobre as coisas maravilhosas que eu tinha visto no Mercado, e agradeci "quinquitilhões" de vezes pelos presentes. Uma dúvida me veio de repente:

– Serena, os humanos sabem do Mercado?

Ela me olhou com os olhos arregalados.

– Mas é claro que não! Ele não existiria se já tivesse sido descoberto! Teríamos que mudar sua localização!

– E como vocês o escondem? Quer dizer, o que fazem se um barco de mergulhadores se aproximar, por exemplo?

– É pra isso que servem as sentinelas – Serena deu de ombros.

– Sentinelas?

– É, eles trabalham para a Rainha, e ficam nadando pela região para garantir que nenhum humano se aproxime. Caso isso aconteça, eles tocam uma sirene que só as sereias podem ouvir, e então camuflamos as lojas e nos escondemos.

– E se escondem onde?

– Em cavernas subterrâneas, é claro. O litoral é cheio delas. Cheinho. Minha casa é uma caverna subterrânea, por falar nisso.

– MA-NEI-RO! – foi tudo o que eu consegui responder. Gostaria de ver a casa de uma sereia algum dia, mas é claro que eu não iria me convidar para a casa dela! Apesar de estar com muita vontade...

Finalmente, chegamos à conhecida pedra onde havíamos nos visto pela primeira vez. Aquele era o limite para Serena.

– Obrigada mais uma vez! – falei.

Surfistas, Beijos e um Pé de Pato

Serena revirou os olhos.

– Eu já entendi. Agora só me faz o favor de fazer o presente valer a pena! Quero ouvir boas histórias da festa quando você voltar, hein? – ela falou, enquanto eu já me distanciava da pedra, acelerando para chegar antes das 13:00 em casa. Bom, já eram 12:56, então as chances não eram lá muito boas.

Mas eu ainda me virei para Serena e acenei mais uma vez.

– Eu também espero!

7
Atenção até demais

Ok, chegou a hora.

Os pais da Dani vieram me buscar na casa da minha tia, porque a Dani preferiu se arrumar em casa com a mãe dela, e para ir pro hotel era caminho. Tia Luisa me ajudou a me arrumar também. Estava meio friozinho, mas não havia muita coisa que eu pudesse fazer. Eu tinha comprado um vestido tomara que caia acima do joelho, e o jeito era rezar para o ar-condicionado não estar tão gelado. Meia-calça nem pensar. Eu não tinha sofrido para me depilar à toa.

As continhas peroladas e brilhantes do vestido ficaram ótimas com o colar de pérolas. Tive que pegar um brinco de pérolas da minha tia para combinar, e usei uma sandália preta básica para combinar com minha bolsa-carteira.

O que dava uma quebrada no visu branco e preto era a flor colorida. Com a ajuda do potente baby-liss da minha tia, conseguimos fazer uns cachos bem legais no cabelo, imitando o penteado da Hermione em *Harry Potter e o Cálice de Fogo*. Cara, adoro aquele filme! É quando o Daniel Radcliffe está mais lindo.

Coloquei a flor presa do lado direito, bem em cima do rabo-de-cavalo lateral. Nem precisei passar perfume. Maquiagem sempre foi minha especialidade. Eu não tenho saco de ficar me maquiando todo dia de manhã quando vou para a escola, como a maioria das garotas, mas sei me arrumar bem quando vou para uma festa.

Enquanto descia no elevador, dei uma última olhada no espelho, encarando a flor que faria eu e o Gabriel ficarmos juntos. Agora era só uma questão de tempo!

– Nossa, como você está linda, Cel! – Dani falou assim que eu entrei no carro. Ela usava um tomara que caia lilás com saia baloné.

– Obrigada! Você também! – sorri. E era verdade, sempre achei que morenas ficam bem de rosa e lilás.

– Ah, hoje é o dia! Vou ter uma noite maravilhosa com o Rafa e você com o Gabriel!

– Pode apostar! – eu ri, fechando a porta do carro.

Assim que fiz isso, o cheiro da flor impregnou o carro. Estava conversando com a Daniela quando o pai dela se virou de repente para mim:

– É verdade, Cel, está muito bonita!

– Er... Obrigada... – falei de novo, meio sem jeito.

– É sério! Acho que essa é a amiga mais bonita da Dani, não é, querida?

– Rogério, dá para parar? Não está vendo que está constrangendo a menina? – a mãe da Dani o repreendeu.

Fiquei em silêncio durante o resto do trajeto, meio sem-graça. Ainda bem que não era muito longe. Quando chegamos, o pai dela se despediu de nós:

– Divirtam-se! Ah, e tenha uma maravilhosa noite, Cel! Espero poder vê-la qualquer outro dia! – disse ele, com os olhos intensos.

Ok, isso foi estranho.

Rejeitei a ideia de o pai da minha melhor amiga estar flertando comigo. A ideia era simplesmente ridícula. E, se fosse isso, acho que ficaria traumatizada.

Nós duas nos dirigimos até a escada depois que o chofer abriu a porta do carro. Abriram a porta de entrada para nós e o segurança de terno fez uma reverência lisonjeira.

– Boa noite, senhoritas. Vieram para a festa?

– Sim – respondi com um sorriso – Boa noite! Como chegamos ao salão de eventos?

– Permita-me acompanhá-la até lá – ele pegou minha bolsinha e me deu o braço, me guiando pelos corredores chiques do hotel. Eu estava gostando disso.

Finalmente chegamos e ele me soltou graciosamente, me estendendo a bolsa novamente.

– Aqui está, senhorita. Divirta-se!

– Muito obrigada – falei, agradecida, e depois me virei para a Dani enquanto entrávamos no salão – Moço simpático, né? Muito cavalheiro!

– Eu achei ele mal-educado. Ele me ignorou completamente e tive que correr para acompanhar vocês.

– Ah... – fiquei muda, sem saber o que dizer.

Estava com um mau pressentimento, mas não conseguia descobrir por quê.

Fomos procurar o pessoal da escola – leia-se: *Gabriel* – mas era meio difícil. Todos os garçons vinham na minha direção oferecendo comida, bebida e perguntando se eles podiam me oferecer alguma coisa especial ou fora do cardápio (dava mais medo ainda quando eles perguntavam isso dando uma piscadinha). Outros garotos que nunca vi na vida se aproximavam, me dando cantadas e querendo puxar um papo.

Socorro!, tentei gritar mentalmente para a Dani, esperando que ela entendesse meu olhar.

Ela, que estava conversando com nossas amigas da escola numa mesa não muito distante, pareceu captar a mensagem e veio vindo em minha direção, mas um garoto chegou primeiro.

– Oi, Cel! Quanto tempo, né? – era o Rafael – Você está diferente hoje, sabia? Está linda. Fez alguma coisa no cabelo?

– O-obrigada... Eu fiz sim, uns cachinhos... – *Aaaaaah!!!! Alguém me tira daquiiiii!!!*

Olhei de novo para a Daniela. Ela me encarou de volta com um olhar magoado e saiu correndo.

– Dani, espera! – tentei olhar para que direção ela ia, mas a "porta" do Rafael não saía da minha frente. Já mencionei como ele é alto?

– Algum problema, Cel? – ele perguntou, se aproximando.

– Sim, eu *estou* com um problema! Provavelmente minha amiga agora pensa que eu sou uma vaca total, e tudo isso é culpa sua! Não se dá em cima da melhor amiga da garota com quem você está ficando!

Surfistas, Beijos e um Pé de Pato

– Do que você está falando?

Eu ia xingar aquele safado de nomes muito feios, mas achei que não valia a pena. Simplesmente o empurrei com força e corri na direção onde me lembrava de ter visto a plaquinha de sanitários. O banheiro feminino é sempre um lugar sagrado, ela deve ter ido pra lá. Na pressa de achar minha amiga acabei esbarrando em alguém.

– Ai, me descul... Gabriel?!

Isso é a minha cara. Trombar com tudo com o garoto que você está a fim quando precisa resolver uma crise de amizade. Eu me levantei do chão, agradecendo por não ter quebrado o salto ao me desequilibrar, e rezando para minha calcinha não ter aparecido. Gabriel me ajudou.

– Puxa, Cel, não sabia que vinha para a festa! Cheguei a comentar com uns amigos se você talvez apareceria, e a Bruna até disse que a convidaria, mas... – e então ele sentiu o cheiro da flor – Wow. Você está maravilhosa hoje. Fez alguma coisa no cabelo?

Ok, essa flor idiota estava começando a me irritar. Ela não tinha nenhuma originalidade não? Era sempre a mesma ladainha do cabelo, fosse com os garçons, fosse com os garotos, fosse... com o Rafael!! Oh meu Deus, ele tinha dado em cima de mim por causa da flor! E o segurança também! E até o pai da Dani também! *O que foi que eu fiz??*

Nessa hora um garoto que já tinha vindo falar comigo apareceu de novo:

– Ei, Gabriel, sai pra lá! Você sempre fica com todas as garotas bonitas! Eu cheguei nela primeiro!

O-ou. Esse garoto não era o único que vinha em nossa direção. Mais uns seis ou sete, incluindo o Rafa, vinham vindo.

– Nada a ver! Fui eu! – falou outro.

– Quer brigar, é?? – outro da escola apareceu.

Gabriel se virou pra mim com um sorriso no rosto.

– Só um segundo, Cel. Não se preocupe que já já voltamos para onde paramos.

Aaaaaaah!! Os garotos iam começar uma briga no meio daquele jantar chiquérrimo e era *tudo culpa minha!*

Saí correndo dali, chamando uns guardas e garçons que vieram sorridentes me ajudar a separar os meninos. Eu estava indo mostrar para eles o lugar da briga quando ouvi alguém às minhas costas:

Carolina Cequini

– Indo a algum lugar, *Cel?*

Eu me virei. Era Bruna. Ela e mais cinco garotas estavam na minha frente, os braços cruzados, o rosto com uma expressão perigosa.

– Er... Oi, Bruna!

– *"Oi, Bruna!"* – ela me imitou numa vozinha carregada de veneno – Você se acha muito engraçadinha, né, garota?

– O-o quê?! Eu? – perguntei, começando a suar frio.

– Ah, não se faça de santinha agora. Você se acha irresistível com esse seu cabelo loiro e seus olhos azuis, né? Se acha A miss com esse vestidinho, pois pode parar de fazer essa cara de boba porque eu vi muito bem você com o *meu* Gabriel!

– E o *meu* Murilo!

– E o *meu* Lucas!

– E com o lindo do Felipe!

Logo mais e mais garotas se juntaram à multidão. Na verdade, parecia que todas as adolescentes do resort estavam ali. Achei que eu ia morrer, mas, do nada, vários seguranças apareceram e foram levando uma por uma para fora do salão.

– Ai, me larga, seu idiota! – Bruna berrou assim que o guarda segurou seu braço. No entanto, ele não afrouxou o aperto, e acabou tendo que a segurar com a outra mão também.

– Já falei pra me soltar! Meus pais são os *donos* desse hotel! Me largaaa!!

– Está tudo bem, senhorita? – o segurança que me recebeu na porta do hotel e me levou até o salão apareceu atrás de mim. Eu assenti, mas acho que o fiz cedo demais. Vi quando Bruna me fuzilou com os olhos, já saindo do salão de festas.

– Você vai pagar por isso, Celine! Você não perde por esperar! – e então as portas do salão se fecharam e eu não pude mais ouvi-la.

Surfistas, Beijos e um Pé de Pato

8

Bombons curam
mais que remédios

Então é isso. As garotas da cidade inteira me odeiam.

Ok, isso foi exagero.

As garotas do bairro inteiro me odeiam.

E eu não estou imaginando as coisas, nem supondo nada. Eu tenho certeza disso. Muitas vinham constantemente à Summer Sports para me xingar, então eu tinha que me esconder atrás do balcão e tia Lu tinha que fingir que eu não estava. Deprimente.

Eu tive medo de ir ao shopping para comprar algo legal para a Serena, pois temia encontrar a Bruna ou alguma de suas amiginhas. Ultimamente elas pareciam estar em qualquer lugar em que eu estivesse.

E nada dessa confusão valeu a pena, sabe? Porque os garotos também foram expulsos por começarem uma briga, e eu não pude mais ver o Gabriel durante a noite. Não achei a Dani para esclarecer as coisas, então tive que ligar para a minha tia ir me buscar. Mais uma vez: deprimente.

Dois dias depois, já cansada de ficar trancada no apartamento – lembra? Lá só tem internet lerda – resolvi sair e ir para o fundo do mar, nem que para isso eu tivesse que usar um disfarce. Já tinha lido os dois livros que supostamente deveriam ser para as férias inteiras, então agora realmente eu não tinha mais o que fazer em casa.

Carolina Cequini

Só tinha mesmo um problema (tirando todo o lance das meninas enfurecidas): o presente da Serena. Ela me deu um colar de pérolas. Parou aí! O que podia se comparar a *isso*? Só se eu desse... Não, esquece. Qualquer aparelho eletrônico é inútil quando se mora debaixo d'água.

Foi quando eu estava quase desistindo que me veio uma luz. Estava procurando alguma coisa engordativa o suficiente para me animar – o que provavelmente me deixaria muito mais deprimida mais tarde, quando eu subisse na balança – quando eu vi exatamente aquilo que eu queria escondidinho no canto da armário. Mas, em vez de pegar um pra mim, aproveitei que ainda não tinha sido aberto e coloquei dentro de uma sacola de plástico, e depois dentro de uma bolsa térmica à prova d'água.

– Deeeus, isso é boooom!! – Serena balançou a cauda, feliz, enquanto pegava mais um bombom Lindt de dentro da bolsa térmica – Hmm... Como os humanos conseguem fazer uma coisa tão deliciosa dessas?? Isso aqui derrete na boca!

Com uma canga enrolada no corpo, um chapéu tão grande que parecia mexicano e um óculos escuros que fazia qualquer ser humano parecer um inseto, consegui ir para a praia totalmente despercebida. Bom, na verdade não, mas pelo menos ninguém sabia que era eu. Bruna estava lá, e Daniela também, junto com outras pessoas da escola que estavam hospedadas no hotel. Consegui enfiar depois tudo na bolsa à prova d'água e, colocando o pé de pato, nadei até chegar na pedra de sempre. Serena, pra variar, estava lá treinando seu canto.

– Que bom que gostou, mas é bom maneirar. Você já comeu uns oito, sabe por acaso quantas calorias cada bolinha dessas tem?

– E quem se importa? Isso é muito bom! – me assustei ao ouvir isso de uma sereia – Além do mais, sereias nadam praticamente 24 horas por dia. Sabe quantas calorias gastamos nesse meio-tempo?

Ela pegou mais um e enfim fechou a tampa da caixinha.

– Mas seria bom se eu guardasse para a minha mãe e o meu pai. Eles vão amar esse tal de chocolate!

– Mas como você vai explicar onde conseguiu um desses?

Surfistas, Beijos e um Pé de Pato

Serena pensou um pouquinho de repente mais desanimada.

– É, deixa pra lá... Mas eu guardo pra mim mesma então! Até pensar numa desculpa. Posso dizer que vi cair de um barco e peguei a tempo, ou sei lá. Mas aí eles vão brigar comigo por me aproximar de um barco...

Serena resolveu comer mais dois, para completar 10, mas eu resolvi comer só três mesmo. Quer dizer, *eu* não nado quase 24 horas por dia. E já fiquei bem parada nesses últimos dois dias. E três é um número bom. Afinal são sempre *três* desejos, *três* porquinhos, *três* mosqueteiros... Se bem que na verdade eles são quatro. Então peguei mais um bombom.

Essa foi por você, D'Artagnan.

– Muito bem! – pulei na água de novo, minha cauda rapidamente se formando – Vamos fazer alguma coisa! Para onde vamos dessa vez?

Serena pulou na água também, extremamente graciosa, pra variar.

– Gostaria de conhecer o Teatro? Ou quem sabe a Biblioteca? Ou... Já sei! Vem comigo!

Ela deixou a bolsa na pedra, dizendo que ninguém nunca ia ali e que mais tarde voltaria para buscar. Puxando a minha mão, ela me levou na direção sul, indo para as praias do Recreio.

– Não sei se já reparou, mas aqui tem muitas ilhas. Uma delas é o Teatro, outra a Biblioteca e outra não é nada. É simplesmente uma ilha.

– E como uma ilha pode ser mais do que uma ilha? Quer dizer, como um teatro para sereias pode ser em terra firme?

– E quem disse que é? – ela me perguntou, enquanto ainda nadávamos. Deve ter entendido o ponto de interrogação estampado na minha cara, porque logo emendou – Os lugares frequentados pelas sereias são todos submarinos, o que significa que, quando não é em mar aberto ou no subterrâneo, num lugar realmente fundo ou distante o suficiente para nenhum humano chegar, é dentro de rochas, completamente inacessível.

– Como assim *dentro*?

– As ilhas são ocas. Como as pedras de coral no Mercado, onde cada uma era uma loja com uma sereia dentro. Sereias também podem entrar e sair das ilhas, onde escavamos túneis e salões na parte submersa, feita de rocha.

Eu fiquei de queixo caído. Nada do que ela dizia fazia sentido. Ilhas são ocas? Pera lá. Eu não aprendi assim nas minhas aulas de geografia. Se bem que, se ninguém sabia das existências das sereias, como poderiam supor que elas escavavam túneis e transformavam ilhas em teatros submersos?

Tive que parar um pouco para respirar fundo, buscando o máximo de oxigênio possível debaixo d'água.

– Bom, continuando... – disse ela, depois que me recuperei um pouco. Um *pouco* – Existe uma dessas ilhas que não virou nada. Ia ser um grande centro de eventos, mas pararam a construção por motivos misteriosos... – ela parou de repente – É chegada em histórias de terror?

Arregalei os olhos e balancei a cabeça negativamente. Acho que não existe alguém mais medroso do que eu nesse mundo.

– Ah – Serena parou de nadar, deprimida – Lá é um lugar legal, cheio de túneis escuros, labirintos sem saída, peixes esquisitos e ruídos estranhos. Já chegamos a fazer um teste de coragem lá com as alunas da escola! Achei que fosse gostar de explorar o local.

– E quem em sã conciência gostaria de ir explorar um lugar como esse?! – perguntei, brava.

No final acabamos indo até as ilhas, mas apenas para olhar a paisagem, que por sinal era linda. Eu nunca me cansava de olhar o mar ou os peixes. Era tudo tão vivo e maravilhoso. Ficamos longe da costa, olhando os vários pontinhos na água que eram os surfistas, apenas sentadas em mais pedras. Meu bumbum ia ficar dormente se eu não encontrasse algo macio para variar.

Serena suspirou.

– Gostaria de me aproximar mais da praia... mas não tenho coragem. Você teria, caso fosse uma sereia de verdade?

– Eu não! Vai que me capturam e me levam para algum laboratório para fazer experiências estranhas comigo??

– Sempre exagerada... – Serena revirou os olhos, e voltou seu olhar para os surfistas de novo – Mas continuo com vontade de conhecer algum humano. Digo, além de você. Você sabe, alguém do sexo masculino.

– Por quê?!

– Sereias mais velhas dizem que eles são bonitos. É verdade? – ela se virou para mim.

– Alguns sim – falei – Alguns são muito, MUITO gatos.

– "Gatos"? – ela me olhou sem entender nada.

Surfistas, Beijos e um Pé de Pato

– É como a gente diz quando um garoto é bonito.

– Ah... Ah! – ela pareceu finalmente compreender – Eu lembrei! Você chamou aquele garoto, o Gabriel, de gato!

– É, tipo isso... – falei, ruborizando.

– Falando nele, você não me explicou como foi a festa! – ela me apontou um dedo acusatório – Pode falar tudinho! A flor deu certo?!

Suspirei e contei a ela o desastre da festa, incluindo o motivo de eu ter demorado a voltar.

– Puxa, e eu que pensei que era porque vocês já estavam namorando...

– Ah! Quem me dera!

Ficamos ali mais um tempinho, enquanto víamos as ondas se formarem e as gaivotas mergulharem na água à procura de peixes, a brisa agitando nossos cabelos. Era uma tarde gostosa, com uma cena de tirar o fôlego, e eu realmente me sentia melhor depois de contar tudo a Serena. Não tinha como explicar coisas como a flor-do-marinheiro para Dani, principalmente porque ela mal falara comigo nesses dias.

Suspirei. Serena olhou na minha direção.

– Esse suspiro melancólico foi por causa da sua amiga ou por causa do Gabriel?

Como não respondi, ela continuou:

– Se for o primeiro caso, não se preocupe. Se for sua amiga de verdade, ela vai procurar você mais cedo ou mais tarde para conversar, e as duas vão acabar fazendo as pazes. Se for o caso do Gabriel... Bem, podemos pensar em mais coisas! Você não desistiu ainda, não é? Não pode deixar um bando de garotas intimidar você!

Olhei para Serena realmente agradecida. Ela sorriu de volta pra mim e pegou minha mão, afagando de leve.

E então eu me levantei, decidida:

– Você tem razão, Serena! As férias ainda nem chegaram na metade e eu ainda tenho muito tempo para fazer alguma coisa acontecer!

– É assim que se fala, menina!

Pulei de bomba na água e ela me seguiu. Apostamos corrida até a nossa pedra, e comemos mais bombons. A tarde estava acabando quando eu liguei mais uma vez para o celular da Daniela. Passo um: fazer as pazes com a melhor amiga. Depois eu ia correr para o passo dois: Gabriel, é claro.

Carolina Cequini

9
Caudas de peixe, vozes angelicais

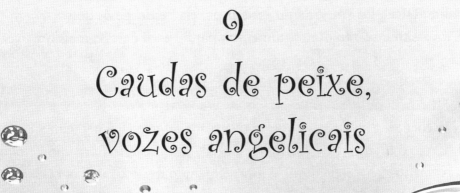

Tocou algumas vezes, mas enfim alguém atendeu:
— Cel? Finalmente deu sinal de vida! Onde esteve trancafiada nesses dois dias?

— Camila? Onde está a Daniela? — perguntei.

— Está no banho. Eu e as meninas acabamos de voltar da praia.

— Ah, isso explica por que atenderam a minha chamada... Se fosse a Dani teria me ignorado como nas últimas mil vezes em que telefonei. Ela ainda está brava comigo?

— Acho que não. Quer dizer, ela não falou nada com a gente. Não acho que ela faria tanta pirraça disso.

— Ahn?

— Fala sério, Cel. Você estava linda com aquele vestido. Não é culpa sua se os caras da festa notaram isso e foram em cima de você. E a Larissa viu que foi o Rafa que chegou em você, e não você que deu mole pra ele. Então a culpa não é sua.

Não mesmo. Tecnicamente, a culpa é da flor.

— Bom, porque não dá uma passada aqui? É nosso penúltimo dia no hotel, e você tenta botar juízo na cabeça da Daniela. O cara é um galinha.

Pobre Rafael. Eu vou é tentar insistir pra ela perdoar nós dois.

E foi assim que, rapidinho, tomei um banho e saí de casa mais uma vez.

Não cheguei a subir até o quarto. Na verdade, não cheguei nem a entrar no hotel. Então o interior do Ocean Star ainda é um mistério para mim, tirando o salão. As meninas me esperavam lá fora, e, quando me encontrei com elas, fomos direto para o restaurante japonês ali perto.

Daniela me deu um abraço assim que comecei a pedir desculpas. Eu comecei falando como havia sentido falta dela nesses dois dias, e como aquilo não tinha passado de um mal-entendido. Eu disse que nunca daria em cima do quase-namorado da minha melhor amiga, e também falei que provavelmente o Rafael não estava dando em cima de mim.

– Ele só tem olhos para você, Dani. Podia estar fazendo apenas um elogio – ocultei a parte de ele entrar na briga por minha causa.

Aparentemente, ela esteve no banheiro junto com as meninas nessa hora, e eu é que não ia contar uma coisa dessas. Afinal, tudo fora culpa da flor, e não havia risco nenhum de se repetir.

– Acredito em você, Cel. – falou ela, sem nem hesitar.

– É... O quê?

– Ele também veio pedir desculpas há poucos minutos por ter dado a impressão errada e falou exatamente a mesma coisa que você: que só tem olhos para mim!

– Não é fofo? – falou Larissa, toda animada.

Ei, não era ela que tinha dito a Camila que o cara era um galinha?

– Espera... Isso quer dizer que os dois estão...

– Namorando! – Juliana completou a frase por mim.

– Então o que está fazendo aqui comendo sushi com a gente?! – exclamei – Saia agora mesmo daqui e vá ver o seu namorado, criatura!

– Na verdade, estou aqui mesmo só esperando ele se arrumar. Os meninos ficaram mais um tempinho na praia surfando, sabe como é.

Realmente, Dani só pediu um temaki. Depois Rafael chegou, e, então, após um beijo apaixonado, os dois se despediram e foram embora.

Foi nessa hora que a verdade me atingiu como uma pancada dolorida na cabeça: minha melhor amiga já está namorando enquanto eu ainda sou BV aos 15 anos de idade.

Deus, acho bom eu fazer alguma coisa a respeito. E o mais depressa possível.

– Bom, *hoje* vamos ao teatro – falou Serena, enquanto nadávamos de novo em direção ao Recreio – Não se preocupe, nada de cavernas escuras e barulhos suspeitos. Eu prometo – ela emendou, após ver a minha cara – Comprei uns ingressos para um coral. Espero que goste.

– Quer parar de me comprar coisas? – falei, brava – Vai acabar ficando completamente dura, já que eu não posso te pagar em dinheiro de sereia. Afinal, quanto sereias ganham de mesada? Porque a sua parece não ter fim.

– Pouco, mas dá para eu me virar – falou Serena – Mas eu ganhei um monte como recompensa depois de trabalhar limpando a Baía de Guanabara. Foi uns dois meses atrás, mas rendeu pra caramba. Quer dizer, eu estava em aula, então quase não tinha tempo para sair com os amigos e gastar o dinheiro.

– Caraca, você ganhou bastante só pra ajudar a tirar lixo do mar?

– Não é um trabalho fácil – resmungou ela – E mesmo assim seu esforço não dura para sempre. Quer dizer, é só virar as costas que os humanos poluem tudo de novo. Sem ofensa.

– Nenhuma, você está com a razão – falei. Eu tinha que adimitir que ela estava certa. É nojento, mas quase não temos tratamento de esgoto no Rio de Janeiro.

– Sabe, vocês têm sorte de sereias limparem o mar de vez em quando – falou ela, pensativa – Imagino que, se nós parássemos de trabalhar, o mar do Rio ficaria tão sujo que nem os peixes aguentariam ficar aqui por muito tempo. Na verdade, têm sorte de as sereias do mundo inteiro fazerem isso de vez em quando.

– Bom, então eu agradeço. Em nome dos humanos – falei, e nós duas rimos.

Finalmente chegamos ao Teatro. Nadamos até o fundo, quase encostando na areia. Debaixo d'água ainda parecia só uma ilha. Tipo, só com pedras embaixo. Não havia nenhum letreiro iluminado ou algo parecido.

– E então? – perguntei, ainda encarando as rochas – Não vai ter, sei lá, uma entradinha ou algo do gênero? Ou será que você errou a ilha?

– Humanos – Serena bufou – Sempre impacientes!

– Ei, eu ouvi essa! – resmunguei, e Serena riu. Eu sabia que ela estava brincando.

Nadamos mais um pouco, contornando a ilha, até que Serena parou de repente e apontou para um monte de algas.

– Taí a sua entrada! – exclamou ela.

– Er...

Eu ia contestar, mas achei melhor dar uma olhada primeiro. Tirei as algas do caminho e adivinha? Só tinha mais pedra atrás. Acho que minha amiga sereia está ficando maluquinha.

– Serena... Não tem entrada nenhuma aqui.

Serena revirou os olhos e levantou mais as algas, mostrando um buraquinho pequeno – onde cabia, no máximo, uma mão. Ela não esperava que a gente entrasse por ali, não é mesmo?

Serena enfiou a mão no buraquinho e a deslizou para a esquerda... E a grande pedra deslizou para o lado junto com o movimento da sua mão, como se fosse uma porta. Eu fiquei boquiaberta. Lá dentro, havia um corredor iluminado por esponjas luminescentes, com um carpete de algas vermelhas no chão.

Na porta havia dois caras, morenos, altos, musculosos e de cabelos pretos. Os dois vestiam uma espécie de segunda pele. A blusa era preta e justa, marcando todos os contornos dos músculos. Era sem mangas, e o tecido parecia resistente e hidrodinâmico. O tecido lembrava escamas de peixe pretas, com levíssimos reflexos esver-

Carolina Cequini

deados. Dois cascos de tartaruga cobriam os ombros, e de cada um saía uma corrente de bronze e prata. Essas correntes se cruzavam no peito e chegavam até a cintura, numa espécie de cinto. Ao olhar para baixo, levei um susto: ao invés de uma cauda de peixe, como qualquer outro tritão teria, eles usavam uma calça, também preta, e o pé parecia... um pé de pato. Eles pareciam quase humanos, com exceção dos pés aquáticos. Ah, e dos músculos altamente desenvolvidos. Deus, eles eram lindos... Com exceção do tridente imenso e prateado que cada um segurava. Esses não eram nada, nada bonitos. Na verdade, eram *bem* pontudos, e um tanto ameaçadores.

Ao ver que se tratava de sereias, eles nos deixaram passar sem problemas, e continuamos a nadar pelos corredores claros.

– Serena... O *que* eram eles? – perguntei, curiosa.

– Sereianos – ela respondeu – São tipo os policiais do mundo marinho, trabalham para a Rainha. Lembra-se dos Sentinelas? Eles também são sereianos. São mais rápidos do que sereias, mais fortes do que sereias e odeiam humanos. São responsáveis por proteger as sereias deles. Fique bem longe desses caras.

– Não precisa falar duas vezes!

Parando de pensar nos sereianos um segundo, passei a prestar atenção no lugar, que era lindo. As paredes eram enfeitadas com conchas grandes e bonitas, intercaladas com as esponjas que iluminavam o local, dando um brilho amarelado. A partir de um determinado ponto, as paredes ficaram lisas e brancas – e eu tinha uma vaga noção de que elas eram feitas de pérola maciça. Uma porta de ouro enfeitada com mais conchas e uma cortina vermelha estava aberta, onde um tritão – sem tridentes – recebia os ingressos. Serena entregou os nossos e nós entramos.

– UAU... – foi tudo o que eu consegui dizer.

Eu estava diante de uma enorme caverna que, por si só, já era linda. Com a iluminação e a decoração do lugar, ficava ainda melhor. Era cheia de fileiras de pedras, onde as sereias se sentavam, com parte do corpo fora da água, de frente para um enorme palco de mármore, todo branco. Cortinas coloridas, conchas e corais se espalhavam pelo palco, que ficava metade submerso, metade fora d'água. Algumas sereias e tritões estavam num canto do palco, do lado direito, segurando estranhos instrumentos de cordas. Algumas sereias seguravam harpas, outras violinos, flautas, trombones de conchas e vários outros instrumentos. Elas afinavam as cordas, fazendo uma sinfonia de orquestra ecoar por toda a caverna.

Surfistas, Beijos e um Pé de Pato

Mais e mais sereias e tritões apareciam, sentando-se nas fileiras de pedra ao nosso lado e à nossa frente. Eles vestiam-se com roupas finas de cores fortes, as caudas sempre enfeitadas com pérolas, laços ou estrelas-do-mar. Depois de um tempo, as luzes se apagaram – tritões cobriram as esponjas com cortinas de algas – e a sinfonia virou uma melodia suave. Era tão suave que parecia não ser algo da terra. Parecia uma música dos céus.

Quando o coral de sereias apareceu de fato, subindo no palco cantando todas juntas, meu coração quase parou. Aquele som era lindo demais!!

– É maravilhoso... – consegui dizer à Serena.

Ela riu, e cantarolou junto com o coral. Não era a única, no entanto. Outras sereias e tritões da plateia cantavam também, e eles eram praticamente tão bons quanto os artistas que se apresentavam. Apesar de estar morrendo de vontade de cantar também, continuei com a boca fechada. Eu me considero afinada, mas nada que me compare a uma sereia. Com certeza descobririam que eu era humana.

Fechei os olhos ouvindo a música. Ser sereia parece ser tão incrível... Saber cantar tão bem, ser tão graciosa o tempo todo, ser tão linda sem precisar sequer de maquiagem... É tudo tão injusto! Será que Serena não poderia me ensinar a ser um pouquinho mais como uma sereia? Bom, acho que não custa tentar pedir a ela... Quem sabe assim eu finalmente não consigo fazer o Gabriel me notar de vez??

Carolina Cequini

Dani estava naquela fase insuportável de recém-namorados; era um grude só, então eu passei o resto dos dias com Serena. Não me leve a mal, eu gosto das outras meninas, mas elas não são minhas melhoooores amigas. E, depois de dois dias saindo com elas para ir ao cinema, resolvi voltar para o fundo do mar, só para variar um pouco. Ok, na verdade, eu gostava mais do mar.

Já estávamos na segunda semana de férias. Logo voltariam as aulas, ou seja, meu tempo estava acabando. Eu tinha que bolar alguma coisa para chamar a atenção do Gabriel.

– Por que simplesmente não chama ele para sair? – perguntou Serena, enquanto nadávamos em direção ao Mercado.

– Assim, sem mais nem menos?! Eu não!

– Bom, então seja mais casual... Convida ele para sair com as meninas, e pede para chamar os amigos dele também. Mas não se esqueça: tem que ter o número exato de meninos e meninas! Não estão todas solteiras?

– Ai, também não precisa jogar assim na lata... Mas até que a ideia não é tão ruim... Na verdade, acho que posso ligar para as meninas assim que voltar para casa!

Comemos num barzinho do Mercado uma comida bem exótica, pelo menos para mim. Era uma mistura de frutos do mar embrulhados naquela mesma alga usada em restaurantes japoneses, numa espécie de bolinho. Era cru, claro, mas tinha um molho bom dentro, melhor que molho de soja. Enfim, achei gostoso. Diferente, mas gostoso. Já a gelatina de algas de sobremesa...

Depois de dar minha gelatina verde à Serena, resolvi falar sobre o que eu estava pensando no outro dia:

– Serena...?

– Sim? – ela se virou pra mim.

– O que você acha de... me ensinar a cantar? Sabe, como uma sereia de verdade?

– Como assim?

– Sei lá, anteontem, no coral, aquele som... simplesmente não parecia da Terra. Eu queria saber cantar assim. Faz o coração de qualquer um derreter enquanto escuta. Poderia me ensinar?

– Eu não sei... Não sei se humanos conseguem chegar àquele timbre... M-mas podemos tentar! – ela continuou depois de ver a minha cara – Sabe, trei-

Surfistas, Beijos e um Pé de Pato

namos a voz desde pequenas na escola. Minha professora é ótima! Daqui a uns dias as aulas voltam, se você quiser aparecer...

– Na escola de sereias?? – perguntei, arregalando os olhos.

– Bem, é. Você viria no dia em que teríamos aula de canto, eu posso te avisar com antecedência. Mas teria que matar sua aula. Quer dizer, minha escola também é de manhã. E ainda assim, seria só uma tentativa. Sabe, a voz das sereias é meio mágica e... Não sei se é qualquer um que consegue.

Bom, eu saquei. Voz mágica, provavelmente incopiável pelos humanos. Mas não custa nada tentar, certo? Quem sabe eu sou a primeira humana que pode cantar como uma sereia? Lauren Jelenconvich faz isso.

Chegando em casa, antes de ligar para as meninas para combinar os planos do dia seguinte, decidi pegar minhas velhas revistas de adolescente. Eu sempre as deixava na casa da minha tia, pois, como lá a internet é ruim (falo mesmo!), as revistas são uma ótima escapada do tédio. Procurei as matérias que falavam sobre paquera, como chamar a atenção do gato e o que fazer no primeiro encontro. Fiquei um tempão lá no quarto, até a hora do jantar.

O importante é ser autêntica e ter personalidade. O melhor jeito de chamar a atenção é sendo discretamente charmosa, sem deixar de ser simpática. É importante se valorizar, mas sem ser metida. Não pode falar muito, mas também não pode deixar o papo morrer. Você deve estar produzida, mas sem fugir do que você é. Já falei como ser garota é difícil?

E, sinceramente, essas dicas não vão valer nada. Quer dizer, eu sei que, na hora H, todas aquelas regrinhas vão voar para fora do meu cérebro e lá dentro só terá um enorme branco. Isso é a minha cara.

Suspirei. Por que as garotas já não podiam nascer com essas dicas bem guardadas no cérebro? A mais fácil de gravar é: seja você mesma. Ah! E se eu não souber quem eu sou direito? Ainda mais agora que eu descobri uma outra parte de mim que pode ir até uma cidade de sereias no fundo do mar? Eu nem sei ainda como esse pé de pato foi parar nas coisas da minha avó materna.

Fui jantar com mil pensamentos na cabeça, e acabei derrubando o suco na roupa.

– Ah! – levantei em um pulo, mas não rápido o bastante, a blusa provavelmente ficaria com cheirinho de maracujá o resto do jantar – Droga! – reclamei, pegando o guardanapo para secar a mesa.

– Deixa que eu te ajudo – minha tia pegou um pano na cozinha – Estava pensando em que para ficar distraída assim, Cel?

– Em nada... – falei, olhando direto para o prato.

– Problemas com amigas? – chutou ela.

– Não!

– Tem razão, você não está deprimida, você está... ansiosa – ela pensou um pouco enquanto voltava a se sentar – Ah, já sei! Garotos!

Quase me engasguei com o pedaço de frango.

– Aha! Sabia! – gritou ela, triunfante.

– Porque você sempre acerta? – perguntei, irritada. Ela era o quê? Adivinha? Desde pequena sempre foi assim! Nunca consegui esconder quase nada dela, e me perguntei se pelo menos o lance de sereia eu conseguiria manter a salvo.

– Agora pode me contar tudinho! Quase não nos falamos nesses últimos dias, porque você fica o tempo todo com as amigas na praia!

– Ah, nem vem!

– Por favor!

– Não!

– Vai, Cel! Por favor!

– Já disse que não vai rolar!

Depois de mais uns minutos insistindo, eu acabei me irritando e contando que eu paquerava o Gabriel desde o ano passado, mas que era uma paquerinha boba, e que por isso não tinha dado em nada.

– Nem uma ficada? – perguntou ela.

– *Não, tia* – respondi entredentes.

Bom, não era de todo mentira. Antes era só uma paquerinha mesmo. Foi mais ou menos no início desse ano que eu realmente descobri que estava apaixonada de verdade por ele.

– Hmm... – disse ela, depois que eu respondi.

– "Hmm" o quê? – perguntei, desconfiada.

– Ahn? – ela pareceu voltar de um transe – Ah, nada! Eu não disse nada!

– Você disse "hmm" e olhou pensativa para o seu prato.

Surfistas, Beijos e um Pé de Pato

– Eu disse "hmm" porque a comida que fiz está uma delícia, e olhei *orgulhosa* para o meu prato.

– Ah, claro – falei, ainda pensando no que ela poderia estar escondendo de mim.

Por que *eu* não podia ser a adivinha da família? Ah, certo, eu sou a pseudossereia. Não se pode ter tudo na vida.

10
Awkward moment is awkward*

Assim que acordei, lá pelas 11:00 – era um dos primeiros dias em que eu não acordava cedo para ir ao fundo do mar – recebi uma mensagem da Daniela pelo celular.

```
Cel, hj eu e as meninas combinamos de ir ao shopping.
Vamos nos encontrar com os meninos lá, ok? Então es-
teja arrumada! Às 19:00, no Downtown. NÃO FALTE!
```

Wow. Então tá, né?

Eu não queria mais ler revistas, e estava sem vontade de ir para o mar agora, ainda mais nesse horário, quando a praia estaria cheia e seria difícil se transformar em sereia sem ninguém me ver. Decidi que precisava de um livro para me distrair.

Fui para o Downtown mais cedo, e direto para a livraria Nobel, procurando algo interessante nas prateleiras. Eu ainda tinha dinheiro que o meu pai me dera para usar durante as férias, então poderia comprar uns dois livros para essa sema-

---

*"Awkward moment is awkward" – expressão popular na internet utilizada para acontecimentos desconfortáveis.

na. Acabei pegando apenas um da Meg Cabot que já era bem grossinho. Olhei mais alguns cadernos e canetas coloridas, sempre checando meu celular para ver se recebia algum aviso de que as meninas estavam chegando.

Depois de um tempo, finalmente cansada de enrolar, liguei pra Dani:

– Dani, já saiu de casa? – perguntei.

– Cel? – perguntou ela, estranhamente alarmada – Onde você está?

– Já estou no shopping – avisei – Estava na Nobel comprando um livro. Você já chegou? – ela parecia estar assistindo à TV: eu conseguia ouvir algumas falas já decoradas da quarta temporada de Friends. Estava quase voltando para a livraria, deduzindo que ela iria demorar *muito*, quando ela respondeu:

– Já! Tô em frente à entrada de cinema!

Bom, talvez eu tivesse ouvido errado. Talvez aquela voz por trás do telefone apenas *parecesse* a do Ross. Talvez fosse a de um gringo com a voz muito parecida com a do Ross. Talvez fosse um cara fazendo imitações do Ross, sei lá. Mas aí então eu também ouvi a voz da Rachel, da Phoebe e do narrador anunciando o intervalo. Hmm.

– Er... Ok. Em frente à entrada de cinema, né?

– Aham! Vai logo, menina!

– Ah! Tá bom! – comecei a correr, guardando o iPhone na bolsa às pressas, tentando entender o que estava acontecendo.

Corri até chegar na entrada do cinema e adivinha? Ela não estava lá! Foi quando eu comecei a procurar com raiva o celular na bolsa, para ligar para a Dani e perguntar o que diabos ela estava tramando quando ouvi o meu nome.

– Cel?

Eu congelei na mesma posição e me virei lentamente.

– Ga... Gabriel? – falei, como se não acreditasse. Imadiatamente tentei arrumar o cabelo discretamente, que devia estar uma loucura depois de correr pelo shopping. E eu que tinha finalmente conseguido fazer uma escova tão bonita sozinha... – O que está fazendo aqui?

– Esperando meus amigos. O Rafael me mandou uma mensagem dizendo que o pessoal estaria aqui para assistir a um filme às 19:00, mas até agora ninguém apareceu. Já cheguei a ligar, e ele apenas me disse que já estavam vindo. Mas eu podia jurar que ouvi a voz da namorada dele... Hunf! Ainda devem estar na casa dela.

Carolina Cequini

Fiquei sem palavras. O que era aquilo? Uma armação? Um complô??

– Er... Dani também me chamou para vir com as meninas e disse que estava me esperando aqui... Ah! – compreendi o que estava acontecendo. Não era um complô, era um favor! Um favor beeem micante! Por que ela simplesmente não me disse o que estava fazendo?? Se bem que esse plano não era lá a cara da Dani... Ah! Tia Luisa! Eu ia *matar* ela quando chegasse em casa!!

– Celine? – a voz do Gabriel interrompeu meus devaneios – Tenho a impressão de que nenhum deles vai vir – falou ele, cuidadosamente, me encarando nos olhos. Eu acho que ele também sacou. E acho que vou morrer de vergonha.

– Será? – tentei enrolar – Talvez uma das meninas esteja presa no trânsito. Não era só a Dani que viria, sabe como é.

– Pode ser – falou ele, sem realmente acreditar no que dizia – Bom, então o que a gente faz? Senta e espera ou aproveita pra fazer alguma coisa já que estamos aqui?

Surfistas, Beijos e um Pé de Pato

Por um segundo, eu não soube o que responder. Ele tinha mesmo dito "a gente"? Bem, eu não podia mostrar o quanto estava ansiosa para sairmos só nós dois.

— Podemos esperar só mais 10 minutinhos. Se ninguém aparecer, acho que podemos fazer algo sim.

Ele deu um meio sorriso.

— Tipo um cinema? Estamos bem na entrada.

Eu sorri também.

— É, tipo um cinema.

Nem tudo saiu como nós planejávamos. Nem cinco minutos tinham se passado quando começou a chuviscar e, logo em seguida, a chover. A chover muito, de repente. Eu estava despreparada, só tinha vindo com uma blusinha sem mangas e calça jeans, pois estava bem quente de tarde na hora em que fui me arrumar. E, pra variar, tinha esquecido de pegar o casaco.

Fiquei esfregando inutilmente os meus braços numa tentativa de me aquecer enquanto a gente esperava num dos degraus da escada do cinema. Em uma das minhas fantasias, o Gabriel me abraçava bem apertado para me aquecer, ou pelo menos me emprestava seu casaco em um gesto cavalheiro. Mas Gabriel apenas suspirou, parecendo cansado de esperar.

— Vamos entrar? — ele perguntou — Senão não vamos ter ingressos para filme nenhum! E estou me molhando todo.

— O-o-ok! — falei, aliviada por sair do vento e dos respingos de chuva gelados.

Fomos ver os filmes que estavam passando. Eu já tinha visto todos os lançamentos pelo menos umas duas vezes com as meninas, então falei que ele podia escolher. Já tinha passado das 19:30, então fosse qual fosse o filme que os meninos supostamente iam assistir, esse já era. Mas podia ser qualquer um! Qualquer um pra que a gente pudesse ficar no escurinho do cinema!

Bom, qualquer um que não fosse de terror. Acho que nem uma hora e meia com o Gabriel valeria um mês de sono perdido por causa de Jogos Mortais. Se bem que o Gabriel é o tipo de garoto que não enrola e parte logo pra ação. Ele tem perfeita noção de como é lindo e de que nenhuma garota conseguiria resistir a ele; cada movimento seu é cheio de confiança e ele não perderia essa oportunidade. Eu provavelmente não prestaria nenhuma atenção no filme, se é que você me entende...

Carolina Cequini

Ai meu Deus! Eu não posso ir ao cinema sozinha com ele! Com certeza ele vai querer me beijar, e até hoje mal trocamos palavras direito! Isso não está certo! Eu não quero ser mais uma em sua imensa lista! Se quero que tudo aconteça como no meu sonho, tenho que fazer as coisas direito.

– Hum, que tal...

– Eu já vi todos os filmes bons que estão em cartaz – falei logo, antes que me arrependesse.

– Ah é? – ele pareceu surpreso – Bom, se você quiser ver algum de novo, tudo bem, pode escolher...

– Não sei se estou com vontade de ver algum filme repetido...

Ele não ficou abalado. Na verdade, ele me lançou um meio sorriso perfeito, parecendo aceitar um desafio.

– Talvez a gente possa fazer outra coisa, então. Gosta do Outback?

Eu *amo* o Outback. E o ambiente escurinho e rústico é bem romântico. De repente eu não fazia mesmo nenhuma questão de ir ao cinema. Um restaurante é um lugar bem melhor para conversar! E assim eu poderia saber mais sobre ele!

– Adoro! Mas então é melhor corrermos para pegar um lugar.

Disparamos pelo shopping aberto, tomando chuva – que, apesar de ter diminuído, ainda estava lá, congelando os meus braços. Ah, e ensopando minha roupa. Eu corria com a bolsa por cima do cabelo.

– Corre, Celine! – Gabriel falou, rindo – A cada segundo que passa pode ser mais uma hora de espera!

– Estou indo, estou indo! – eu ri também.

Chegamos esbaforidos no restaurante e um tanto encharcados. Pedimos uma mesa para dois e, uau, eles já tinham! Que sorte! Não estava muito lotado, eu esperava bem mais pelo horário. Ainda bem, porque eu estava faminta. Decidimos apenas dividir entre nós uma batata com queijo e *bacon* e cebolas fritas – o que implica uma hora de transport amanhã, uhuuul! Ou uma hora nadando no mar como uma sereia.

É, a segunda opção me parece mais divertida.

– E aí? O que você tem feito de bom nas férias? – ele me perguntou com um sorriso – Foi mesmo uma pena você não ter ficado no hotel dos pais da Bruna com a gente.

Tu-dum.

Surfistas, Beijos e um Pé de Pato

Meu coração parecia que ia sair pela boca.

– Ah, eu não fazia tanta questão... – falei, conseguindo não gaguejar. Será que ele percebeu a mentira? – E enquanto isso estive ocupada na loja da minha tia, ajudando ela com algumas coisinhas.

– Ah, é, eu me lembro. Falei com você quando fomos alugar equipamentos de mergulho.

Imediatamente me arrependi de ter tocado no assunto. Eu ainda me lembrava do micaço que paguei derrubando suco de goiaba nele.

– E, er... Desculpa pelo que aconteceu da última vez. Eu espero que o suco não tenha manchado a sua camisa nem nada.

– O quê? Aquilo? Não esquenta – ele falou como se nem se lembrasse mais do assunto, e eu fiquei bem mais aliviada. Continuei a falar das férias.

– Bem, então depois que as meninas saíram do hotel eu passei praticamente a ir ao shopping com elas. Por isso já assisti a todos os filmes que estão em cartaz.

– Também tem ido bastante à praia, não? Eu vejo você praticamente todo dia de manhã, quando vou surfar.

– Ah, é, isso também – falei, temerosa de que ele começasse a fazer mais perguntas sobre a minha ida à praia. Gabriel só disse que eu ia muito na praia, e não parecia agir como se tivesse visto brotar uma cauda em mim ou algo do tipo, mas ainda assim...

– Você fica em que posto? Nunca consigo achar você depois, embora encontre com outras meninas da escola. A Bruna tá sempre perto de onde a gente pega onda. Você podia ir lá de vez em quando também.

Dois sentimentos tomaram conta de mim ao mesmo tempo: alegria... e raiva. E alegria de novo. Alegria porque ele tinha dado a entender que me procurava na praia. Raiva porque é óbvio que a Bruna não deixava ele em paz nunca. E alegria de novo porque ele estava me convidando para me encontrar com ele na praia. Não como um encontro, mas para se divertir com a galera dele. Mesmo assim, isso já foi o suficiente para me deixar feliz.

– Claro! – falei – Adoraria! Quer dizer, isso se o tempo deixar. Espero que não continue chovendo amanhã; ultimamente tem estado mais frio...

– Tem dias de chuva que não são tão ruins para surfar. E, na barraquinha em que eu fico, tem uma parte com cadeiras cobertas. Você pode esperar lá se quiser, e depois a gente se encontra para comer junto com o pessoal. O que acha?

– Ok, sem problemas! – falei, radiante, sorrindo muito. Ele retribuiu o sorriso. E então a comida chegou, e a conversa diminuiu um pouquinho enquanto comíamos aquelas batatas deliciosas. Eu estava tão feliz que fiquei sem remorso algum de comê-las. Peguei uma enorme com bastante queijo e bacon.

– Uau. Você não é mesmo daquelas garotas que se preocupam com calorias o tempo todo, né?

Parei de repente, quase me engasgando, tendo que tomar um gole de Ice Tea.

– O que quer dizer? – falei, alarmada.

– Foi um elogio – esclareceu ele, rindo – Garotas desse tipo são um saco.

– Ah, bom – falei, rindo – Achei que fosse uma indireta ou algo do gênero. Sabe, dizendo que na verdade eu *deveria* me preocupar com isso.

– Que é isso! Você está ótima – falou ele, dando um sorriso malicioso.

Eu corei, olhando para baixo sem jeito, mas sem deixar de sorrir.

– É que eu faço bastante exercício. Nado quase todo dia.

Continuamos a conversar e eu cheguei em casa completamente nas nuvens, depois de ter dividido um táxi com o Gabriel.

– E aí? Divertiu-se com as amigas? – perguntou tia Luisa com um sorriso travesso.

– Talvez um pouco – sorri – Ok, me diverti muuuuito! – dei um abraço nela enquanto nós duas ríamos, mas depois me afastei, muito séria – Mas nem ouse planejar coisas assim de novo.

11
Tudo o que é bom dura pouco

Acordei supercedo. Tipo umas 7:00. Eu sei, isso é inaceitável quando se está de férias, e o mais sensato a fazer quando o olho resolve abrir tão cedo é virar para o outro lado, ajeitar a coberta e voltar a dormir. Mas eu estava ansiosa. Eu queria, antes de tudo, ir ver Serena. Corri para a cozinha, pegando um pouco de cereal para comer. Minha tia apareceu logo depois.

– Cel! O que está fazendo acordada tão cedo? – perguntou ela, já com o uniforme amarelo da loja, sem entender nada.

– Estou ansiosa! Combinei com o Gabriel de ir me encontrar com a galera dele na praia para vê-lo surfar. É só às 16:30, mas eu não consigo mais dormir!

– E vai ficar fazendo o que nesse meio tempo? – perguntou ela, se sentando na mesa da cozinha também, depois de ter pego o pote de geleia e duas torradas.

Usar o meu pé de pato mágico para encontrar uma amiga sereia e nadar pelo fundo do mar.

– Er... Nada. Provavelmente vou ficar vendo TV, ou talvez eu enrole na praia um pouquinho... É, acho que vou fazer exatamente isso! Enrolar um pouquinho na praia! Fui!

– Não tão rápido! – falou ela, enquanto eu me levantava da mesa. Parei e me virei para ela de novo.

Carolina Cequini

– Já que não tem nada para fazer, que tal me ajudar na loja?

Droga.

– Olha, eu não sei, eu...

Bom, eu não tinha visto a Serena ontem, um dia a mais, um dia a menos não faria diferença, não é mesmo? Além do mais, eu podia contar as novidades depois do meu segundo encontro com o Gabriel.

– Tá, pode ser – falei, e subi para o meu quarto buscando minha camiseta amarela com a logo da loja. Só espero que eu não me atrase.

Taaaarde demais. Eram 16:56 e eu corria esbaforida da loja, depois de atender um último cliente indeciso que não sabia se preferia um óculos de natação com lente azul ou transparente. Atravessei a rua correndo e tive que me controlar para não xingar um infeliz que acelerou o carro assim que eu pisei no asfalto e quase arrancou a minha bunda.

O problema é que a loja fica lá pelo posto 6, e o local em que eles surfam é depois do posto 8, entre a Barra e o Recreio (Porque eles não podiam surfar felizes no posto 6, como todo mundo que eu conheço? Maldita Lei de Murphy!). Corri como uma louca pela areia, minhas coxas doendo mais do que tudo enquanto o meu pé cismava em afundar na areia macia e branca. Não estava chovendo, mas o dia estava um pouco nublado, uma brisa fazia os grãos de areia se chocarem na minha perna, arranhando. Enfim desisti e resolvi ir pelo calçadão, mesmo sabendo que o pessoal estaria na areia, em frente a um restaurante beira-mar.

Nem preciso dizer que cheguei morta no restaurante, né? Era um lugarzinho legal, onde eu já tinha estado com os meus pais umas duas ou três vezes. Era todo de madeira e tinha várias mesas, banheiro e miniparquinho. Antes de procurar por qualquer pessoa conhecida da escola, incluindo o Gabriel, eu pedi uma água mineral e bebi a garrafa inteira, tentando me hidratar.

Ok, agora vamos ao que interessa.

Eram 17:23, e eu estava só um *pouco* atrasada. Saí do restaurante à procura de um lindo garoto de cabelos e olhos cor de mel e o vi não muito longe, perto da água, ao lado de sua imensa prancha branca, azul e verde e de seus outros amigos surfistas. E três garotas.

Uma era alta e bem bronzeada e tinha luzes nos cabelos castanhos. Tinha um porte de surfista e, pelo jeito como se comportava ao lado de um garoto também alto e de cabelos escuros, os dois tinham muita intimidade. Outra também tinha luzes, tantas que o cabelo deixava de ser castanho e ficava praticamente todo louro branco, com exceção das raízes e da parte interna. Ela conversava animadamente com dois garotos da turma.

E então eu gelei.

A terceira garota não era muito alta, e sim mais ou menos do meu tamanho. O seu cabelo, ao contrário do das outras duas surfistas, era irritantemente liso e bem escuro. Seu biquíni pequeno de amarrar mostrava que ela não viera preparada para esse esporte. E seus óculos de sol tamanho GG e as várias pulseiras nos braços bronzeados denunciavam uma patricinha nata. Ela conversava e ria alto, encostando no braço do Gabriel, que retribuía com um sorriso bobo.

– Ah, Biel, você é *tão* engraçado! – Bruna guinchou com sua voz melosa.

Imediatamente ajeitei meu cabelo, a blusa branca larga que deixava um dos meus ombros de fora e o shortinho jeans um tanto molhado de correr perto do mar, resmungando por ter me trocado com tanta pressa no banheiro da Summer Sports. Retoquei o gloss, ajeitei os óculos de sol, coloquei as madeixas douradas meio de lado e endireitei os ombros. Pude jurar ter visto um garçom piscar pra mim. Depois de um pequeno ataque de vergonha que deixou minhas bochechas vermelhas, peguei meus chinelos na mão para não andar desengonçada na areia e fui até eles.

– Oi, Gabriel! – exclamei, sorrindo apesar do mau pressentimento que acompanhava a presença da Bruna perto dele.

Gabriel se virou pra mim e acenou, sorrindo. Bruna, frustrada por ser ignorada enquanto falava, se virou na direção que ele olhava e pude sentir seus olhares afiados em minha direção apesar de nossos óculos de sol.

– Quem é que convidou essazinha? – ela soltou o primeiro ataque. Fingi que não ouvi.

– Fui eu – Gabriel falou, vindo em minha direção – Oi, Cel – ele me deu dois beijos na bochecha – Achei que não viria.

– Eu te disse ontem que viria.

– Ontem? – Bruna perguntou, com as sombrancelhas franzidas. Não pude deixar de sorrir ainda mais.

– Gente, essa é Celine – Gabriel me apresentou.

– Mas podem me chamar de Cel – acrescentei.

– "Mas podem me chamar de Cel"... – ouvi alguém resmungar. Dica: *não* era uma surfista.

– Cel, estes são Melissa, Vinícios, Ricardo, Catarina e Bruno. Mas pode chamá-los de Mel, Vini, Ric, Cacá... e Bruno mesmo, a não ser que prefira chamá-lo de Peixe – Gabriel riu.

– Peixe? – eu estranhei.

– É uma longa história – falou Peixe, um garoto baixinho, mas sarado como os outros, de cabelos e olhos bem escuros e pele morena. Ele me parecia simpático, e eu meio que me identifiquei com o apelido dele. Quer dizer, eu sou literalmente uma garota-peixe.

– E, bom, você já conhece a Bruna – falou ele.

– Mas é claro – falei, dessa vez tendo que forçar um baita sorriso amarelo – Oi, Bruna! Como foi o aniversário no hotel?

Ela não se deu ao trabalho de responder.

– Muito bem! – Gabriel assobiou, olhando para o mar – Agora estão finalmente vindo as ondas boas que estávamos esperando! Vocês duas podem ficar aqui vendo enquanto a gente pega umas ondas iradas! E então a gente se encontra de novo daqui a uma meia hora, beleza?

Ou ele estava se fazendo de burro, ou ignorando completamente a onda tensa entre mim e Bruna.

– Beleza! – nós duas dissemos sorrindo, enquanto o acompanhávamos pegar a prancha e sair correndo com os amigos em direção ao mar. Tão logo ele mergulhou, eu e Bruna nos encaramos com um profundo ódio, e eu posso jurar que soltaríamos faíscas pelos olhos se não estivéssemos com óculos escuros.

– É mesmo muita coragem sua aparecer aqui depois de tentar roubar o Biel bem debaixo do meu nariz na minha própria festa. Mas, pelo visto, você vai tentar a baixaria de novo, né, safada?

Ah, mas eu não ia deixar barato meeeesmo.

– Primeiro: a festa não era sua, nem tudo que é do hotel é seu, sua mimada. Segundo: safada é você com esse biquíni que não se usa nem no carnaval. Você pensa que é o quê? A Globeleza? – a cada frase eu tirava uma peça de roupa, sentando, por fim, na canga que eu estendera. Bruna fazia o mesmo, sempre me

Surfistas, Beijos e um Pé de Pato

77

encarando, mas sem dizer nada – E terceiro, minha fofa, eu saí com o Gabriel ontem e *ele* me convidou, tá?

Finalmente ela perdeu o autocontrole:

– O quê?! É mentira!

– Não é não. Pergunte a ele.

– É claro que é mentira! Eu saí com ele anteontem e, quando liguei ontem de tarde, ele me disse que ia ao cinema com os amigos!

Espera... o *quê*? Como assim ele tinha saído com a Bruna um dia antes de sair comigo? Eu tinha apenas imaginado os sorrisos que ele me lançou durante toda a conversa no Outback?

– Hunf! Você é que está blefando – falei, olhando o Gabriel remar em direção à sua primeira onda.

– Não estou não! Mas não tem mesmo por que ficar preocupada. Quer dizer, ele deve ter morrido de tédio com você ontem, aposto.

– Ah, claro – tentei não parecer magoada pelo fato de parecer ser mesmo verdade o que ela dissera antes, sobre eles terem se encontrado anteontem – É por isso que ele me chamou pra gente sair junto de novo.

– Sair junto com a galera não conta. Ele com certeza deve ter te convidado só como amiga, Branquela.

E então ela se voltou vitoriosa para encarar o Gabriel surfando. Tentei combater em vão a onda de insegurança que me dominou naquela hora.

Não, não era possível. Ele me chamou de linda ontem. Um garoto não fala isso para uma amiga, não é? Bom, talvez sim, mas apenas quando se é *muito* amiga. De qualquer modo, Gabriel não é o tipo de garoto que vê as meninas para serem amigas. Namoradas, ficantes, paqueras e, no mínimo, amigas com benefícios. Não que eu me satisfizesse com qualquer uma dessas posições além da primeira.

Eu encarei o meu corpo e o biquíni verde e roxo que usava. Ele não era feio. O meu corpo, quero dizer. Era na verdade bem atraente. Talvez eu não tivesse os enormes peitos da Bruna, mas me orgulhava de ter curvas bonitas. Como as de uma sereia. Mas será que nem isso era o suficiente para o Gabriel me olhar como uma candidata a namorada? Será que eu realmente precisaria de uma boa dose de silicone e biquínis de tamanho duas vezes menor do que o meu número?

Eu encarei Bruna. Nariz arrebitado, ricaça, se acha a dona do mundo. Arrogante com qualquer um que não se encaixe em seus padrões de beleza, ou qualquer um que faça parte dele a ponto de competir com ela própria. Gabriel tinha que querer mais do que isso.

Três garotos que estavam caminhando na areia olharam para nós duas e assobiaram. Bruna retribuiu com uma abaixada de óculos e uma piscadinha, enquanto eu suspirava. Garotos talvez só se preocupem com a beleza exterior, afinal.

Bruna olhou para mim.

— Não fique achando que eles assobiaram para você, querida. Eles até poderiam, se *eu* não estivesse aqui — e então ela riu da própria piada.

Eu suspirei de novo. Será que o Gabriel ia demorar muito na água?

Depois de longos 40 minutos, Gabriel e seus amigos finalmente voltaram. Fomos para o restaurante e pedimos uma porção de camarão. O dia nublado, sempre ameaçando chover. Fiquei conversando com as outras meninas surfistas, que eram bem simpáticas, e também com o Peixe, que era bem divertido!

— Vocês se encontram sempre na praia? — perguntei ao Gabriel.

— Ah, não, só de manhãzinha, e nem é todos os dias. Eu também tenho os meus amigos do clube, do condomínio, da escola, do futebol... Praticamente não parei essas férias!

Wow! Isso é que é ser popular. Mas dava pra ver que ele não era daqueles surfistas que passavam o dia inteiro só no mar. Quer dizer, se ele falasse daquele jeito todo esquisito que os surfistas geralmente falam, eu não ia aguentar.

— Opa! — nessa hora, Bruna derramou o molho de camarão na mesa, tão perto de mim que escorreu e manchou o meu short jeans — Desculpa, flor!

E então, enquanto eu tive que parar de conversar com o Gabriel para tentar limpar a meleca na minha roupa, ela se meteu entre nós dois e balançou o cabelo, apoiando os cotovelos na mesa.

— Mas então, Biel, eu A-MEI te ver surfar!! Você já pensou em tentar entrar para o campeonato?

Gabriel imediatamente inflou o peito, adorando o elogio, mas riu.

Surfistas, Beijos e um Pé de Pato

– Nem... Eu surfo só como passatempo mesmo. Eu ainda tenho outros esportes aos quais me dedicar!

– Ai, você é tão maneiro! Como é que consegue ser bom em tantas coisas?! – ela falou, colocando a mão na frente dos lábios vermelhos de batom, fingindo estar chocada.

– "*Como é que consegue ser bom em tantas coisas?*" – não consegui deixar de imitar, esfregando o short com mais raiva. Aquele molho de camarão era o quê? Superaderente em tecidos?? Não queria sair de jeito nenhum!

Bruna se voltou para a minha direção, com descaso.

– Disse alguma coisa?

– Sim. Disse que você... – consegui controlar minha raiva a tempo. Em vez de xingá-la, pedi licença para ir ao banheiro e me levantei da cadeira.

Apenas com muita água e muito sabão consegui tirar um pouco do molho, fazendo-o ficar rosinha e não vermelho. Mesmo assim, eu já podia dizer a mim mesma: *Bye, bye, short...*

Quando voltei, tive que esfregar os olhos para ver se não tinha errado a mesa. Não, Bruna e Gabriel não estavam dando uns amassos, mas ela, bem próxima dele – na verdade, sentada na *minha* cadeira –, colocava um camarão em sua boca. Era tão meloso que dava vontade de vomitar. Os outros surfistas riam, achando graça daquilo tudo. Eu nem quis saber o que eles estiveram fazendo sem a minha presença.

Chegando bem próximo deles, pigarreei alto:

– Bruna, você está no meu lugar.

Ela se virou para mim piscando, fingindo uma expressão inocente.

– Oh, é mesmo? Ah, você não se incomoda de trocar de lugar comigo, não é?

– Na verdade me incomodo sim – falei, bem convicta.

O sorriso dela se desmanchou e ela se levantou, mal olhando para a minha cara.

– Hunf! – ela se afastou remexendo o bumbum, indo até o outro lado da mesa... bem na minha frente. Fala sério: eu mereço??

Continuamos a conversar até começar a ficar escuro, enquanto eu ignorava os olhares venenosos da Bruna na minha direção. O que era bem difícil, já que ela estava bem na minha frente. Então tudo o que eu podia fazer era me virar para o lado e encarar o Gabriel. O que não era exatamente uma má ideia.

Carolina Cequini

Foi quando, passando a mão pelo cabelo e colocando uma mecha da franja atrás da orelha, notei que meu brinco não estava lá. Eu me levantei de repente.

– O que foi, Cel? – perguntou Gabriel.

– Meu brinco de madrepérola – falei, encarando o chão – Deve ter caído em algum lugar!

Eu me abaixei, procurando por ele debaixo da mesa. Gabriel me acompanhou, se abaixando também. Nenhum sinal do brinco.

– Você acha que deve ter caído na areia?

– Não sei... – falei, aflita – Pode ser.

– Quer ir lá procurar? – ele perguntou, solidário – Eu te ajudo.

Eu sorri. Ele é tão fofo!

– Mas qual é desse drama? – falou Bruna, com um repentino mau humor – É só um brinco. Compre outro igual em qualquer camelô.

– Para a sua informação, não é um brinco de camelô – falei, irritada – Comprei ele quando viajei com a minha família para o Nordeste. E ele é muito especial pra mim.

Era mentira. Eu comprei ele no Mercado, ou melhor, Serena me deu. Mas é claro que eu não podia dizer para eles que o brinco era de sereia. E não era só um brinco, era uma obra de arte. Eu e Serena o havíamos comprado de um tritão que esculpia mandalas em madrepérolas. Cada par de brincos era único e não havia outro igual. O meu era cheio de estrelas-do-mar e golfinhos, meu animal marinho preferido.

– Não se preocupe, nós vamos achá-lo – Gabriel me assegurou.

Fomos para fora do restaurante e refizemos todo o caminho até onde eu e Bruna estávamos sentadas. A areia ainda estava mais lisa lá onde estávamos deitadas em nossas cangas.

Observamos e reviramos cada montinho de areia em um raio de uns 3 metros do lugar onde eu havia me sentado mais cedo. Ainda nenhum sinal do brinco. Dessa vez, eu comecei realmente a ficar preocupada. Serena havia me dado com muito carinho, como todas as coisas que ela comprava para mim. O que ela pensaria quando eu dissesse que havia perdido?

– Calma... – Gabriel falou quando viu meus olhos começarem a se encher de lágrimas, afagando as minhas mãos.

– Eu não quero parecer uma idiota chorando por um brinco, mas é que eles são realmente importantes para mim e...

Surfistas, Beijos e um Pé de Pato

– Não, eu te entendo perfeitamente – ele me interrompeu – Também me sentiria um lixo se perdesse a minha chuteira preferida. Acho que deve ser ainda pior para uma garota.

Parei de me preocupar com o brinco momentaneamente. O que ele queria dizer com essa última frase? Que as garotas são mais choronas? Que as garotas se preocupam mais com objetos pessoais? Que as garotas são mais fúteis?

Nesse momento as nuvens deram uma trégua e o sol apareceu, com o seu brilho vermelho de pôr do sol. E vimos, não muito distante dali, um brilhinho fraco entre a areia, na direção do restaurante. Nós nos aproximamos e ali estava, meio coberto, o meu brinco-mandala perolado.

– O meu brinco! – exclamei – Graças a Deus o encontramos!

Gabriel o pegou com cuidado e o observou.

– Caraca, deve ter sido bem trabalhoso fazer isso. O cara deve ter cobrado caro por ele. Agora entendo por que você estava preocupada.

Ele colocou o brinco contra o sol, fazendo a luz solar se refletir na pérola e disparar mini arco-íris pelos golfinhos e estrelas da mandala.

– É lindo – falou ele, e então se virou na minha direção e se aproximou, colocando o brinco na minha orelha. Meu coração começou a bater muito rápido. Gabriel se afastou e colocou uma mecha do cabelo atrás da minha orelha, deixando o brinco à mostra, e sorriu. Eu retribuí, a orelha formigando onde ele tinha me tocado.

Gabriel, de repente, começou a se aproximar de novo, dessa vez mirando meus lábios. Eu nem pude acreditar no que ele estava fazendo. Ok, talvez essa fosse a hora. Tinha que deixar de ser medrosa. Fechei os olhos, o coração batendo mais rápido do que antes, esperando aquele momento.

E então uma voz estridente e melosa acabou com toda a fantasia.

– Bie-eeel! Você não vai voltar não? Já estamos quase pedindo a conta!

Abri os olhos e vi Bruna, na escada do restaurante, vindo em nossa direção. Ela parou um pouco distante de nós, pousando as mãos nos quadris. Gabriel recuou o rosto e se levantou.

Não, não! Volta aqui!!

– Não, já estamos voltando sim.

Não! Não estamos voltando nãããoooo!!!

No final, tive que me levantar também, dando um sorriso amarelo.

Carolina Cequini

— É, afinal, não queremos perder a sobremesa – falei, cheia de escárnio – Obrigada por nos chamar, Bruna.

Ela sorriu.

— Disponha! – e então se virou, rebolando pela areia. Gabriel logo atrás. Eu suspirei e os segui.

De volta ao restaurante, pedimos um cheesecake de sobremesa para todos dividirmos. Apenas Bruna falou que não comeria aquilo de jeito nenhum, pois estava de dieta.

— Ótimo! Sobra mais para mim – disse eu, rindo. Os outros me acompanharam, rindo também. Bruna forçou uma risadinha.

— Depois não reclame se inchar feito uma baleia fora d'água – disse ela.

— Oh, *eu* não preciso me preocupar com isso – falei, olhando sugestivamente para ela, que estreitou os olhos.

O garçom finalmente apareceu com a nossa sobremesa mas, antes que qualquer um pudesse provar para ver se o cheesecake do lugar era bom, o garçom tropeçou numa bolsa que se encontrava no canto da mesa. A bolsa da Bruna.

O cara tentou se equilibrar, mas o prato deslizou na bandeja, e o cheesecake deslizou no prato, caindo, com tudo, em cima de mim.

Quero que vocês saibam que ter um pouco de molho de camarão no jeans não tem tanto problema, pois é só ir ao banheiro e passar um pouco de água e sabão. Agora experimente enfiar a cabeça inteira debaixo da pia para tentar tirar bolo de queijo e geleia de frutas vermelhas do cabelo. Não é nada legal. Ainda mais quando sua cara também está toda suja e também tem cheesecake nos seus cílios, dificultando o seu campo de visão.

— Mil perdões, senhorita! – falou o garçom. Eu não podia vê-lo direito, nem ninguém mais, mas podia ouvir a risada alta e estridente da Bruna.

Com lágrimas nos olhos, que lambuzaram ainda mais o meu rosto, me levantei dali e saí correndo em direção à praia, sem me despedir de ninguém.

Enquanto corria, me perguntei de repente se alguém lá no céu não gostava de mim. Parecia que eu tinha jogado pedra na cruz! Arranquei a roupa no caminho, enfiando tudo na bolsa, e coloquei o pé de pato. Não me importei se já estava anoitecendo.

Sem olhar para trás, mergulhei na água e nadei cada vez mais fundo, esperando não voltar ao mundo dos humanos tão cedo.

Gabriel não me chamou nem uma única vez.

12
Sereianos não são nada amigáveis

Depois de um tempo nadando, já com o rosto e o cabelo bem limpos com a ajuda da água do mar, percebi a burrada que tinha feito. Agi feito uma garotinha acéfala de filme de adolescentes, fugindo do mico feito uma... feito uma sei lá o quê. Eu deveria ter ficado lá. Devia ter rido do que acontecera, e o Gabriel não só veria como eu tenho senso de humor e compostura como também provavelmente me ajudaria, e o feitiço de Bruna viraria contra o feiticeiro. Mas, pelo que parecia, eu *não* tinha senso de humor nem compostura. Eu devia ter vergonha de mim mesma.

E como vou encarar o Gabriel da próxima vez que nos encontrarmos? Não tem como. Eu não vou conseguir nem olhar pra ele.

Nadei até chegar na pedra de sempre, próxima da Ilha Pontuda. Eu me deitei de costas na pedra, olhando para o céu enquanto minha cauda se desfazia e as pernas apareciam de novo. Retirei o pé de pato, massageando os dedos dos pés. Eu havia nadado muito rápido, com a pressa de sumir dali.

Suspirei. O dia tinha acabado uma grande m***.

Olhei ao redor, na esperança de Serena ter decidido vir treinar seu canto hoje, mas não tinha ninguém. Droga, e eu que queria tanto falar com ela... Ela dava bons conselhos. Será que era algum lance de sereia?

Olhei dessa vez para o horizonte. Ainda não eram nem 19:00, estava relativamente cedo, apesar de escuro. Serena devia estar com suas amigas sereias se divertindo em algum lugar. Ela já havia me apresentado umas três garotas e dois tritões, e eles eram bem simpáticos. Onde será que eles poderiam estar? No Mercado? No Teatro? Em qualquer outro lugar onde os jovens-sereias iam e que Serena ainda não tinha me levado? Será que eu conseguiria achá-la?

Resolvi tentar, sem saber que essa simples decisão estaria prestes a mudar completamente a minha vida.

Como eu já disse, às vezes eu tenho umas ideias bem idiotas, mas só depois eu descubro isso. Tentei procurar no Mercado, afinal era apenas uns 25 minutos de nado ultrarrápido de sereia. E eu achava que lembrava o caminho.

O problema é que o mar à noite é bem diferente do mar de dia, então não, eu não consegui reconhecer nada por onde eu nadava. Diferentemente da pedra, onde eu já havia nadado até lá umas 20 vezes, eu só tinha ido ao Mercado duas e, poucos minutos depois de ter pulado na água de novo, eu já estava perdida. Fala sério: tem como esse dia ficar *pior*?

Nunca faça essa pergunta a si mesma. *Sempre* tem como ficar pior.

Nadei várias vezes em círculos, até que cheguei na ilha pela milésima vez e desisti. Eu ligaria para Dani e ela talvez também tivesse um bom conselho, só pra variar. Quer dizer, *ela* tinha um namorado. Devia sacar esses lances de garoto.

Dei meia volta, e me deparei com algo estranho: uma luz, vindo na minha direção. Imediatamente fui tomada pelo pânico. E se fosse um mergulhador?? Dei meia volta *de novo* e disparei, nadando o máximo que minhas barbatanas aguentavam.

Por que isso está acontecendo comigo?, pensei. Será que eu estava no meu inferno astral? Será que no meu horóscopo estava escrito que eu não devia sair de casa em hipótese alguma, ou seguiria-se uma tragédia após a outra? Eu nunca tinha acreditado nessas bobagens, mas esse realmente não estava sendo o meu dia.

Fosse o que fosse que estava me perseguindo era bem mais rápido do que eu, e me ultrapassou poucos segundos depois, apontando um tridente para mim. Isso mesmo, não era um mergulhador. Era um sereiano, um dos Guardas Reais.

– Alto lá! – ele falou, o tridente cortando a água a centímetros de mim, me impedindo de seguir em frente.

Assim como aquele que estava na porta do Teatro, este era alto e musculoso, de pele bronzeada e cabelo e olhos escuros. Usava o mesmo uniforme preto e hidrodinâmico agarrado à pele, contornando seus músculos, além de um capacete que lembrava o formato de um peixe. Usava também o mesmo cinto, que dessa vez não tinha apenas enfeites de estrelas-do-mar e conchas, mas também frascos estranhos e uma faca feita de osso. O inconfundível pé aquático estava ali, cheio de escamas verde-água e membranas entre os dedos alongados. O rosto, antes contorcido numa expressão assustadora, se suavizou ao ver que se tratava de uma sereia. Ele retirou o tridente da minha frente, segurando-o junto ao corpo.

– O que está fazendo aqui sozinha nos arredores do castelo, menina? – perguntou ele com uma voz grave que arrepiou todos os meus pelos da nuca.

Num primeiro momento, não entendi do que estava falando. Como assim "castelo"? Eu só estava contornando a ilha pela milésima vez porque não tenho o menor senso de direção embaixo d'água!

E então eu saquei: *a ilha era o castelo.*

Assim como uma ilha era um teatro, um banco, uma escola, uma biblioteca e uma casa mal-assombrada natural, aquela ilha que eu via todo dia no caminho da escola, todo dia da janela do quarto de hóspedes da casa minha, era um castelo. Um *castelo de sereias.*

– E-eu... Eu... – gaguejei, sem saber ao certo o que responder – Er... eu me perdi – falei a verdade – Estava voltando do Mercado, onde estavam umas amigas minhas, e resolvi voltar sozinha para a casa da minha tia, onde estou ficando de visita. Sabe, eu não sou daqui, venho de uma cidade vizinha – ou *parte* da verdade, pelo menos.

– De que cidade vizinha? – o sereiano perguntou, levantando uma sombrancelha – A Rainha não ficou sabendo de nenhuma visitante.

Ótimo, agora eu estava ferrada.

Surfistas, Beijos e um Pé de Pato

– Eu cheguei não faz muito tempo, cheguei... Sabe o que é? Agora eu estou realmente cansada, eu acho que vou pra casa. Tenho certeza de que minha tia não demorará a falar com a Rainha sobre a minha visita.

– Muito bem então – falou ele, e eu fiquei surpresa por ele cair na minha ladainha. Será que sereianos não eram muito inteligentes? Ou minha sorte hoje estava finalmente mudando? – Onde você mora? Se ainda estiver perdida, eu posso te acompanhar.

– Ah, é pra lá – apontei para a praia – não muito distante daquela pedra! Eu já achei o caminho, obrigada pela preocupação.

Infelizmente, o destino ainda não estava disposto a me dar uma trégua.

O sereiano estendeu o tridente prateado, bloqueando o meu caminho. De novo. Eu me virei pra ele sem entender nada.

– Depois da pedra? Não é um lugar meio estranho para uma sereia morar?

Ok. Talvez ele não seja tão burro. E talvez o azar ainda esteja me perseguindo.

– É estritamente proibido sereias irem além da Pedra-Limite. Desrespeitar essa regra põe em risco todo o segredo da existência das criaturas marinhas mágicas, além de estar sujeito a punições severas. Todo cuidado é pouco quando se trata de humanos, e depois dessa pedra não existem mais cavernas subterrâneas onde as sereias possam se esconder em casos de emergência.

Ele aproximou seu rosto do meu, enquanto eu engolia em seco, apesar de estar na água.

– Você sabe disso, não sabe, sereinha? – eu balancei afirmativamente a cabeça, apreensiva – Então pode me explicar por que disse que a casa da sua tia é além daquela pedra?

Enquanto eu tremia de medo, ele pareceu notar a bolsa que eu carregava, contendo minha roupa encharcada.

– Você se importa?

O que eu podia dizer? Que *sim*? O cara ainda estava com o tridente na mão, afinal de contas. Entreguei relutante a minha bolsa pra ele, que examinou todo o seu conteúdo: meu short jeans manchadinho, minha blusa branca, meu óculos de sol, um elástico para cabelos, meus chinelos Havaianas e minha câmera digital à prova d'água. O sereiano olhava tudo com as sobrancelhas franzidas, obviamente se perguntando o que uma sereia adolescente fazia com aquelas coisas humanas numa bolsa de pano. E então ele ligou a máquina, revelando fotos

Carolina Cequini

daquela tarde na praia: Gabriel, Bruna, Peixe, Mel, Cacá, Rick, Vini... e eu. Com pernas humanas.

Nessa hora o sereiano se virou para mim com uma expressão completamente diferente. Quer dizer, ele já parecia estar permanentemente com uma cara brava, mas agora ele me olhava como se eu fosse outra... Ele me olhava com desprezo.

Ainda segurando a bolsa com ele, disse numa voz fria: – Você vem comigo, mocinha.

E, antes que eu tivesse sequer a chance de contestar, ele rapidamente prendeu meus pulsos com duas garras de siris gigantescas que contornavam o meu braço – as serrinhas me machucando pra caraca – e ficou atrás de mim; o tridente pinicando minhas costas.

– Em frente – disse ele, e me espetou com mais força.

Tendo que me controlar para não gritar, comecei a nadar como ele me mandava. Quando nos aproximamos mais um pouco da ilha, o sereiano soltou um assobio alto, e de repente a parede de pedra se abriu, mostrando uma grande luminosidade amarela, e mais dois sereianos apareceram. O primeiro trocou olhares significativos com os outros dois e logo os três me escoltavam para a entrada iluminada.

Assim que entrei na ilha – no *castelo* – a porta de pedra foi fechada por mais outro sereiano, e um corredor também de pedra se estendeu diante de mim, escuro e frio. O baque da porta se fechando fez um eco por todo o corredor, e nessa hora eu percebi que, mais do que um segundo micaço na frente do meu paquera, e mais do que não encontrar a melhor amiga sereia para desabafar, dessa vez eu estava *realmente* encrencada.

Surfistas, Beijos e um Pé de Pato

13
Em apuros

O corredor parecia não ter fim, e eu nadava sem saber aonde iria chegar e, principalmente, se iria voltar. A única iluminação vinha da lanterna luminescente de esponja carregada pelos sereianos, e, conforme eu ia ainda mais para o interior da ilha, mais frio ficava. Ao contrário do Teatro, não havia nada de pérola, nada dourado, nenhuma decoração de conchas e estrelas e nada bonitinho. Só uma escuridão fria e assustadora, e a fraca luz das esponjas que deixavam sombras macabras na pedra irregular.

O corredor acabou do nada, nos levando a um beco sem saída. Um dos sereianos – o menos alto, com um cabelo longo até os ombros – estendeu o tridente e tocou de leve na pedra com ele. Uma segunda porta de pedra se abriu, e dessa vez eu tive que esfregar os olhos para ver se não estava sonhando.

Eu estava diante de um imenso salão, completamente dourado. Colunas de mármore iam do chão até o teto, com cavalos marinhos entalhados em cada uma delas. Estrelas-do-mar e conchas enfeitavam o teto, em arabescos ainda mais complicados que os do meu brinco de madrepérola. Havia uma sereia um tanto rechonchuda, usando uma camiseta de babados e um avental branco, passando pano numa das colunas de mármore – o que não fazia o menor sentido, porque tudo estava impecável e brilhando.

Carolina Cequini

Os sereianos continuaram a me escoltar, descendo por uma escadaria de mármore e por um corredor de pedras, só que dessa vez bem iluminado, com desenhos de sereias feitos de pedras preciosas e ouro. Enquanto nadava por ali, vi desenhos de uma sereia sentada numa pedra se penteando, uma sereia e um tritão juntos no que parecia ser uma dança e uma sereia cantando para um navio, enquanto uns marinheiros pareciam pular na água para uma morte certa. Adorável.

Passamos por ali, viramos e demos de cara com uma porta imensa e toda perolada, com uma grande estrela-do-mar dourada a enfeitando.

– Por que tem estrelas-do-mar enfeitando cada canto do castelo? – não consegui me segurar.

Um dos sereianos me olhou de cara feia.

– Porque a estrela-do-mar é o símbolo da realeza – falou, de mau humor – E estamos prestes a entrar na Sala do Trono. Vamos ver a Rainha, ela vai saber o que fazer com você.

– Como assim "saber o que fazer comigo"? – perguntei, assustada.

– Psssh, agora fique quieta – o cara com cabelo comprido falou, e em seguida entreabriu a porta.

Eu espichei o pescoço e consegui dar uma espiada. Ao contrário do outro salão, este era todo de mármore branco, sem pedras à vista. As colunas, feitas de pérola rosa maciça, eram enfeitadas com desenhos de vários animais marinhos em dourado. Vi desenhos de um golfinho, de uma tartaruga marinha, de águas vivas, de um polvo e de peixinhos-palhaço numa anêmona. Havia um longo tapete de algas vermelhas que levava até uma imensa pedra lisa com várias anêmonas e corais a enfeitando. No encosto do trono marinho, a parte de cima de uma imensa concha laranja e vermelha, rosada no centro e cheia de espinhos marrons nas bordas. Sentada ali no meio disso tudo a sereia mais... brilhante – literalmente – que eu já tinha visto na minha vida.

Sua pele era muito branca e parecia brilhar. O cabelo cor de chocolate caía em cachos ondulantes até a cintura. Sua cauda era amarela, com reflexos dourados e um cordão de pérola enrolado nela. Usava um corpete de escamas douradas e mais pérolas a enfeitavam em colares e pulseiras. Um tecido branco muito fino e delicado a envolvia como um xale semitransparente. Parecia ter pequenas gotículas de água presas em cada poro do tecido, fazendo a luz das esponjas refletir no tecido como se ele fosse feito de pequenos diamantes. Eu já havia visto outras

Surfistas, Beijos e um Pé de Pato

sereias usarem esse tecido antes, e nunca soube do que ele era feito, mas, junto com a produção dourada da rainha, o tecido se tornava ainda mais luminoso. Para completar, no topo da cabeça a Rainha usava uma coroa dourada enfeitada com várias pedras preciosas azuis e três estrelas-do-mar – uma maior no centro com duas pequeninas de cada lado.

Eu pisquei. Todo aquele dourado parecia demais pra mim.

Várias damas de companhia estavam paradas ao redor da Rainha, elas também se vestiam de forma imponente, com suas caudas coloridas e blusas brancas e rendadas.

O sereiano atrás de mim viu que eu espiava e me puxou pra trás. Um outro sereiano – eu começava a pegar raiva desses caras – saiu do lado da Rainha, e se aproximou, com o cabeludo explicando pra ele o que estava acontecendo – *ele* parecia saber, porque já eu estava completamente perdida.

O sereiano que apareceu era o mais assustador. Ele era o mais alto e o mais forte de todos. Ao contrário dos outros, sua roupa não tinha detalhes em bronze e prata, mas em bronze e ouro. Ele parecia ser mais importante que os demais. Duas faixas douradas se cruzavam em seu peito e chegavam até o cinto, também dourado, e com mais enfeites do que os dos outros. Ele usava braceletes de ouro e seu tridente era um pouco mais pontudo que os dos demais. Seu cabelo escuro e um tanto comprido estava preso num rabo de cavalo baixo e ele possuía uma barba fina. Os olhos eram de uma estranha cor âmbar, o olhar penetrante.

O sereiano com capacete e cabelos e olhos escuros que havia me encontrado no mar entregou a este novo sereiano a minha bolsa.

– Encontrei a menina com essas coisas estranhas, Marlon. São todos objetos humanos. E veja... – ele mostrou as fotos – Eu não sei como, mas parece que *ela* é humana. E, ao mesmo tempo, também é sereia.

Marlon estreitou os olhos para mim.

– Parece que não podemos bobear por nem um segundo sequer, Klaus, que esses humanos estão sempre dando um jeito de se meter onde não são chamados. Leve a garota para a masmorra. Eu apresentarei os detalhes à Rainha e veremos o que vamos fazer.

Masmorra?!

Ei, e os meus direitos como cidadã??, pensei, mas não achei que era o melhor momento para perguntar isso. O sereiano de rabo de cavalo, o tal do Marlon, parecia estar no topo da hierarquia dos Guardas Reais, fosse pela roupa mais rebuscada, fosse pela autoridade na voz. A porta de pérola se fechou e, mais uma vez, fui escoltada pelos corredores do castelo, dessa vez só por Klaus. Nadávamos cada vez mais para cima, subindo escadarias de pedra circulares que, no final, nos levaram até um lugar mais frio e escuro do que o primeiro corredor por onde havíamos passado ao entrar no castelo.

A masmorra.

Era uma sala circular de pedra, na verdade bem pequena, com apenas a luz da lua entrando por uma janelinha também circular. Havia um sereiano ali, e fui deixada com ele enquanto Klaus ia embora. Assim que ele desapareceu dobrando a escadaria, me virei para o novo guarda que me mantinha sob custódia. Ao contrário dos outros, esse era ligeiramente menor – mas não menos musculoso – e parecia ser mais novo. Talvez uns 20 anos, por aí. Tinha o cabelo preto bem curto e um tanto espetado, e os olhos castanhos cor de chocolate, mais calorosos do que os demais.

– O que está acontecendo? O que vão fazer comigo? – não consegui me controlar. Parecia ser o único até agora a não me olhar com um ódio profundo. Bom, eu devia esperar até ele descobrir que eu era humana.

– Não sei bem ao certo – adimitiu ele – Mas você parece encrencada. O que aprontou, mocinha?

– Nada – falei, dessa vez não conseguindo impedir a minha voz de tremer um pouco.

– Bom, se realmente você não tiver feito nada de errado, pode ficar tranquila. Aí quem realmente deverá começar a se preocupar são os outros guardas que trouxeram você aqui. A Rainha é bem gentil, e não gosta de ver pessoas inocentes sofrerem sem motivo.

Tomara.

Meus pulsos estavam realmente começando a doer, por causa daquela tal garra de carangueijo gigante que me apertava. O sereiano pareceu notar minha agonia.

– Está te incomodando?

– Muito – falei.

Ele apoiou o tridente na parede e se aproximou de mim. Com um puxão leve, soltou as garras. Eu esfreguei meus pulsos, que estavam um tanto vermelhos. Não pude deixar de notar como o cara era forte.

– Melhor? – perguntou ele.

Balancei a cabeça afirmativamente.

– Obrigada, er...

– Aidan – ele sorriu (Os caninos dos sereianos eram um pouco mais pontudos que o normal, então o gesto não teve necessariamente o efeito de me acalmar que ele pretendia) – Infelizmente – Aidan continuou –, agora que está solta, preciso colocá-la na cela. Espero que não se importe.

– Não, tudo bem – eu disse, numa vozinha fina.

Oras, o que eu podia dizer? *Não, é claro que eu me importo, na verdade, eu me importo com tudo o que está acontecendo. Falei pra minha tia que estaria sem o celular, pois ficaria o tempo todo com os meus amigos, e agora eu nem sei que horas são e ela provavelmente deve estar se descabelando no apartamento, perguntando onde diabos eu posso estar?* Não era tão simples assim.

Aidan me guiou até uma caverninha redonda ali mesmo, onde ele me fez entrar e depois fechou a entrada com a porta de barras de ferro. Ele então se voltou e ficou na mesma posição em que estava quando Klaus me trouxe até ali: de pé, o queixo levantado, o tridente erguido ao lado.

Suspirei.

Olhando ao redor, vi que a minha caverninha não era tão pequena assim. Na verdade, ela possuía um teto bem alto e continuava para os lados, só que sem água. À minha direita erguia-se uma pequena montanha de pedras irregulares que levavam até um buraquinho luminoso. Seria uma janela?

Saí da água e rapidamente minhas pernas apareceram de novo. Aidan, de costas para mim, não viu o que eu estava fazendo. Tirei o pé de pato e continuei escalando as pedras, até chegar numa janela que era duas vezes o tamanho do meu rosto. Olhei boquiaberta para fora. Afastando uns galhos cheios de folhas, eu via o céu, a lua, as estrelas, o mar batendo nas pedras não muito abaixo de mim e as luzes da cidade lá longe. A masmorra era numa parte tão alta do castelo que acabava por sair da água! Será que se eu gritasse por socorro algum ser em um barco poderia me ouvir? Bom, *se* tivesse alguém por ali, provavelmente sim.

Mas como poderiam enxergar um rosto atrás de um buraquinho no meio das pedras escondido por galhos no meio da noite? Eu tinha que admitir: se tinha algum jeito de sair daquele castelo, era torcendo para a Rainha estar de muito bom humor.

Um vento frio marítimo passou pela janela, arrepiando os meus pelos. Dobrei os joelhos e os abracei, procurando em vão me aquecer. A luz da lua batia certinho no meu rosto, me deixando mais pálida que o normal. Realmente, a vista daquela janela era muito bonita, mas eu poderia apreciá-la muito mais se estivesse livre.

Os outros sereianos não pareciam demonstrar pressa alguma em voltar, e me perguntei se passaria a noite inteira ali.

Finalmente vencida pelo medo, pelo cansaço e pelo frio, encostei meu rosto nos joelhos e comecei a chorar baixinho.

14
Tribunal do Mar

— Onde está a garota? – foi a primeira coisa que eu ouvi. Abri os olhos e percebi, ao olhar pela janela, que a noite estava mais clara, e a lua já não estava mais à minha vista. Devia estar amanhecendo. Quanto tempo eu tinha ficado ali dormindo? Só sei que demorei um tempão para pegar no sono, antes que o cansaço finalmente me vencesse.

Ergui o pescoço da pedra dura e senti uma dor lancinante. Ótimo, agora eu ainda estava com torcicolo. Acho bom que alguém aqui me pague uma massagem quando eu sair.

Eu me espreguicei e estiquei os membros dormentes o máximo que consegui. Caraca, eu estava toda dura. Finalmente me levantei e me alonguei, o que fez algumas juntas estalarem. E então olhei para baixo, para a parte coberta de água da caverna. De lá de cima das pedras, eu não conseguia ver nada, mas, por alguma estranha razão, conseguia ouvir os guardas conversando.

— Está dentro da cela – ouvi Aidan responder – Espere um pouco que eu vou buscá-la para o tribunal.

Tribunal?

— Ué! Ela não está aqui! – pude ouvir o desespero da voz dele, e dessa vez também conseguia vê-lo lá embaixo na parte submersa.

— O quê?! Ela conseguiu fugir?! Essa cela é completamente fechada! – o outro guarda, que não era nenhum dos que eu já tinha visto até então, também entrou na cela, olhando ao redor. Ninguém se deu ao trabalho de sequer olhar para cima. Então eu fui obrigada a chamar a atenção deles porque, se eu continuasse ali para me esconder, eles provavelmente fechariam a cela de novo e Deus sabe quando voltariam aqui na masmorra.

— Ei, aqui em cima, espertos! – gritei, minha voz ecoando na caverna. Os dois ergueram os olhos e, como se não estivessem enxergando direito lá de baixo d'água, colocaram a cabeça para fora da água.

— Eu não acredito... – disse Aidan – Ela é humana mesmo!

Quis dizer "*Yeah, you gotta problem with that??*" com aquele jeito gueto pra mostrar que eu ainda tinha meu orgulho, mas achei que não era bom abusar da sorte. Em vez disso, apenas pulei lá de cima com um perfeito salto bomba, espalhando água para tudo que é lado da caverna, e obrigando os guardas a recuarem. Assim que mergulhei, a minha cauda se formou rapidamente, diante dos olhos incrédulos dos sereianos.

— Acho que o caso é um pouco mais complicado do que parece – Aidan comentou.

Fui escoltada pelo outro guarda novamente pelos corredores do castelo, mas dessa vez não consegui me segurar:

— Para onde está me levando?

— Ao Salão de Pedra – ele respondeu sem nem me olhar.

Legal, entendi tudo.

— Ahn... Por acaso é por onde eu fui levada ontem? Sabe, por aqueles corredores onde as paredes todas eram de pedra?

— Muitas partes do castelo são feitas de pedra. E não vamos para lá.

Bom, pelo menos agora eu sabia para onde *não* estávamos indo. Eu *não* estava indo para o lugar onde ficava a saída.

Em vez disso, fui levada até uma sala que eu ainda não tinha visto. Era circular, bem iluminada pelas várias lanternas de esponja espalhadas pelas paredes, e possuía o teto alto, em forma de cúpula.

Diversos tritões e sereias vestindo trajes formais estavam sentados em um canto da sala, de frente para uma mesa de pedra. Eram uns oito no total, e todos possuíam uma prancheta de conchas à sua frente, com uma espécie de graveto avermelhado ao lado que poderia ser a ponta de um coral espinhento. Do lado esquerdo das pranchetas havia frasquinhos com tinta preta. Tinta de lula, supus. Os tritões e as sereias provavelmente deviam estar ali para escrever tudo o que aconteceria, e o pedaço de coral devia ser uma espécie de caneta-tinteiro, como aquelas de antigamente que precisavam ser molhadas com tinta.

No lado oposto à porta em que eu me encontrava havia um trono de pedra polida com desenhos em ouro e prata. Eram desenhos de diferentes espécies de peixes, e no lugar dos olhos havia pequenas gemas de diamantes.

Quase encostados nas paredes, contornando toda a sala redonda, estavam vários sereianos, todos com o uniforme preto e o tridente prateado. Todos ameaçadoramente altos e musculosos. E perigosamente atraentes.

O sereiano que me conduzia me fez sentar na cadeira de pedra que havia em frente ao trono e depois nadou até um espaço vazio na parede, fazendo a sala inteira estar completamente rodeada por guardas.

Ok. E agora?

Eu não ouvia as conversas baixas entre as sereias que se sentavam atrás da mesa de pedra, mas sabia que estavam falando de mim.

– De pé! – exclamou um dos sereianos, me fazendo pular na cadeira.

Um dos tritões olhou para a direção da porta e se levantou. Os demais fizeram o mesmo, e, curiosa, olhei para trás para ver qual era o motivo daquilo tudo. A Rainha entrava no salão, tão majestosa quanto na noite anterior, só que dessa vez usava um xale de tecido cor de coral e um corpete de conchas peroladas com arabescos dourados.

Marlon, o guarda de ontem, ainda usava seu rabo de cavalo, e seguia a Rainha de perto como se fosse seu segurança pessoal. E talvez fosse mesmo. As sereias damas de companhia também estavam presentes. As três se organizaram de forma a ficar duas do lado direito da Rainha e a outra no lado esquerdo junto de Marlon.

Conforme a Rainha nadava em direção ao trono, os sereianos e as sereias se curvavam em sinal de respeito. Ela finalmente se sentou e o mesmo guarda de antes exclamou "Sentem-se!".

— Agora que a ré e Vossa Majestade estão presentes, vamos dar início à sessão – disse Marlon, com sua voz grossa de dar arrepios.

— E-espere! – exclamei – E o meu direito de defesa? Cadê o meu advogado?!

Pude ver o queixo caído de todos quando me ouviram falar desse jeito com ele. E alguns pareceram estreitar os olhos ao ouvir a palavra "advogado". Se tinham dúvida se eu era humana ou não, eu havia facilitado as coisas para eles. Porque, pelo visto, não devia existir sereias nem tritões advogados.

— Bem – disse a Rainha, com uma voz poderosa para uma mulher com um rosto tão delicado – Deixe-me explicar como funciona um Tribunal do Mar. Eu leio a acusação, as testemunhas afirmam ou negam o que eu disse e eles a julgam – ela fez um sinal com a mão mostrando os tritões e as sereias do canto – A minha decisão no final é a lei. Na verdade é bem simples.

— Mas que injustiça! Eu *tenho* que ter o direito de defesa! – gritei, e um guarda se aproximou de mim o suficiente para me intimidar e me fazer calar.

Eu teria cruzado os braços se pudesse, mas fiquei congelada de medo.

– Agora, sem mais interrupções, vamos começar logo com isso – disse a Rainha – Daremos então início à Quinta Sessão do Tribunal do Mar, por meio da Rainha Íris II.

Íris pegou o papel que Marlon lhe estendia e pigarreou:

– "Às 19:17 de ontem, a acusada foi encontrada nadando próximo ao Castelo, alegando estar perdida e indo em direção à praia. É contra o Código 22.7 passar da Pedra-Limite, onde ela alega ser a casa do parente onde está se hospedando. E é contra o Código 34.6 estar fora da Zona Habitacional depois das 19:00. Além disso, ela foi pega com uma bolsa de conteúdo suspeito."

Um dos guardas sereianos estava com a minha bolsa. Ele tirou de lá objeto por objeto e foi repassando-os à Sua Majestade, que, por sua vez, passava-os para as outras sereias e os tritões, que olhavam tudo estupefatos. O que mais chamou a atenção da Rainha foi o chinelo que ganhei da Dani no meu aniversário mês passado. Era rosa claro, com continhas rosa pink na alça e escrito BFF em rosa, também pink na sola, em uma letra fofinha. Espero que a Rainha não esteja pensando em ficar com ele.

– O que é "BFF"? – perguntou ela – Algum código secreto para espiões humanos?

– Eu não sou espiã. E é uma sigla em inglês que significa "Melhores Amigas para Sempre".

– Então você não nega que é humana?

O que eu podia fazer? Era só ela ver o próximo objeto – a minha câmera – e teria as respostas.

– Não.

– Humm... – ela me observou por uns segundos, e realmente pegou a câmera, vendo as fotos. Por que nessas horas a bateria parece durar pra sempre? – É, estou vendo – e então ela passou a câmera para a mesa das sereias e olhou para a minha cauda, que balançava nervosamente – Mas ainda não consigo entender. Você É humana. Mas como...? Testemunha?

O guarda que me trouxera até ali se adiantou, dando um passo à frente.

– Sim, Majestade – ele fez uma pequena reverência e beijou a ponta da cauda dela.

– Diga-me o que sabe. Você a trouxe da cela até aqui, não foi?

– Sim, Majestade. O carcereiro a havia colocado na cela, mas, quando fui buscá-la, ela não estava na água. Estava lá em cima, nas pedras, com pernas humanas.

Um "ooooh" se espalhou pela mesa e eu pude ouvir o barulhinho irritante das canetas de coral escrevendo furiosamente nas pranchetas de concha.

Revirei os olhos. O guarda continuou:

– Ela estava tentando fugir pela janela, mas é claro que nunca conseguiria. Então, quando aparecemos, ela nos atacou, pulando em cima de nós como uma bomba.

Tudo bem que eu queria fazer um pulo bomba justamente para atingi-los um pouquinho, mas chamar aquilo de ataque já era exagero!

– E então? – perguntou a Rainha.

– E então no instante seguinte ela já estava debaixo d'água, com uma cauda. Ela tinha o pé um pouco estranho para uma humana, quando mergulhou. Parecia o pé dos sereianos. E eu vi a cauda se formar diante dos meus olhos, escama por escama.

A Rainha franziu as sobrancelhas e olhou na minha direção.

– Explique-se, humana. Por acaso se trata de um novo truque que a *ciência* criou? – ela pronunciou a palavra "ciência" como se fosse uma doença.

– Bem, não sei como foi criado – admiti – Mas o que eu uso é um pé de pato. Quando estou com ele na água, a cauda se forma instantaneamente.

Um vislumbre de espanto passou pelo olhar da Rainha, mas, antes que eu pudesse ter certeza, ela estreitou os olhos e me encarou profundamente, agitando a cauda.

– Pé de pato, você disse?

– É... – falei cautelosamente – Sabe o que é um pé de pato, né?

De novo o olhar de espanto, que dessa vez não foi contido tão rápido.

– Onde você achou esse pé de pato?

– Como assim onde?

– Onde você o encontrou pela primeira vez, ora essas!

– Espera... Isso quer dizer que você sabe do que estou falando? Sabe desse pé de pato que transforma humanos em sereia?

– Responda-me! – exclamou ela com urgência.

– Ai, tá bom! Eu encontrei na caixa da minha avó!

Surfistas, Beijos e um Pé de Pato

– Perdão? – ela perguntou, sem entender.

– Eu *realmente* estou na casa da minha tia, só que ela é humana. Não temos nenhuma casa de praia ou sítio, então é na casa da minha tia que ficam as coisas velhas. Guardamos lá as coisas dos meus quatro avós, e acabei encontrando na caixa da minha avó materna, Celeste Marr, esse pé de pato. Mas não faço ideia de como ele foi parar lá.

A expressão da Rainha era de completo espanto, dessa vez nem um pouco contido. Agitada, ela se levantou.

– Algum problema, Majestade? – Marlon se adiantou para ajudá-la, mas ela recusou.

– Qual é o sobrenome da sua avó?

– Marr – respondi – E o meu, caso queira saber, já que você nem se deu ao trabalho de perguntar e só ficou me chamando de "humana" o tempo todo, é Celine. Celine Marr Dumont.

A Rainha desabou no trono, a mão na testa.

– Majestade?! – Marlon e outros guardas pareceram preocupados, mas ela não dava a mínima atenção a eles. Apenas massageava as têmporas, e parecia estar falando sozinha:

– Não é possível... Quer dizer, ela não pode... Ela não pode ser...

– O quê? Eu não posso ser O QUÊ?

Ela demorou um pouco para me responder, quase como se não acreditasse no que estava prestes a falar:

– A Princesa Perdida.

15
Por essa eu não esperava

Eu pisquei.

Ok, agora eu já não estava entendendo mais nada. E, pela cara de todo mundo, eu não era a única.

Por fim, não pude deixar de rir.

– Está brincando, não está?

Essa era geralmente a hora do sonho em que alguém fala uma coisa tão idiota que você acorda e percebe a tosquice que o sonho foi. Só que não era um sonho, então aquela parada de "Princesa Perdida" não fazia o menor sentido. Marlon era o único que parecia estar entendendo alguma coisa, embora relutasse em acreditar nisso.

– Vossa Majestade está bem? – perguntou ele, preocupado. E ainda olhou de cara feia pra mim, como se tudo aquilo fosse minha culpa. Desculpe, querido, mas eu sou a vítima aqui. Ainda estou acorrentada na droga dessa cadeira de pedra e ninguém parece se importar se eu estou entendendo as coisas ou não.

– Estou, Marlon – a Rainha olhou pra mim – Pensando bem, esses olhos me são mesmo familiares. Iguaizinhos aos da Rainha Undine, não acha?

– Não pode ser – Marlon falou, e olhou com atenção para os meus olhos, o que me deixou desconfortável e me fez desviar o rosto – Pelas barbas de Netuno! São sim!

Um alvoroço percorria a mesa das sereias e a fileira de guardas, que pareciam aos poucos estar compreendendo a situação.

Bem, *eu* ainda não entendia nada.

– Não pode ser! – ouvi alguém sussurrar.

– Será? Uma descendente da Rainha Undine? – disse a sereia de óculos e xale cor-de-rosa.

– Mas não diz a lenda que ela se casou com um humano e nunca mais foi vista? – disse o tritão de bigodes e terno azul-marinho.

– Não seja idiota! Ela se casou com um humano e depois de um tempo a *filha* dela nunca mais foi vista!

– Não era a neta que desapareceu sem deixar herdeiros?

– Não importa! Só sei que uma de suas descendentes usava um pé de pato desenvolvido especialmente para possibilitar que ela assumisse o trono quando crescesse.

Os murmúrios ficaram cada vez mais altos, e o pouco que eu conseguia ouvir e entender me deixava com dor de cabeça.

– Silêncio! – exclamou a Rainha Íris, aparentemente recuperada, e a sala inteira se calou – Conte-me mais sobre a sua avó, querida.

Ah, quer dizer que agora eu era a "*querida*"?

– Não tem muito o que falar – eu disse, com raiva – Ela e meu avô morreram jovens, antes dos 30 anos, num acidente de carro logo depois que minha mãe nasceu. A única coisa que ela deixou de herança foram umas velharias dadas à minha mãe, sua única filha. As coisas de valor estão lá em casa, e o resto ficou na casa da minha tia desde que mamãe se casou.

– Qual é o nome da sua mãe?

– Alice Marr Dumont.

A Rainha franziu o rosto.

– O sobrenome está lá, mas não me lembro de nenhuma sereia da Família Marr se chamar Alice. Acho que ela não chegou a assumir o trono.

– O que quer dizer com "Família Marr"? Não, o que quer dizer com uma "sereia da Família Marr"? E porque a minha mãe assumiria um trono? E por que eu ainda tenho que ficar com essa droga que machuca o meu pulso?!

– Marlon, solte-a.

Obediente como sempre, Marlon tirou aquela horrível garra de siri de mim e eu pude enfim massagear os pulsos e esticar o braço. E, claro, me levantar, o que não hesitei em fazer tão logo ele me libertou.

– Dona Rainha, acho bom a senhora me explicar *exatamente* o que está acontecendo! Por que o nome da minha família está envolvido nessa maluquice toda? E eu ainda não entendi essa história de "Princesa Perdida"! Parece coisa de livrinho infantil!

Pude ver a expressão horrorizada de Marlon, mas eu não dei a mínima. Íris resolveu me ignorar, pra variar:

– Celi... Celine, não é? Posso ver esse pé de pato? – ela perguntou com delicadeza.

– Não até responder pelo menos uma das perguntas que fiz! Tem noção do quanto estou frustada sem conseguir entender o que está acontecendo?!

Dessa vez Marlon se zangou de vez, e me encarou com os olhos dourados ameaçadores.

– Quando a Sua Majestade, a Rainha Íris II, ordena uma coisa geralmente é para seu desejo ser obedecido.

Isso não era só uma constatação dos fatos, se é que você me entende. O cara parecia obsessivo em puxar o saco da Rainha até não poder mais, então aquilo era meio que uma ordem.

– Hunf! De qualquer modo, eu só posso tirar o pé de pato quando estou fora da água.

– Então o que estamos esperando? Vamos agora mesmo! – Íris exclamou.

Marlon a encarou com os olhos arregalados de espanto.

– Agora?! Sair do castelo?! Mas Vossa Majestade não vai à superfície há anos!

– Situações extremas pedem medidas extremas, Marlon. Temos que ter certeza.

Saindo do trono, ela deixou a sala e eu a segui, mas Marlon se intrometeu entre nós duas. Aparentemente ele ainda me considerava uma ameaça à sua preciosa Rainha. Os outros guardas, as sereias e os tritões vinham logo atrás.

Nadamos por outros lugares do castelo que eu ainda não tinha visto, mas meu cérebro estava muito ocupado para eu me absorver nos detalhes.

Pelo visto, meu sobrenome tinha alguma importância para o povo-sereia. Havia uma família Marr por aqui, e eu começava a duvidar que fôssemos meros xarás.

E, deixando de lado todo esse mistério do meu sobrenome, a Rainha parecia saber de onde vinha o meu pé de pato. Uma outra rainha o havia criado para a filhinha humana para esta poder ir ao fundo do mar e assumir o

Surfistas, Beijos e um Pé de Pato

trono, e a filha passou para sua filha e assim por diante. Legal. Mas ainda assim... O que isso tinha a ver comigo? Eu só achei o pé de pato nas coisas da vovó e nunca imaginei como...

Oh, não.

Não, não é isso que estou pensando.

Não é não é não é não é não é.

Isso é completamente ridículo, e absurdo e...

Não percebi que já tínhamos saído do castelo até que no instante seguinte eu olhei pra cima e vi a claridade do sol. E então rompemos a superfície, e eu fiquei aliviada por estar de novo no mar aberto. Enfim livre.

Nadamos até as pedras da ilha, as ondas nos empurrando de vez em quando. Quer dizer, empurrando a *mim*. Todos pareciam indiferentes e se equilibravam no meio das ondas perfeitamente eretos. Só eu parecia não ter controle da corrente.

– Não lute contra a onda – avisou um dos guardas – Vai ser mais fácil. Sinta como se o mar fizesse parte de você, e, ao invés de empurrá-la, as ondas te ajudarão a se manter firme.

– Isso não faz sentido! – exclamei, quase sendo jogada nas pedras pontudas por uma onda forte que passou.

– Para um humano. Mas você é metade sereia, não é?

Tentei fazer o que ele falou, e deu razoavelmente certo. Até uma onda quase me esmagar contra uma pedra, mas um dos sereianos me segurou a tempo.

– Obrigada – falei, tímida, enquanto escalava a pedra com dificuldade e esperava minhas pernas reaparecerem. Apenas quando fiquei mais seca – o que era difícil com ondas batendo constantemente em mim, tive até que me distanciar mais do mar – as escamas desapareceram lentamente até sobrar só o pé de pato. Eu os tirei e entreguei à Rainha.

– Por Netuno! – murmurou ela – O pé de pato é real. O que significa... – ela me encarou – Bem, entre outras coisas, significa que você *é* a Princesa Perdida. Depois de quase 100 anos, a verdadeira herdeira do trono Real, tataraneta de Sua Majestade Rainha Undine, reaparece.

E então uma coisa absurda aconteceu. Marlon se curvou pra mim. E pela sua expressão, parecia estar arrependido por tratar tão mal alguém de sangue azul. Devia ser contra seu código de honra ou algo parecido.

Carolina Cequini

Quando dei por mim, todos os guardas que estavam ali – quase 20 no total – estavam se curvando diante de mim. Até as outras sereias e tritões de ar importante se curvaram. Eu só fiquei parada em cima da pedra, provavelmente com uma expressão idiota no rosto.

Alguém gritou, seguido pelos outros sereianos:

– Vida longa à Princesa Marr! Vida longa à Princesa Marr!

E essa foi a última coisa que eu ouvi antes de perder os sentidos e a escuridão tomar conta de mim.

Acordei na praia, com tia Luisa me sacudindo e Jacob lambendo meu rosto.

– Como... Como eu vim parar aqui? – perguntei, tonta, sem a menor noção de tempo e espaço. A última coisa de que eu me lembrava era estar quase desmaiando em cima de uma pedra com vários sereianos e uma rainha sereia me chamando de princesa – Aquilo tudo foi um sonho?

Olhei para o lado e lá estava o meu pé de pato. Pelo menos ele ainda continuava comigo, mas eu não fazia ideia de como tinha ido parar na praia.

– Cel? Cel?! Está me ouvindo?? Está respirando?? Oh, meu Deus, eu fiquei tão preocupada! Você ficou a noite inteira desaparecida, eu pensei... Pensei... – de repente achei que *ela* ia desmaiar.

– Calma, tia, eu estou bem.

– "Bem"? "*Bem*"?! Fica sumida a noite inteira, aparece desmaiada no meio da areia e me diz que está "*bem*"??

Olhei ao redor. Ela estava com a razão, eu estava no meio da areia. O mar estava lá longe. Não poderia ter sido carregada pela correnteza, nem nenhuma sereia ou sereiano poderiam ter me trazido até aqui. Então quem...?

– Menina, pode me dizer o que foi que aconteceu? Por que não levou o celular??

– Eu ia sair com os amigos, não precisava.

– Onde já se viu dar uma desculpa dessas! Você não vê Jornal Nacional, não?? Não sabe quanto maluco existe nesse mundo? Como é que me sai sozinha em pleno Rio de Janeiro e *não leva o celular*?? Eu liguei para a Daniela, e para praticamente todas as suas amigas! Ninguém sabia onde você estava! Pronto, pensei, deram um "Boa-noite Cinderela" pra ela e mataram a menina!

– Credo! – eu fiz o sinal da cruz – Por que você tem que ser tão pessimista?

Afinal, eu só fui presa por seres mágicos do mar durante toda a madrugada. Mas não se preocupe, no final tudo acabou bem: descobriram que eu sou descendente de uma antiga Família Real e agora sou a princesa do castelo, não é ótimo?

Eu estava com vontade de vomitar. Estava meio enjoada com tudo o que acontecia à minha volta e não podia nem sequer desabafar, a não ser que quisesse parar num hospício. Se nem *eu* acreditava direito no que acontacera, o que diria a minha tia?! De repente, nada no meu mundo fazia sentido, e eu só queria voltar a ser uma garota normal do Ensino Médio de novo, aproveitando as férias com as amigas e tentando ficar com o garoto dos sonhos. Por que tudo tinha que ser tão complicado?

– Pessimista nada! Eu sou é realista! Eu rezei muito para que você aparecesse de volta e só um milagre para eu te ver na areia depois de sair pela milésima vez de casa à sua procura, dessa vez com o Jacob. Ele é ótimo farejador, e correu pela areia direto até você. Mas depois ficou latindo um tempão para a água. Achei que ele tivesse enlouquecido.

Olhei para o Jacob, e seus olhos pareciam dizer "Eu vi um deles no meio das ondas. Se quiser me contar tudo, vou acreditar em você".

Ou talvez dissessem algo como "Agora que eu te achei, você pode me dar biscoitos?".

Desisti de tentar entender a expressão do cachorro e me levantei, com a ajuda da tia Lu.

– Você pode afinal me explicar o que aconteceu?

– Er... Eu não me lembro de muita coisa. Paguei um mico enorme para a turma do Gabriel, e saí correndo, direto para o mar, e... – hesitei – Estava escuro, o mar agitado. Acho que me afoguei. E acabei perdendo as minhas coisas – constatei, percebendo que minha bolsa e meus pertences haviam ficado no castelo.

– Bem, graças a Deus a correnteza a trouxe de volta! Eu não sei como conseguiria encarar seu pai e sua mãe de novo.

Minha mãe... Ela sabia sobre a nossa família? Sobre descendermos de uma família de rainhas sereias? Obviamente não, ou ela teria muito mais bolsas Prada no armário se soubesse que era da realeza, pode apostar.

Mesmo tendo acabado de chegar à terra firme, eu queria voltar ao castelo e conversar melhor com a Rainha. Queria saber mais sobre essa história toda antes de ter certeza sobre qualquer coisa. E queria, mais do que nunca, conversar com Serena. Precisava dividir as minhas dúvidas com alguém, e duvidava que Jacob fosse útil.

Ele provavelmente só queria os biscoitos, afinal.

Surfistas, Beijos e um Pé de Pato

16
Uma boa ducha lava qualquer tristeza

Depois daquilo, minha tia me obrigou a ficar de cama o resto do dia. Ela tinha até chamado a polícia, acredita? E a mídia estava lá também quando saímos da areia, mas tia Lu não quis que eu desse entrevista nenhuma e ignorou todas as peguntas dos repórteres. Disse apenas que não queria que nada daquilo aparecesse na TV ou ela processaria a emissora.

Como ia ficar presa no apartamento o dia inteiro, voltei pra casa esperando me distrair do mundo real com um filme ou um livro.

"Meu livro novo!", pensei, enquanto pegava Avalon High na prateleira. Péssima ideia. A garota era uma adolescente normal até que descobria uma vida passada em que foi uma sacerdotisa em outra encarnação e seu namorado era um rei, e eu não aguentei mais e fechei o livro com raiva. Será que agora nem os livros que eu lia faziam sentido??

Respirei fundo algumas vezes enquanto me lembrava do que tinha acontecido comigo. O que será que era mais absurdo? Ter uma vida passada de sacerdotisa mística ou ser uma princesa sereia? Hmm, acho que dá empate.

Suspirei.

Se eu não ia conversar com a Rainha naquele exato instante para esclarecer minhas dúvidas, queria pelo menos fingir que nada de anormal estava acontecendo. Queria esquecer que minha tataravó pudesse ser uma rainha, queria esquecer que eu talvez fosse a princesa herdeira do trono e queria esquecer até que era uma sereia.

Comecei a ler então a revista Caras que havia na sala de estar, tentando me distrair com as fofocas das celebridades. Duas horas depois eu já não aguentava mais fingir que nada tinha acontecido e queria desesperadamente voltar para o castelo para saber os mínimos detalhes daquela história toda de Princesa Perdida.

Hunf.

Como se tia Lu fosse me deixar ir pra água de novo.

Provavelmente ela só me deixaria pisar na areia de novo quando os meus pais voltassem, depois que as aulas já tivessem começado de novo, dali a três dias. Já era sexta e eu ainda tinha milhões de coisas para fazer em mente!

Recebi também várias visitas das minhas amigas, enquanto estava lá deitada quase morrendo de tédio. Dani apareceu, preocupada, e, assim como tia Lu, quis saber os mínimos detalhes sobre o que tinha acontecido.

Aproveitando que ela estava dando atenção pra mim e não só pro namorado, falei tudo: desde quando cheguei e vi a Bruna ali na areia ao lado do Gabriel, passando por tudo o que fizemos durante a tarde, até a parte em que a Bruna empurrou a bolsa para deixar o cheesecake cair em mim, e aí eu corri pra água e me afoguei.

– Cel... Eu sei que vocês se destestam, mas acha mesmo que ela faria uma coisa dessas? Fazer o garçom jogar um bolo em você?

– Não tenho dúvidas! Ela nem hesitaria se fosse me jogar de um precipício! – exclamei.

Meus olhos não haviam me enganado, e eu não sou de ficar supondo coisas de que não tenho certeza. Bruna *tinha* se vingado de mim por causa do lance da festa.

– Cel, que horror! Não diga isso dela! Ela pode ser riquinha, mimada, metida, arrogante e se achar a dona do mundo, mas ela não faria uma coisa dessas!

– Ok, concordo que ela não atiraria ninguém de um precipício, isso foi um pouco exagerado, mas você entendeu o que eu quis dizer.

– Não estou falando do precipício, afinal ela não é uma assassina, estou falando mesmo é do negócio do cheesecake. Ela não seria capaz de um golpe tão baixo.

Surfistas, Beijos e um Pé de Pato

– Mas é claro que seria! Estamos falando da Bruna! Eu a conheço desde o 1º ano do Fundamental! Desde quando você defende ela?!

– Bom, meio que não tive escolha a não ser me aproximar dela enquanto ficava no hotel. Quer dizer, eu tinha que ser educada, já que ela me convidou e coisa e tal, e até que ela tem um papo legal e umas boas dicas de moda e...

– Daniela, ACORDA! Desde quando você curte moda, menina?!

– Bom, o Rafa sempre esteve no grupinho dela e desse pessoal popzinho, eu não quero ficar pra trás...

Eu estreitei os olhos.

– Foi ela que conseguiu sua primeira ficada com o Rafa, não foi?

– Bem, sim, mas...

– Então é por isso que você está do lado dela! Porque ela conseguiu o garoto popular pra você! Você não vê que esse negócio de aniversário no Ocean Star foi tudo planejado? Ela convidou os parzinhos e sabia que você tava a fim do Rafa. É claro que ela não iria me convidar, afinal eu só atrapalharia os momentos dela com o Gabriel!

– Não estamos falando disso, eu já sei o porquê de ela não ter te convidado, estamos falando do bolo. Ela não é nenhuma vilã de filminho americano pra fazer uma coisa dessas.

– Que pena, pois ficaria perfeita para o papel sem nem precisar interpretar – argumentei.

Dani suspirou e se sentou na minha cama.

– Cel, escute...

– Não, Dani! Você não sabe como ela me olhou naquele dia na festa! Ela me *ameaçou*. Disse que eu iria pagar bem caro por aquilo. E, bom, ela estava certa, né? – dessa vez lágrimas começaram a escorrer dos meus olhos – Agora eu nunca mais vou poder olhar o Gabriel nos olhos. Nem falar com ele ou algo do tipo. Não que ele vá sentir falta de mim, em todo caso. Sentir falta da garota que derruba suco de goiaba nos outros e se meleca de cheesecake.

– Cel, também não é assim, você sabe que ele...

– Não, é assim *sim*, Dani! A Juliana já espalhou a notícia do meu quase-afogamento pra todo mundo, tá lá no Facebook. Todo mundo já me perguntou se eu estou bem, as meninas vieram me ver, e ele... – comecei a soluçar – E o Gabriel nem sequer deu sinal de vida! Eu podia ter morrido que não faria a menor diferença pra ele! Ontem mesmo ele deve ter ficado rindo da minha cara depois que eu saí e deve estar agora aos amassos com a-a B-B-Bruna!

Dessa vez eu comecei a chorar de verdade. Lágrimas não paravam de brotar e escorrer pelas minhas bochechas, eu comecei a soluçar e Daniela teve que me abraçar e me acalmar.

E daí se era mentira? E daí se eu não havia me afogado de verdade, e sim ido para um castelo submarino? O que importava era que pra todo mundo o quase-afogamento tinha sido real e todos pareceram se preocupar muito comigo. Bem, menos aquele que mais importava para mim.

Daniela ficou lá até de noite para uma maratona de seriados. Ficamos vendo temporadas gravadas de *Gossip Girl*, *Once upon a Time* e *Nine Lives of Choé King* na televisão e computador (eu sempre gravava para quando fosse passar as férias na casa da minha tia). Bom, só deu pra ver uns dois episódios de cada, já que era sexta-feira à noite de férias e ela ia sair com o Rafael.

Olhei para o teto deprimida, imaginando o Gabriel saindo com a galera enquanto eu ficava ali.

Realmente, ele podia ter ligado...

Acordei poucos minutos depois de um cochilo. Já estava quase na hora do jantar.

Suspirei e saí da cama, indo tomar um banho.

A água estava bem quente, e me sentei no canto do boxe abraçando as pernas, deixando a água do chuveiro bater nas minhas costas pesadamente e me inundar de tristeza.

Foi quando eu caí na real.

Minha vida *não* é um completo desastre.

Ei, eu sou metade sereia. Conheço um teatro e um castelo submarinos e tenho uma ótima amiga lá embaixo, que dá ótimos conselhos. E, sobretudo, ainda tenho dois dias de férias.

Não há razão para ficar triste.

A não ser, é claro, o fato de que sou princesa.

Bom, não é exatamente triste, mas é estranho. E vou demorar para me acostumar com isso.

Ou não. Talvez eu me adapte bem ao luxo e vire uma riquinha mimada como a Bruna.

Só de pensar nisso um arrepio tomou conta de mim. Eu não me pareceria com ela *nunca*. Seria uma princesa muito legal.

Decidida, me levantei. Desliguei a água quente e deixei a água gelada bater em mim, me acordando. Era fria como o mar, e as lembranças de quando eu nadava com uma cauda, como se o mar fizesse parte de mim, me encheram de alegria. Finalmente, eu não estava mais tão deprimida.

– Tiaaa!! – berrei, enquanto corria do meu quarto de hóspedes até a cozinha já com o pijama.

– Cel, Cel, o que foi?! – ela perguntou, assustada, levando uma travessa de salada até a mesa.

– Amanhã podemos ir à praia? Por favooooor!!

– Acho melhor não, depois do que aconteceu – ela falou, sem nem hesitar.

– Mas é o penúltimo dia de férias! Tenho que aproveitar ao máximo!

Ela pensou um pouquinho.

– Ainda assim, acho que não é uma boa ideia. Você precisa se recuperar.

– Ora, por favor, tia! Ontem estava de noite, eu estava meio cega com bolo na cara, não tinha mais ninguém na praia, tudo escuro... Eu sei que foi uma burrice eu tentar me limpar com um mergulho, mas não vai se repetir! Amanhã vai estar de dia, claro, cheio de gente! Se estiver mesmo tão preocupada podemos até ficar próximas do salva-vidas!

– Cel, amanhã eu tenho que trabalhar. É justamente no último sábado de férias que vai ter mais gente na loja.

– Ah, quantas vezes eu já não fui mergulhar com você na loja? Milhares de vezes!

Tia Luisa finalmente cedeu.

– Está bem... Mas então acorde cedo! Vou às 7:30 para eu abrir a loja e você vem comigo. Depois eu só vou poder ir embora às 18:00, ok? Se quiser sair com suas amigas me avise antes. E leve o celular, pelo amor de Deus!

– Êêêêêêêê!!! – eu a abracei – Não se preocupe, não vai acontecer nada dessa vez!

Depois do jantar, fui dormir cedo para acordar cedo – e também porque tinha dormido mal essa noite –, mas demorei para pegar no sono. As imagens dessa madrugada não saíam da minha cabeça, e eu lembrava da Rainha falando de uma tal de Undine, que inventou o pé de pato. Mas... como?

Infelizmente, essas eram respostas que eu teria só de manhã.

17
Vou precisar de babá

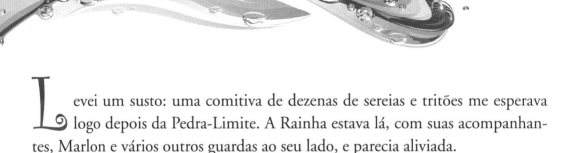

Levei um susto: uma comitiva de dezenas de sereias e tritões me esperava logo depois da Pedra-Limite. A Rainha estava lá, com suas acompanhantes, Marlon e vários outros guardas ao seu lado, e parecia aliviada.

– Alteza Celine! Graças a Salácia ainda está bem! Estive muito preocupada. Esperamos ontem o dia inteiro e você não retornou. Mas imagino que a situação tenha sido difícil de digerir.

Quando me aproximei, todos – sereias, tritões e sereianos – fizeram uma reverência. Menos a Rainha, claro. Ela não se curva a ninguém abaixo de sua hierarquia.

– Na verdade, minha tia me proibiu de sair de casa, pois tive que dizer a ela que tinha me afogado. Mas voltei assim que pude. Preciso entender melhor essa história toda, Rainha.

– Então vamos voltar para o castelo. Tenho uma sala onde podemos ficar a sós...

Antes que a Rainha sequer tivesse tempo de se virar na direção do castelo, uma sereia ruiva de cauda lilás se sobressaiu na multidão, gritando meu nome:

– Cel! Cel! Estou aqui!

Os guardas viraram para olhar que súdito se dirigia à princesa assim, mas eu só pude rir e nadar até ela.

– Serena! – eu a abracei – Estava com saudades! Faz uns dois dias que eu quero falar com você e não a encontro!

Carolina Cequini

– Quem diria, hein? *Princesa*? Mas você tem é muita sorte! Nem sabia que sereias existiam e agora é a princesa delas!

– É, foi uma surpresa e tanto – falei, feliz por ela continuar me tratando da maneira de sempre. Só não posso dizer que os guardas sentiram o mesmo. Felicidade por ela me tratar como antes, eu quero dizer – Eu super não esperava por isso quando achei esse pé de pato esquisito!

A Rainha pigarreou ao passar por nós e me chamou para segui-la em direção ao castelo.

– Ah, Vossa Majestade! – Serena fez uma reverência e abriu um enorme sorriso – Faz um tempão que eu não a vejo! Como vai?

– Muito bem, obrigada, Serena. E sua mãe?

– Ótima!

É impressão minha ou rolou uma intimidade entre as duas?

– Vocês já se conhecem? – perguntei.

– Mas é claro – falou Serena – Todo mundo conhece a Rainha.

– Não, digo, vocês duas pareceram...

– Ah – ela entendeu – É que a mãe dela era amiga da minha avó antes de virar condessa. Nossas famílias sempre foram muito amigas.

– Hmm, claro...

Eu só sei que essas avós se metem demais nas histórias.

– Ela pode ir com a gente? – perguntei de repente.

A Rainha pareceu desconfortável.

– Bem, esperava uma reunião mais privativa. Eu vou te revelar alguns segredos importantes da Coroa.

– Ah, mas ela é minha melhor amiga e...

– Não, tudo bem, Cel. Nós nos vemos depois, para você me mostrar o castelo quando o conhecer melhor!

– Se bem que acho que não haverá problema de ela apenas nos acompanhar – a Rainha falou, e se virou para Serena – Depois pode ficar com as outras sereias do castelo enquanto conversamos.

– Por mim tudo bem!

– Então vamos nessa! – eu disse, e partimos para o castelo com os sereianos ao redor de nós enquanto a plateia de sereias curiosas nos assistia, acenando para mim e fazendo reverências. Parecia um povo simpático. Mas me perguntei

Surfistas, Beijos e um Pé de Pato

se teria mesmo que assumir responsabilidades políticas por eles porque, bem, só tenho 15 anos. Ainda estou no primeiro ano do Ensino Médio, não sei nem que faculdade quero fazer. Não acho que esteja preparada nem para cuidar de mim sozinha ainda.

UAU! Era tudo o que eu conseguia pensar.

O castelo era basicamente a mesma coisa que eu já tinha visto: feito de mármore, pérola, pedras preciosas, ouro e prata nos lugares mais habitados pela Rainha, além de corredores feitos apenas de pedra, mais usados pelos empegados do castelo. Mas as paredes de pedra davam ao ambiente um ar medieval bem maneiro. Pelo menos na minha opinião.

Percebi que os outros sereianos retomaram os seus postos na guarda do castelo, enquanto Marlon permaneceu o tempo todo próximo à Rainha junto às três damas de companhia. Perguntei-me se na verdade eles não eram um casal estranho, mas não tinha nada a ver. Pelo modo como ele nadava sempre atrás dela dava para perceber que não passava de um empregado do castelo como outro qualquer, então eu não entendi o motivo de ele ainda estar conosco.

– Mas esse cara fica atrás dela o tempo todo como uma sombra? – cochichei para Serena, quando eles estavam lá na frente, de costas para nós.

– Na verdade, sim – Marlon respondeu.

– O quê?! – congelei, morta de vergonha – Como foi que você me ouviu daqui??

– Sereianos têm a audição muito boa. Melhor que a das sereias ou dos humanos, assim como os outros sentidos. Eu sou o Guarda-costas Real da Rainha, por isso preciso estar sempre presente para protegê-la de qualquer perigo.

– Oras, não tem tubarões pelo castelo. O que pode atacá-la enquanto estamos aqui? Um camarão?

– Talvez – ele falou, sério – Ele pode ser venenoso.

Eu ri. Aquele cara era totalmente biruta.

Pobre Rainha, cercada por um lunático superprotetor 24 horas por dia. Eu realmente não queria estar em seu lugar.

– Falando em perigos, Majestade, não acha uma boa recrutarmos um guarda-costas para a Alteza? Fiquei preocupado quando ela não apareceu ontem depois de ter desmaiado.

– Eu também – admitiu a Rainha – Acho que seria uma ótima ideia.

Ei, ei!! O que eu não tinha acabado de dizer sobre lunáticos superprotetores?? Ah, sim, eu disse isso só na minha cabeça. E cedo demais, pelo visto.

Alguém deve estar com ela, sempre presente enquanto ela estiver em mar aberto, principalmente além da Pedra-Limite, quando for voltar para a praia. Deve ser alguém experiente que saiba o que fazer caso apareça algum humano – disse a Rainha.

– Certamente.

– Alguém que a acompanhe sempre da praia ao castelo e do castelo até a praia.

Aaaaaaah!!! Será que alguém aqui tem noção de como isso seria *humilhante*?

Olhei para Serena, para ver se ela entendia pela minha cara o quanto a situação era ruim, mas ela prestava atenção no que os outros dois diziam e parecia concordar com eles.

– N-nada disso é necessário, Majestade! – me apressei em dizer – Serena! Você não acha que é exagero?

Serena deu de ombros.

– Talvez sim, mas nunca vi alguém da realeza que não tivesse um sereiano guarda-costas. Não que eu conheça muitas pessoas nobres, mas toda rainha, rei, príncipe e princesa deve ter um. É meio que uma tradição.

– Tem razão – disse a Rainha – Normalmente ocorre uma cerimônia na qual, ainda pequeno, o príncipe ou a princesa recebem seu guarda-costas, que cuidará deles para sempre.

Olhei para os dois, ela e Marlon.

– Vocês não parecem ter muitos anos

de diferença. Você virou o Guarda-costas Real dela com o quê? Dez anos? Ou menos?

– Na verdade, ele virou meu guarda-costas há pouco tempo, quando assumi o trono. Antes eu não era princesa.

Um grande ponto de interrogação ficou estampado na minha testa.

– Calma, em breve iremos conversar. Mas a questão é que você *vai* ter um guarda-costas, querendo ou não.

Ótimo. Agora eu vou ter o meu próprio lunático superprotetor. Maravilha.

Acho que devia dizer que meu pai não gostaria de me ver sempre cercada por um homem daquele porte físico.

– Quem poderia assumir esse posto? – a Rainha se perguntava enquanto continuávamos sempre a nadar pelos salões e corredores luxuosos do castelo – Alectus, o que geralmente cuida das vigílias noturnas? Ele é sempre esforçado, daria seu melhor no serviço.

Se Alec-não-sei-das-quantas for o vigia noturno que me encontrou naquela noite, eu dispenso. Assim como Marlon, ele parecia não ter ido muito com a minha cara. Ou talvez não fosse pessoal, mas só uma antipatia com humanos. Mesmo assim, não estava a fim. Aquele cara me dava medo. Bom, todos os sereianos me dão um pouquinho de medo; eles são tão altos e fortes... Você *fica* um pouquinho assustada.

Se bem que tem aquele tal de Aidan, que parecia ser gente boa.

– E se fosse um tal de Ai...

A Rainha me interrompeu:

– Cydric, o das masmorras superiores. Ele odeia humanos mais que tudo, poderia protegê-la bem no caminho até a praia e... – e então ela olhou minha expressão de "Hello-oou, e eu pareço o quê, um golfinho?" – Bem, pensando melhor... – disse ela – Ah! Gillous, o que chegou há pouco tempo no castelo, mas está se saindo muito bem na disciplina!

– Com todo o respeito, Majestade, não sei se podemos confiar em alguém que está aqui há tão pouco tempo.

– Tem razão... Klaus, talvez?

– O que sereianos têm com nomes esquisitos, afinal? – falei, não aguentando mais – Por que não nomes normais? Tem algum aí chamado Roberto? Conheço Robertos bem simpáticos.

– Seres do mar têm nomes próprios que derivam de nossa própria cultura e língua. – Marlon me explicou – Não espere nomes que considere "normal" para um humano.

Ou seja, nada de Roberto, entendi.

– Ué, mas então como é que todos vocês falam a minha língua, e não uma língua mística de seres da água? – perguntei – Onde aprenderam a falar português?

– Aprendemos diversas línguas na Escola de Treinamentos para Guardas Reais. Aprofundamos no latim e na língua que vamos usar no dia a dia do trabalho.

– Onde fica essa escola? – perguntei, curiosa. Quer dizer, uau, existia uma escola só para treinamento de guarda-costas! Imagine quantos garotos sereianos não deveria ter ali!

– No Oceano Pacífico Norte, próximo a Oceania.

Ah, droga, tinha que ser tão longe!

– Mas como vocês ficam sabendo a língua que vão usar no trabalho? São vocês que decidem? – dessa vez era Serena que estava curiosa.

– Já sabemos desde pequenos para que famílias reais vamos servir, pois seguimos normalmente a família com que nossos pais trabalham. O que me faz pensar... – ele olhou para a Rainha, e em seguida para mim – Como forma de pedido de desculpas por ter tratado Sua Alteza de forma tão grosseira antes, eu poderia oferecer os serviços do sereiano mais confiável que eu conheço: meu filho, Taikun.

Isso me fez lembrar o porquê de termos começado a conversa dos sereianos: queriam arrumar uma babá pra mim. Eu tinha me distraído completamente.

A Rainha franziu o cenho:

– Mas ele não tem 13 anos?

– Na verdade – corrigiu Marlon – Ele já terá 17 quando se formar na Escola para Guardas Reais. Creio que nem precisará dos três anos para experiência de campo, pois ele já faz atividades extras desde o terceiro ano. E é o melhor de sua classe desde o primeiro.

Revirei os olhos. Mas que pai coruja.

– Bom, eu com certeza confio em seus julgamentos, Marlon. Quando o menino poderá vir para realizarmos a cerimônia?

Surfistas, Beijos e um Pé de Pato

– Cerimônia?! – gemi. Isso não me soava muito bem.

A Rainha e Serena me encararam.

– É, cerimônia, Celine – disse a Rainha – Já falei que é uma tradição, mas que geralmente ocorre quando a princesa é pequena.

Não gosto de cerimônias. Não gosto de ser o centro das atenções. Sou muito desastrada e, para a minha festa de 15 anos, tive que ralar muito com o professor de dança para não tropeçar no salto e cair enquanto fazia minha entrada para a valsa da meia-noite. Por mais que eu tenha me divertido muito dançando, fiquei feliz quando o momento tenso acabou e pude colocar os chinelos e voltar a dançar livremente com as minhas amigas enquanto o povo também se divertia. Uma cerimônia me deixaria nervosa e me faria pagar mais um mico, no mínimo. Isso se eu não pusesse fogo no lugar.

Ah, é, estamos debaixo d'água. Bom, menos mal.

Mas isso não fazia da cerimônia uma boa ideia.

– Taikun está no último período do sétimo ano, então se forma daqui a um mês. Terá algum problema esperar durante esse tempo, Alteza?

– Nenhum! Se ele quiser, pode repetir o sétimo ano!

A Rainha e Marlon me olharam de cara feia, enquanto Serena segurava o riso.

– Bem, então está acertado. Até lá teremos que te ensinar os principais costumes das sereias, mas antes... – a Rainha parou de repente.

– Você vai me explicar como eu me meti nisso tudo?

Ela sorriu, parecendo estar se divertindo com o meu jeito de falar. Ei, talvez eu tenha um ótimo senso de humor, afinal.

– Sim, eu vou explicar como você "*se meteu nisso*" – ela imitou minha gíria.

Finalmente paramos de nadar. Havíamos subido várias escadas de pedra (o que era ridículo, já que sereias nem usavam escadas, mas confesso que elas deixam o ambiente muito mais bonito) até chegar numa torre onde tudo era branco e dourado. Percebi que se tratava do aposento real.

– Se nos derem licença agora – ela falou para Marlon, Serena e damas de companhia. Eu tinha esquecido completamente que elas estavam conosco, de tão silenciosas! Elas baixaram a cabeça e fizeram uma pequena reverência, falando em uníssono:

– Majestade.

– Vou ficar um pouco com Celine. Marlon, pode voltar ao seu posto nos portões do castelo. Aqua – ela se dirigiu à mais velha das damas, uma senhora que deveria ter em torno de 50 anos, rugas simpáticas contornando seus olhos azuis – leve Serena para a cozinha, caso ela queira se servir de alguma coisa. Eu e a Alteza conversaremos a sós.

– Sim, Majestade – as três se curvaram novamente.

A Rainha Íris empurrou a porta dourada e afastou uma cortina de algas vermelhas, entrando no quarto.

Deixando toda essa baboseira de babá – ops! – de *Guarda-costas Real* de lado, entrei ansiosa no quarto atrás dela, tentando me preparar psicologicamente para o que quer que ela fosse me dizer ali.

Surfistas, Beijos e um Pé de Pato

18
Undine, Rainha do Mar

Bom, era de se esperar que o quarto da Rainha fosse enorme e luxuoso. Mas era, na minha opinião, um tanto exagerado. Quer dizer, ela parecia gostar muito mesmo de pérola e dourado.

O quarto era todo de mármore branco, com pilastras peroladas com desenhos de sereias e animais em dourado. O quarto era do tamanho do apartamento da minha tia, que tinha lá pelos cento e poucos metros quadrados. Havia cinco pilastras no total. No centro, uma cama enorme que aparentava ser bem confortável e macia, embora eu não soubesse do que era feito o colchão (não, não era um colchão de água). Ao redor da cama, um dossel daquele tecido brilhante e frágil caía como uma cascata coral, ondulando na água. Os lençóis e travesseiros eram impecavelmente brancos. De um lado, havia um enorme armário de pérola com enfeites dourados, com uma penteadeira também perolada e enfeitada ao lado, com um grande espelho redondo. Havia também um tapete coral felpudo no centro, que combinava com o dossel e ondulava como se estivesse vivo. Esbarrei a cauda nele enquanto nadava e percebi que realmente era feito de minúsculas anêmonas vermelhinhas! Bom, elas me queimaram um pouquinho...

Mas, como eu disse, o quarto era chique e imponente, cheio de brilho, só que ao mesmo tempo sério. Combinava bem com a Rainha.

Nadamos até o lado extremo do quarto, onde eu vi que havia mais um tapete felpudo e dois pufes feitos de esponjas-do-mar lilases. No centro uma mesinha dourada com um arranjo de algas deixava o lugar mais aconchegante.

Eu me sentei em um dos pufes, com a Rainha do meu lado, e nos viramos uma para outra para ela começar a falar. Nesse momento, o quarto magnífico já não me interessava nem um pouco.

– Bem, por onde eu começo...? – ela se perguntou, mexendo a cauda – Acho que antes devo perguntar exatamente o que você sabe, para eu poder partir daí. O que entendeu do que aconteceu anteontem?

– Nada. Acho mais fácil começar do início.

A Rainha suspirou, então se endireitou, deixando a coluna reta e o queixo erguido, prestes a começar a falar. Eu a interrompi:

– Não precisa se preocupar em ficar com essa postura toda, Majestade. Aqui estamos só nós duas.

Ela piscou umas duas vezes, olhando pra mim sem entender, mas então abriu um sorriso. Imediatamente relaxou a postura e se deixou encostar por completo no pufe macio, assim como eu.

Bem melhor. Eu não queria que ela ficasse desconfortável, ainda mais quando eu via que a conversa ia ser longa. E, se eu sou uma princesa e ela é a rainha, a diferença da nossa hierarquia não é tão grande, então não precisamos de tantas formalidades. Ou pelo menos é essa a minha lógica.

– Bom, então, Celine... Foi há mais ou menos 100 anos que a história começou. Naquela época, não havia muitas sereias na costa leste da América do Sul, pois a Família Real Marinha mais próxima morava a milhares de milhas de distância. Mais precisamente, no Mar do Caribe, bem ao norte. Mas, não se sabe precisamente o motivo, houve uma falha nas negociações com o Reino Amazonas e o Reino Caribenho entrou em guerra com ele.

Surfistas, Beijos e um Pé de Pato

– Ahn... O que é o Reino Amazonas? – perguntei. Ela não esperava que eu entendesse tudo de primeira, não é mesmo?

– É claro que é o reino de sereias que fica na Amazônia, ora essas! É o único reino de sereias de água doce do mundo. Fica no canto mais escuro e profundo do Rio Amazonas, onde nenhum ser humano se atreveu a explorar ainda, pois as sereias fizeram um pacto com os índios de lá para as proteger. Sua primeira rainha, você já deve ter ouvido falar, foi Iara, a Senhora das Águas.

Típico. Tinha que ter Iara no meio. Daqui a pouco ela ia me falar que o Rei Tritão também existia. Mas, bom, não há necessariamente nada que comprove que ele *não* existiu, não é mesmo? Quer dizer, eu já sabia da existência das sereias e da total falta de sentido do mundo, então aguentei essa numa boa. Eu iria acreditar em tudo o que a Rainha dissesse hoje.

– É claro que conheço.

A Rainha sorriu e continuou:

– Voltando ao assunto, os dois reinos, o do Caribe e do Amazonas, entraram em guerra. A Família Real Caribenha teve que fugir, ou então seriam atacados. Apenas os guardas ficaram lá para defender o reino, enquanto a Corte toda veio se estabelecer aqui no Rio.

Ei, isso está me soando familiar. Será que o Rio tem uma espécie de ímã para famílias reais fugitivas?

– Alguns da Corte foram para Angra dos Reis, outros para Búzios, outros para Paraty, e assim por diante. Os pais da sua tataravó, que nessa época tinha 13 anos, ou algo assim, decidiram ficar aqui, porque havia ótimas ilhas para serem aproveitadas. Sereias sempre gostaram de pedras para construir abrigos, e é por isso que, quando não usam ilhas, têm que fazer toda uma sociedade subterrânea. Como no caso do Reino Amazonas.

– Faz sentido. Mas eu ainda não sei como vocês conseguem fazer isso.

A Rainha simplesmente deu de ombros.

– É uma técnica tão antiga quanto a nossa existência. Eu não sei te dizer como, pois é preciso muito anos de estudo em física e geologia para isso. Os tritões que realizam esse tipo de trabalho transmitem a técnica há gerações.

Credo, sai pra lá, praga!! Nem como sereia eu consigo fugir dessas matérias!

Ela continuou:

– Sua tataravó era a verdadeira princesa, por isso ficou na capital, onde seus pais acreditavam ser vantajoso morar, para conseguir fazer acordos com o próprio governante do reino dos humanos.

– O quê?! Reis tritões fazem acordos com reis humanos?!

– Às vezes. Quando é realmente necessário. Mas não foi naquela época, então eles puderam viver felizes e longe dos humanos aqui no Rio até que... Bem, até que sua avó se apaixonou por um humano que chegava de Portugal na época. Ele procurava novas oportunidades de vida, mas era apenas um pescador pobre e, se seus pais não o reprovassem por ser humano, o reprovariam por ser plebeu.

Boa, tataravó.

– Mas é claro que esse pensamento não a impediu de se deixar levar pelo amor que sentia. É muito comum sereias se apaixonarem por humanos e vice-versa quando ocorre algum contato inesperado, e eles normalmente fogem juntos, buscando uma ilha isolada e rodeada por água onde eles possam viver.

– Isso é muito romântico – falei – E me lembra um livro que eu li.

Ela ignorou meus comentários.

– Ele a viu pela primeira vez enquanto pescava. Não tinha como não se apaixonar por ela: era uma moça jovem de 18 anos, pele de porcelana, cabelos vermelhos e olhos azuis da cor do céu.

Vovó Celeste! É igualzinha à minha avó Celeste!

– Mas eles não fugiram juntos. Undine amava a família e queria que eles gostassem de seu futuro marido. Sim, o casamento já estava arranjado pelos dois. Undine o ensinou a nadar e o levou até a ilha, a nado, onde ela havia combinado um encontro com o rei e a rainha. Lá eles o conheceram. Ele disse que amava Undine mais que tudo e que seria capaz de morrer por ela ou atravessar o oceano por ela – embora já estivesse morto de cansaço só de nadar até a ilha...

Eu queria dizer que, embora para uma sereia aquela distância fosse pouca, nadar da praia até a ilha, para um humano, era um feito e tanto. Digno de entrar para o *Guiness Book*, eu acho. E assim ele já não seria mais um pescador pobre; se esse negócio de bater recordes já existisse na época, todos sairiam ganhando.

– Ele disse que, se pudesse, largaria a família para virar tritão e moraria com eles no fundo do mar para sempre.

Surfistas, Beijos e um Pé de Pato

127

– Oh! É como A Pequena Sereia, só que exatamente ao contrário! Que lindo! Amei o meu tataravô!

– Bom, o rei e a rainha também ficaram comovidos. Eles não eram pessoas frias, e aceitaram o casamento. Assim, o pobre pescador virou um rico comerciante de pérolas do dia para a noite. Não passou a morar no castelo e nem seria rei, já que não podia viver debaixo d'água, mas comprou um barco melhor e ia todo dia para a ilha. E, então, um ano depois, nasceu uma linda menininha: Maya.

Eu me perguntei como essa linda menininha Maya, minha bisavó, poderia ter nascido. Mais precisamente, eu me perguntava como ela teria sido concebida, já que imaginar uma sereia e um humano... Er... Vamos deixar isso pra lá.

Por mais que eu estivesse curiosa naquele momento, não tive coragem de perguntar nada à Rainha. Talvez eu pergunte à Serena algum dia.

– Maya era humana, assim como o pai, pois o gene humano é dominante. Casos em que a criança nasce sereia de um relacionamento desses são realmente muito, muito raros. Nunca soube de nenhum.

– E como a Maya ficou? Longe da mãe, que não podia sair da água?

A Rainha sorriu.

– Não está se esquecendo de alguma coisa?

Parei pra pensar um pouquinho e a resposta me veio logo depois:

– O pé de pato! Foi nessa hora que ele surgiu?

Ela afirmou com a cabeça.

– Como ele foi criado é um mistério. Tudo o que sabemos da história de Undine foi escrito por um escrivão, mas os detalhes do surgimento do pé de pato ficaram guardados apenas com a família, e tanto Undine quanto o Rei e a Rainha nunca revelaram a alguém. Por alguma razão, só quem tivesse o sangue da Família Real Marr poderia usar. Ou seja, só os descendentes de Undine poderiam usar o pé de pato para virar sereia ou tritão.

– Quer dizer que, se eu emprestar para uma amiga minha, nada vai acontecer?

– Não. Como eu disse, ele só funciona para os descendentes da Família Real Marr. E assim Maya pôde ficar ora com a mãe ora com o pai.

– Vem cá, esse pai não tem nome não?

– Nunca foi mencionado pelo escrivão. Embora a Família Real o tivesse aceitado para se casar com sua filha, ele nunca entrou no castelo, pois o pé de pato não funcionava com ele, e nunca foi dito o seu nome nas narrações; era como se ele fosse um personagem coadjuvante.

Pobre tataravô! E ele que era tão fofo...

– Maya foi então batizada de Maya Marr. Era estranho para a época a criança ficar com o sobrenome da mãe e não o do pai. Mas o sobrenome Marr tinha que estar sempre presente.

– Ué, por quê?

– Porque só os descendentes de Undine podem usar o pé de pato – ela falou, impaciente, parecendo a minha professora de química quando explica algo pela terceira vez seguida na sala – Assim todos saberiam que ela é de fato descendente da Família Real.

– Isso explicaria por que até hoje ainda tenho o sobrenome Marr, mesmo depois de terem nascido sucessivas mulheres em uma sociedade tão machista e coisa e tal. Se bem que era uma família de sangue azul, então era um sobrenome nobre. Isso conta alguma coisa ou não tem nada a ver?

– Ora, eu é que não entendo como funciona a política dos humanos! Só sei que hoje em dia é tudo doido. Se você quiser, pode até mudar o nome que seus pais te deram. É uma loucura.

– Você não acharia isso se se chamasse Madressilva Maria da Penha Nascimento de Jesus, ou qualquer algo do gênero. Essas mães tem cada imaginação hoje em dia. Mas continue de onde paramos.

– Bom, Maya Marr se tornou uma ótima rainha e uma ótima administradora dos negócios do pai.

– Ele trabalhava com o que mesmo?

– Pérolas. Vendia os colares feitos pelas sereias por muito dinheiro.

– Ah, sim. Continue.

– Maya se apaixonou por um humano. E quis morar em terra firme com ele. Bom, dessa vez a história da Pequena Sereia não sofreu alterações.

– O que Undine poderia fazer? Negar? Ela havia passado por isso e entendeu os desejos da filha. Afinal, a filha era humana, e tinha o total direito de morar com o pai no mundo dos humanos. Maya se casou com um homem rico e, depois que seu pai morreu, perdeu um pouco de contato com o mar. Isso não significa que ela nunca mais tenha voltado para o castelo, mas as visitas à sua mãe diminuíram um pouco.

– E... O marido dela, o meu bisavô, sabia que ela era metade sereia?

Surfistas, Beijos e um Pé de Pato

– Mas é claro! A base do casamento são a confiança e fidelidade, não? Ele já havia descoberto quando ainda eram noivos. Poucos anos depois, ela teve uma filhinha, Celeste, que, assim como Undine, tinha o mesmo cabelo cor de fogo e olhos cor do mar. Quando Undine ficou doente, Maya tinha toda uma vida aqui, com o marido, a família dele, o trabalho dele, a filha, as amigas da filha, a escola da filha... Não podia deixar tudo na mão. E então renunciou ao trono em favor da Condessa de Búzios. Minha mãe.

– Oh – falei. A história estava começando a ficar mais atual.

– Celeste conhecia o segredo desde pequena, já usava o pé de pato e visitava o castelo com mais frequência do que a mãe costumava visitar. Então Celeste cresceu sempre bem próxima do palácio e estava decidida a retomar o trono quando conheceu seu futuro marido humano.

Esse é o vovô Marcos, que eu já conheço das fotos. Ele era bonitinho, com cabelos e olhos escuros – pelo menos é o que parece das fotos preto e branco – e olha para a minha avó de um jeito que deixaria qualquer mulher apaixonada.

– Depois de casados, Celeste falou que daria um jeito de assumir o Reino, mesmo se tivesse um bebê. De fato, um dia ela veio até o castelo e falou à Rainha e ao Rei que estava grávida, e que depois de uns quatro anos voltaria para assumir o trono, quando seu filho já estivesse mais crescido. Mas, como você deve supor, ela não voltou. Ninguém soube o que aconteceu com ela, são tantas as tragédias do mundo dos humanos que todos acharam que ela havia falecido.

– E faleceu – eu disse – Ela e vovô. Num acidente de carro. Não sei nem por que compraram um carro idiota naquela época, já que não parecia nada nada seguro. E não era um filho, e sim uma filha, minha mãe, Alice. Ela não tinha nem 3 anos, e então foi criada pela tia-avó por parte de pai.

– Meus pêsames – disse a Rainha, segurando minha mão.

– Tudo bem. Não tenho como sentir saudades porque nem a conheci. Mas gostaria. Imagino como minha vida seria se minha mãe soubesse que era filha de uma quase-sereia.

– Não fique pensando nisso. O que aconteceu já aconteceu, e talvez fosse para ser assim.

É, talvez ela tenha razão. Não tem aquele ditado "Deus escreve certo por linhas tortas"? Minha mãe cresceu muito feliz e amada, apesar de órfã. E eu adoro minha família e minha casa do jeito que são, e não reclamaria de nada da minha vida. Não tinha por que se lamentar das coisas que eu tinha. E no final eu acabei descobrindo tudo, não é mesmo?

– Eu só assumi o trono depois de meu irmão, que foi embora para o Mar Vermelho para conseguir uns tratados, acabou conhecendo uma duquesa e ficou por lá – a Rainha continuou, explicando o fato de ela só ter ganho um guarda-costas depois de mais velha, e não assim que nasceu. Não era para ela subir ao poder, e sim minha avó ou, em último caso, seu irmão – Continuei no poder até hoje, e vou continuar até que você assuma o trono depois de mim.

Eu assenti, balançando a cabeça.

– Sim, si... – então a ficha finalmente caiu – Espera, o quê? Você disse que eu vou assumir o trono?

– É claro. Agora a descendente de Undine voltou, e com o pé de pato. Você tem total capacidade de assumir o poder. Mas é claro que só depois de amadurecer um pouco, e depois de termos ensinado e treinado você para ser uma ótima rainha sereia.

Eu me levantei.

– Rainha, não me leve a mal, mas eu ainda estou no primeiro ano do Ensino Médio! Não sei que faculdade quero fazer, nem comecei a programar os meus sonhos! Como espera que eu largue tudo para virar rainha?! Eu nunca disse que queria ser monarca!

– Toda garota não quer ser princesa?

Não a Mia Thermópolis, pensei. Bom, depois ela mudou de ideia, mas eu não mudaria. E sabe por quê? Porque ser princesa parece ser muito difícil.

– Até os 10 anos, sim. Mas depois a gente descobre que ser princesa não é viver em um conto de fadas e aprende na escola que algumas foram decapitadas e assassinadas em revoluções. Isso não anima ninguém.

Ela revirou os olhos.

– Celine, não vai ocorrer nenhuma revolução. E sereias são bem mais pacíficas.

– Diga isso para os guardas e seus tridentes.

– Eles são sereianos – ela abanou a mão na minha frente, como se ser sereiano fosse algo sem importância – Farão o que você ordenar. São treinados para isso, e garanto que nunca atacariam você. Na verdade, morreriam te protegendo.

Um calafrio percorreu o meu corpo.

Surfistas, Beijos e um Pé de Pato

– Não quero que ninguém morra por mim – falei.

Nessa hora, eu me senti muito importante. Quase como Harry Potter.

– Se quiser, posso dar o pé de pato para outra pessoa. Posso dar para a minha mãe, ela adoraria ser rainha!

– Celine, não adianta. Ser rainha requer preparação, e sua mãe não tem mais como usar o pé de pato agora que você nasceu. Essa é a regra. Cada geração passa para a outra.

– Isso tudo é muito complicado! – exclamei – Se não podemos nunca ter certeza do que esse escrivão idiota disse, porque vamos levar essa hipótese em consideração?

– Porque essa "hipótese" foi comprovada. Talvez o "escrivão idiota" não seja tão idiota assim.

– Que seja – falei, ainda em pé. Minha cauda azul-esverdeada ondulava furiosamente – Ainda assim não quero assumir trono nenhum.

Se eles querem me obrigar a isso, acho que meus dias de sereia acabaram. Desculpe, Serena, mas acho que nunca mais vou poder voltar para o mar de novo. Vou esquecer o pé de pato onde eu o encontrei e nunca mais procurá-lo.

A Rainha suspirou.

– Bom, acho que realmente não posso forçá-la a nada – disse ela por fim – Maya também não quis assumi-lo para poder ficar com o humano e Undine não a impediu.

Isso, isso! Não vou virar rainha e vou viver eternamente com meu humano, o Gabriel.

– É claro – falei, dessa vez mais calma – E sua família pode continuar no poder como antes! O povo-sereia e os guardas parecem gostar muito de você. Assim, você pode continuar por muito mais tempo, até seus filhos assumirem. Aliás, você não é casada, é? – perguntei, com verdadeira curiosidade – Quantos anos tem?

Achei que ela pudesse ficar irritada com a pergunta – como toda mulher ficaria –, mas ela apenas disse:

– Trinta e sete.

Tá explicado porque ela não ficara irritada. Mal parecia ter 30 anos. Eu daria uns 24. Mas ela não respondeu a pergunta do casamento. Quando insisti, ela só disse:

– Já fui.

– Ahn? Como assim? Você se divorciou?

– Você faz perguntas demais – agora ela estava irritada – O assunto agora é você, e não eu.

Eu estava borbulhando de curiosidade por dentro – há! *Borbulhando!* Acho que já estou pegando gíria de sereia – mas a expressão dela deixava bem claro que eu não conseguiria nenhuma outra resposta. Por fim ela suspirou.

– Não acha que, pelo menos, você poderia continuar sendo princesa? Vindo ao castelo? Tendo lições de sereias? – fiz uma careta, mas tentei considerar o que tinha a me dizer – Como viu, o povo também gostou muito de você, e talvez você mude de ideia algum dia.

É, talvez. E talvez eu abandone o Gabriel e deixe ele sozinho com a Bruna. E também aprenda a voar, quem sabe? Talvez eu também seja meio fada.

Mas eu sabia que nunca mais conseguiria me separar completamente de meu lado sereia agora que o havia experimentado. Era maravilhoso estar no mar e sentir como se sempre tivesse feito parte dele, eu amava sentir o balanço do mar debaixo d'água fazendo meu cabelo ondular, e adorava me encontrar com Serena. Eu sentiria muita falta dela se não voltasse.

E, pensando bem, eu provavelmente aprenderia, nessas lições de princesa, a cantar, dançar e se comportar graciosamente, como uma sereia de verdade. Talvez não fosse de todo má ideia, visto que poderia ser útil.

E se minha avó queria tanto e, de acordo com a Rainha, tinha até feito essas aulas também, não poderia ser tããão ruim assim. E já haviam convocado o sereiano para ser meu guarda-costas e coisa e tal. Imagina se ele termina a Escola de Treinamento, vem do outro lado do mundo pra cá e descobre que sua princesinha fugiu para nunca mais voltar? Coitado, eu não faria isso com ninguém.

Fosse por qualquer um desses motivos, ou fosse por todos eles juntos, eu decidi que seria a princesa do Reino. *Só* a princesa. E por tempo limitado.

Teria que vir para o fundo do mar frequentemente, mesmo com o início das aulas, e só sei que teria que bolar uma grande desculpa para a minha mãe. Inventar que tenho que fazer caminhada na praia às segundas e sextas, aulinha de surfe aos sábados, ajudar minha tia na loja terça e quinta, e quarta fica sendo meu dia de folga. Eu teria que inventar *alguma* coisa para tornar minhas idas ao fundo do mar mais frequentes.

Suspirei. Não seria fácil.

Surfistas, Beijos e um Pé de Pato

Felizmente, a Rainha me garantiu que isso tudo não seria necessário. Eu poderia vir só as sextas e sábados. Ou seja, minha vida social já era. Mas pelo menos a escola não sairia prejudicada.

Ahhh! *O que eu estou dizendo?*

– Ahn... Será que eu não poderia vir às terças e quintas? Fica melhor pra mim – ainda mais agora que finalmente terminei o cursinho de inglês e tenho esses dias livres.

– Pode ser – ela concordou – O que ficar melhor para você.

Então estava combinado: às terças e quintas eu faria "caminhada na praia" depois da escola. E ainda teria uma vida social sexta e sábado à noite e poderia me encontrar com Serena no mar aos sábados de manhã. Yaaay!

19
De volta ao mundo real

Meus pais acabaram chegando domingo, pois conseguiram um voo mais cedo. Abracei os dois com força depois de eles irem me buscar na casa da minha tia. Estava morrendo de saudades! Eles abriram a mala assim que chegamos em casa para me mostrar as novidades.

Trouxeram de presente para mim lá da Itália calças lindas da Diesel, que eu estava mesmo precisando – já que cresci uns 3 centímetros esse ano, e já devo estar agora com 1,64! –, uma echarpe rosa-claro de crochê linda, um tênis da Burberry marronzinho e ótimo para várias ocasiões, um lenço xadrez azul-marinho também da Burberry, um óculos aviador dourado da Ray-Ban, um colete maravilhoso de pelo sintético – eu espero –, vários cremes da Victoria's Secret e duas capinhas muito fofas para o meu iPhone: uma rosa e preto, estilo vintage, e outra branca com um desenho em 3D de golfinhos atrás. Rapidamente troquei a minha verde-limão velha pela dos golfinhos.

Todos esses presentes só podiam significar uma coisa:

– Mãe... Você se sentiu culpada por ter me deixado aqui?

– É claro que não, às vezes pais precisam de um tempo sozinhos. Bom, talvez só um pouquinho... – e então ela me olhou nos olhos e desabou em lágrimas, me abraçando forte – Ok, eu me senti culpada! Muuuuito culpada! Você teria amado a viagem, filha! Aproveitamos para ir também para a França, e tudo era tão lindo!

– Calma, mãe – eu a consolei – Os presentes já compensaram – eu ri. Ela era impossível! De qualquer forma, a raiva por ela ter me deixado aqui no Brasil já tinha passado há muito tempo. Na verdade desde que eu entrei no mar com o pé de pato pela segunda vez e virei sereia.

Se eu pudesse contar a eles também teria muuuitas novidades!

Aaahhh, internet! Como eu senti falta dela! Eu não me importei se era tarde depois de eu ter jantado, provado cada um dos presentes e arrumado o material da escola. Entrei no computador assim que meus pais foram deitar. Atualizei meu Facebook, vendo as últimas novidades, e respondi todos os meus e-mails pendentes. Fui dormir lá pela 1:00.

No dia seguinte, acordei às 6:30 parecendo um zumbi e fui para a escola morta de sono, já sentindo saudade das férias, que haviam acabado de acabar, e ansiando pelo final do ano, quando eu teria muito mais tempo para descansar.

As semanas passaram num piscar de olhos.

Ainda acostumada a ir dormir tarde, levantava da cama feito uma sonâmbula e fazia tudo na sala de aula mecanicamente. Era difícil, depois de três semanas indo pro mar quase todo dia, ficar sentada durante 6 horas prestando atenção em algo totalmente chato e tendo que fazer anotações. Dei graças a Deus pelos professores passarem a matéria no quadro, senão eu nem ia me dar ao trabalho de anotar o que eles diziam.

Outra coisa que eu não senti falta durante as férias: ver Bruna todo santo dia.

Como se já não bastasse o "acidente" do cheesecake no restaurante, ela estava determinada a tornar a minha volta às aulas mais infernal do que normalmente é para os outros estudantes.

Bruna e seu grupinho ficavam o dia inteiro me mandando bilhetinhos com desenhos malfeitos de mim com um bolo na cara. *Aprenda a desenhar direito*, foi o que eu queria ter respondido todas as vezes, mas apenas me contentava em amassar o papel e jogar na lixeira com muita raiva.

Sempre que eu ia até o armário pegar meu material era o momento perfeito para elas colocarem o pé na minha frente e me fazerem tropeçar, derrubando tudo. E, como se não bastasse, quarta-feira, no dia de educação física, alguém pegou as minhas roupas e eu tive que ficar com o uniforme de ginástica suado durante o resto do dia.

Eu estava achando isso tudo muito imaturo para falar a verdade, mas elas estavam conseguindo o que queriam: me tirar do sério. Gente, elas nunca ouviram falar nas inúmeras campanhas de "Diga não ao *bullying*"?

Quanto às minhas aulas de princesa nas quintas... sem comentários.

Eu esperava descontrair a tensão da semana com maravilhosas aulas de canto, mas a Rainha Íris tinha outros planos. O que eu iria aprender durante todo o mês seriam as etiquetas e o comportamento de uma princesa, para que eu estivesse pronta para a cerimônia de setembro, quando meu guarda-costas chegasse. Foi tudo tão chato que nem vale a pena entrar em detalhes. E o fato de eu ser um tanto estabanada não tornou as aulas mais fáceis.

Então eu contava os dias para o final de semana chegar e eu e Serena podermos sair para algum lugar legal no fundo do mar.

Normalmente só nadávamos por aí, mas chegamos a ir umas duas vezes para o Mercado, no nosso barzinho favorito, onde tomávamos uma espécie de raspadinha de frutas. Tinha que ser tomada rápido, ou ela ia lentamente derretendo até que você estivesse rodeada de peixinhos gulosos.

Era bom saber que, apesar de eu ter descoberto que sou princesa e tudo o mais, Serena ainda me tratava do mesmo jeito. Agora eu não podia sair do castelo que toda sereia ou tritão me tratava de um modo mais respeitoso, e também mais distante.

Foi como se eu fosse teletransportada do Brasil até a Europa. Antes, todos sorriam e puxavam conversa comigo e eu, apesar de um pouquinho tímida, sempre era simpática. Agora eles mal se dirigiam a mim e, quando chegavam perto, sempre faziam uma exagerada reverencia e me chamavam de "Alteza". Era tudo muito irritante.

– Por que simplesmente não continuam me tratando da mesma maneira? – perguntei a Serena no primeiro final de semana, logo notando a diferença.

– Ah, dê um desconto a eles. Ninguém nunca fala diretamente com alguém da realeza porque a Rainha vive dentro do castelo. Sempre achei que isso a afas-

Surfistas, Beijos e um Pé de Pato

137

tasse um pouco dos seus súditos. Já você está sempre nadando pra lá e pra cá, eles não sabem como reagir a isso.

– Simplesmente não reajam – falei – Continuem fingindo que eu não sou uma princesa e que eu não mudei. Você ainda me trata igual.

– Não, Cel – ela balançou a cabeça – Você é que me trata igual.

– Ahn?

Agora eu tinha ficado confusa.

– Quando descobri que você era uma herdeira perdida do trono... – ela fez uma pequena pausa e uma careta que me fez rir. Nós ainda ríamos muito do absurdo disso tudo. Depois ela continuou... – achei que fosse ficar convencida. Sabe, vaidade é um pecado muito comum entre algumas sereias, daí que vem o estereótipo. Achei que você fosse me tratar como uma plebeia e estava preparada para tratar você do mesmo modo formal que as outras sereias, chamando-a de "Vossa Alteza Real" e essas coisas. Mas, assim que gritei seu nome na multidão e você sorriu como sempre e me chamou para ir até você e a Rainha, no meio de todo mundo, eu vi que você não é daquelas que se importam com títulos nem com poder, o que é ótimo. Talvez as outras sereias só não conheçam você o suficiente para saber disso.

Eu senti minhas bochechas ficarem vermelhas.

– Não fala assim. Parece até que eu sou especial ou algo do tipo. E eu não tenho nada demais, simplesmente não sou metida.

– Tem sim – Serena teimou – Essa simplicidade é uma das suas maiores qualidades. Já ouvi falar de tantos príncipes e princesas mimados e esnobes que você nem faz ideia...

Bom, o que eu poderia dizer? Eu apenas falei "obrigada" e jurei a mim mesma nunca deixar o fato de eu ser uma princesa me subir à cabeça.

Foi mesmo na última semana de agosto que as coisas ficaram interessantes. Dani, graças ao bom Deus, não havia me deixado completamente de lado com seu novo namorado. Eu gostava das meninas, minhas outras amigas, mas às vezes o papo delas era muito fútil.

Quer dizer, é realmente tão importante assim se o cabelo da Ju tem mais luzes naturais ou artificiais? *Eu* não acho.

Eu precisava que alguém me dissesse algo idiota e engraçado para aliviar minha tensão com a tal cerimônia de princesa se aproximando, e esse alguém era a Dani. De alguma maneira, até geografia conseguia ficar divertido com ela. Nós misturávamos as matérias com coisas que víamos no dia a dia, na TV ou nos livros, e assim criávamos nossas próprias piadas internas.

Então eu apenas pedi licença na mesa do lanche e fui procurar por ela, que devia estar no campo de futebol vendo o Rafa e os outros garotos jogarem. No recreio ela sempre ficava com ele, principalmente porque eles são de turmas separadas. Mas eu precisava conversar com ela um pouco, senão ficaria maluca. Falar pela milésima vez de como o cabelo da Bruna é maravilhosamente liso já estava me enchendo. Todo mundo sabe que é chapinha.

Foi quando a vi indo ao bebedouro, encher a garrafa de água para o Rafael.

– Dani! – a chamei, mas ela não me ouviu. Fui correndo até lá, mas alguém surgiu do nada vindo do campo e esbarrou em mim com tudo.

– Me descul... Gabriel!! – exclamei, surpresa. Oh, céus, eu não merecia isso! Eu sei que mais azarada do que eu impossível, mas eu tenho sempre – *sempre*! – que trombar com ele nas horas mais inoportunas?! Tenho que começar a acreditar em carma e tomar cuidado com o meu.

– Cel! Não te vi desde... Bem, desde o que aconteceu no restaurante.

Eu só consegui encarar o chão, morta de vergonha, sem coragem de o olhar nos olhos.

– Er... – ele pigarreou, tentando chamar a minha atenção – Hum, por que você saiu correndo daquele jeito? Sabe, não precisava ter corrido pra casa desesperada. Eu li em algum lugar que geleia de frutas vermelhas faz bem pra pele – ele riu.

Bom, o que eu podia fazer? Pior não podia ficar, né? Achei melhor arriscar e dizer alguma coisa do que ficar só encarando o chão feito uma pateta.

Eu ri também, nervosa.

– Poxa, podia ter me dito antes! Assim eu não teria corrido que nem uma desesperada para o mar para lavar o rosto e o cabelo! Manchar a roupa mais um pouquinho não teria problema se fosse pra deixar minha pele bonita!

– Eu achei mesmo que você tinha ido para o mar só pra se lavar, mas não voltou. Eu fui procurar por você e não a encontrei. Fiquei preocupado, mas a Bruna disse que você provavelmente tinha ligado chorando para sua tia ir te buscar.

Surfistas, Beijos e um Pé de Pato

– Hunf, é a cara dela dizer isso.

– É, a Bruna é meio má de vez em quando... Mas mesmo assim não entendi porque você não voltou – ele me encarou com os olhos cor de mel. A franja dourada estava um pouco comprida demais, mas isso só deixava o seu olhar mais sexy, com as mechas caindo por sobre os olhos.

– Você não soube? Uma onda enorme me pegou enquanto eu me lavava e eu me afoguei feio. Só voltei à areia de manhã.

– Cel, isso é sério?! – ele perguntou, surpreso – Eu nem fiquei sabendo! Você está legal? – ele pegou a minha mão.

Meu coração começou a bater a mil por hora.

– E-Estou bem! – consegui gaguejar, apesar dos choques que eu sentia passar dele para mim pelo nosso contato físico – Na verdade, eu acordei ótima! – mentira, mas isso nada tinha a ver com o afogamento. Quer dizer, eu nem tinha me afogado de verdade – Minha tia me obrigou a ficar o dia inteiro na cama, e eu nem precisava! Mas pelo menos recebi algumas visitas para me distrair.

– Puxa, me desculpe mesmo, Cel. Se eu tivesse ficado sabendo, teria ido lá, com certeza! E então a gente poderia ter feito algo legal.

A imagem de nós dois nos beijando apareceu na minha cabeça, mas eu a afastei, corando.

– Que é isso, não tem problema. Minhas amigas foram lá, então eu não fiquei tão entediada assim.

– Já sei como posso me desculpar! Você sabe que o meu pai tem uma lancha, né?

– Acho que já ouvi os meninos comentando que você tinha um barco.

– Então, esse fim de semana meu pai quer sair para pescar um pouco e mergulhar para ver os corais perto daquelas ilhas da praia, sabe? Aí, como você adora mergulhar, poderia ir junto com a gente.

Pára tudo!! O *Gabriel* está *me* convidando pra passar o final de semana com ele e o seu pai?? *Que fofoooo*!!!!

– Eu? Ir pescar e mergulhar com você e o seu pai? Sério?!

– Bom, eu vou entender se você não quiser; afinal, não é um programa muito feminino...

– *Eu adoraria!!!*

Opa. Acho que soei meio desesperada.

– Quer dizer, eu A-DO-RA-RI-A, porque, como você disse, eu AMO mergulhar!

– Então está combinado. Sábado, umas 14:00, ok? Se quiser passamos na sua casa.

– Está ótimo, eu... Ah! – parei de repente, murchando.

– O que foi? – ele pareceu preocupado – Não vai poder ir nesse horário?

– Não vou poder ir nesse final de semana. Compromisso de família – *Maldita cerimônia real idiooootaaa!!!* – Puxa, Gabriel, desculpe, eu queria mesmo ir...

– Sem problema. Fica para o próximo sábado, então. Pode ser?

Eu sorri.

– Pode!

O sinal tocou, me fazendo voltar ao mundo real. Teste relâmpago de matemática.

– É, acho que temos que ir – Gabriel disse – Até mais, Cel!

– Até mais... – falei, acenando pra ele e vendo-o se afastar com um sorriso idiota no rosto.

Infelizmente, minha felicidade durou pouco.

– Eu ouvi direito, *Cel?* Você está mesmo pensando em passar um sábado inteiro com o *meu* Gabriel?

Olhei para o lado e lá estava: Bruna e suas capangas – ops! – *amigas*. Eu estava cansada dela tratar o Gabriel como se ele fosse uma propriedade dela. Quem ela pensava que era? A namorada dele? Sinto muito, mas acho que não.

– Eu não estou "pensando". Eu *vou* – afirmei.

Eu quase pude vê-la explodindo, juro.

– Escute aqui, garota. Acho melhor você baixar a sua bolinha, porque...

Bruna foi se aproximando de mim, mas, antes que pudesse dar um tapa na minha cara – e eu não duvidava de que ela fosse capaz disso naquela hora –, Daniela apareceu, voltando do futebol com o Rafael.

– E aí, gente? Tudo em cima? – ela perguntou sorridente.

Bruna se endireitou. Ela era barraqueira, mas nunca pagava mico nem fazia cena na frente dos garotos, nem dos professores. O que era muito esperto da parte dela.

– Tudo ótimo – ela falou.

Surfistas, Beijos e um Pé de Pato

— Na verdade, tudo *perfeito* — completei com um sorriso. Esperava que Dani pudesse entender o meu "obrigada" silencioso. Já Bruna estreitou os olhos, mas, quando o sinal tocou pela segunda vez, não pudemos continuar ali e tivemos que voltar para a aula.

Com o olhar que ela me lançou pelo resto do dia, achei que ter um guarda--costas talvez não fosse tão má ideia.

20
Taikun

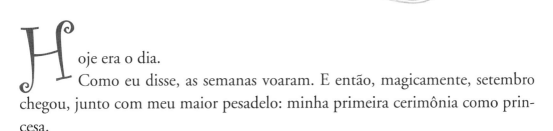

Hoje era o dia.

Como eu disse, as semanas voaram. E então, magicamente, setembro chegou, junto com meu maior pesadelo: minha primeira cerimônia como princesa.

Tudo aconteceu muito rápido e, apesar das quatro aulas de duas horas e meia cada uma, ainda não me sentia pronta.

Seria sábado, e eu teria que dormir pela primeira vez no castelo, só indo embora no domingo. Não foi fácil conseguir uma desculpa. Disse à minha mãe e ao meu pai que dormiria na casa da tia Luisa porque ela estava com saudades de mim, já que passamos as férias inteiras juntas e ela havia se acostumado com a minha presença; disse à minha tia que dormiria na casa da Dani, mas que, se meus pais perguntassem, era pra dizer que eu estava lá (já tinha feito isso uma vez), e disse a Dani e às meninas que esse sábado eu não poderia sair com elas porque não tinha me dado muito bem nos últimos testes e precisava recuperar as notas estudando desde já.

— Cel – falou Daniela pelo telefone –, você só tirou notão. Sua única nota abaixo da média foi o 6,4 em geografia, mas você sabe que o professor não dá nenhuma nota acima de 7 pra ninguém.

— A Sofia tirou 8.

– A Sofia é uma nerd que não faz outra coisa da vida a não ser estudar. Estou dizendo, a garota é uma robô. Ela não conta. E a gente tinha combinado de ir todo mundo no Balada Mix! Digo, todas as meninas! Todas vão estar lá, só vai faltar você!

Sério, enrolar a Dani foi a parte mais difícil. Os primeiros testes antes da semana de provas só começariam dali a uns 20 dias, e eu nunca fui de estudar bem antes da véspera. E não tínhamos nem um simulado para eu usar como desculpa.

– É o seu pai, não é? Ele quer que você seja médica como ele a todo custo, e por isso está te obrigando a estudar desde já, porque esse já é o penúltimo bimestre, e ele tem medo de que suas notas caiam, já que, por viver ocupado, ele provavelmente não sabe como está indo o seu currículo escolar, que, por sinal, vai muito bem!

Juro, às vezes me pergunto se a Daniela é diferente dos outros humanos e não precisa respirar.

– Cel, fala pra ele que 6,4 é quase na média! E, se ele continuar preocupado, diga que geografia não é o essencial para passar em medicina! Você tirou 8,25 em biologia!

Revirei os olhos.

Dani, estamos no primeiro ano. Ainda nem penso em vestibular, já que não sei nem que faculdade eu quero fazer. E, embora eu não saiba o que quero fazer da vida ainda, não *vou ser médica. Nem rainha, mas isso já é outra história.*

Era nisso que eu estava pensando. Mas eu não podia deixar escapar essa oportunidade, então disse:

– É, é sim, é o meu pai. Mas nem vou dizer nada porque, você sabe, ele pode ser bem bravo de vez em quando – o que era uma mentira, já que papai era uma pessoa bem calma.

Ela suspirou.

– Puxa, tem certeza? Final de semana que vem eu já combinei de sair com o Rafa. Não vai ficar chateada?

– Pra compensar a gente passa o recreio juntas. Um dia sem ver ele jogar futebol não vai matar ninguém.

– Tá bom, então... Então a gente se vê segunda.

Depois de despistar todo mundo, arrumei minhas coisas e minha tia me buscou sexta à noite, enquanto meus pais estavam em uma confraternização do pessoal do hospital.

Apesar de ter mentido praticamente para todo mundo que eu conheço – ok, foi pra todo mundo mesmo –, isso nem era o que me deixava nervosa. Tia Luisa tinha os seus problemas da loja e aquele cara da praia, Dani tinha as meninas e ainda o namorado para se distrair e mamãe e papai provavelmente encontrariam algum jantar ou teatro para ir.

Mesmo assim, é claro que eu não consegui pegar no sono, só pensando no dia seguinte...

Acordei sábado supercedo, às 7:30. E não consegui mais fechar os olhos.

A cerimônia seria só ao pôr do sol, mas a Rainha deixou bem claro que queria que eu estivesse no castelo até o meio-dia para começar a me arrumar.

Depois de rolar na cama durante uma hora, me levantei, me troquei e disse à tia Luisa que estava indo à praia, onde me encontraria com a Dani e de lá iria para a casa dela.

Eu suava frio enquanto tirava a roupa na praia e guardava minha camiseta e meu short na bolsinha térmica. O dia estava lindo, e era realmente uma pena que eu tivesse que passar as próximas 24 horas debaixo d'água.

Peguei o pé de pato e o calcei, colocando a bolsa nas costas e pulando no meio das ondas.

– Marr! – exclamou Íris assim que cheguei no castelo – Que bom que chegou.

– Não me chame pelo sobrenome – falei – É estranho. Pode continuar a me chamar de Celine, como da última vez.

Ela me ignorou por completo, e apenas me levou da sala do trono até um corredor de pedra que dava para uma torre com escadarias circulares. Achei que estivéssemos indo para o quarto dela, mas, ao subirmos pelas escadas, chegamos em um ambiente que era completamente novo aos meus olhos. Era todo de pedra, com uma janela imensa para o mar aberto que deixava tudo com uma coloração bonita de azul claro. Não saber em que parte do castelo eu estava só me deixava mais nervosa.

– Er... Então. Eu queria saber, assim, o que exatamente vamos fazer hoje – falei – É aqui que eu vou me arrumar para a cerimônia? Eu *vou* me arrumar para a cerimônia agora? Onde estamos indo?

– Não seja tão apressada! Acabou de chegar no castelo. Logo logo Flora virá com suas roupas e enfeites, mas agora eu quero te mostrar uma coisa! Deu um jeito de passar a noite aqui, certo?

– Aham. Por quê?

A Rainha abriu um sorriso e apontou para uma porta dourada que havia ali e que eu não tinha notado. Sorte que a luz da janela não chegava até ela, ou então já teria me cegado, de tão reluzente que a porta era. O nervosismo pelo visto me deixava mais desligada do que já sou. Havia na porta o desenho de uma enorme estrela-do-mar feito de diamantes e quartzos rosa. Estrela-do-mar... O símbolo da realeza.

– Espera... Esse é...?

– É o seu quarto a partir de agora – Íris falou.

Olhei incrédula para a porta dourada e, sem conseguir me conter, a abri com tudo, morta de curiosidade para ver como ele era por dentro.

– Que DEMAIS!!! – exclamei, com os olhos arregalados.

O quarto era pelo menos umas três ou quatro vezes o tamanho do meu quarto normal, todo em azul, branco e dourado. As paredes de pedra azulada, uma enorme cama redonda, branquinha e macia com um dossel daquele tecido fino e brilhante.

Havia mais ou menos os mesmos móveis do quarto da Rainha: uma penteadeira branca, um enorme armário branco, um espelho gigante – só que o meu era em forma de concha – e um tapetinho rosado de anêmonas, que se remexia, vivo, perto da cama.

Ao contrário de pilastras douradas, o meu quarto tinha uma janela que ia desde a cama até quase a penteadeira, com uma cortina fina e brilhante que ondulava com o movimento da água. Num cantinho, tinha também uma enorme poltrona de concha, como se via nos desenhos animados. A concha era alaranjada e possuía uns espinhos na parte de cima, mas o lugar de sentar parecia ser feito de esponja-do-mar e era bem macio. Parecia um próprio trono real no meu quarto!

– E aí, o que achou? – Íris perguntou – Um dos melhores tritões decoradores cuidou do seu quarto. Uma vez que você já vive em terra firme, falei que não precisava imitar as características dos aposentos de castelos europeus. Optamos por algo mais exótico, mas ainda assim digno de uma princesa. Gostou?

– Se eu gostei? Achei o máximo! Quem sabe eu não venha mais vezes dormir aqui? Ah! Eu tenho que mostrar a Serena! Ela pode vir aqui, não pode?

Antes que ela pudesse responder, alguém bateu na porta. Era Flora, aparentemente a sereia que cuidava do visual da realeza em festas públicas. Rainha Íris nos apresentou uma a outra e disse que, por enquanto, era para eu apenas ficar pronta.

– Serena pode entrar, porém mais tarde, está bem? Você irá encontrá-la na cerimônia, onde estará todo o Reino – e então ela saiu, encontrando-se com Aqua e suas outras damas no corredor.

Íris só pode ter dito isso de sacanagem. Ou realmente esperava que eu ficasse mais calma depois do comentário? Enfim, voltei minha atenção para a sereia gordinha – sim! Uma sereia gordinha! – e simpática que segurava milhões de coisas nos braços. Eram tantos tecidos, colares, anéis, tiaras e mais tecidos que me perguntei como ela conseguiu chegar até o meu quarto carregando tanta coisa. Por mais que na água tivesse pouca gravidade e coisa e tal.

– Muito bem, Alteza! – exclamou Flora alegremente – Vamos deixar você ainda mais linda do que já é!

Foi quase pior do que minha festa de 15 anos.

Flora demorou uma eternidade para decidir que roupa eu deveria usar e parecia ignorar minhas opiniões sobre as joias que eu tinha gostado ou as minhas cores preferidas para escolher nos tecidos.

Ela optou por não um top de conchas perolado, mas por um de conchas de verdade. A concha era linda, meio vinho, mas parecia um tanto pequena para ser usada como um top. Estava mais para um sutiã.

– Nem vem que eu vou usar isso! – exclamei – Isso só se usa no carnaval!

Ok, eu estava exagerando, pra variar, mas eu ia morrer de vergonha se usasse uma concha daquelas na frente de tanta gente. Isso me fez lembrar uma apresentação na escola, quando tivemos que encenar "Jeannie é um Gênio" e a professora pediu que levássemos um sutiã que não usássemos muito para ela costurar o tecido rosa nele. Foi mico na certa, mas pelo menos eu só tinha 13 anos. Agora eu tenho 15.

– Em o quê? – Flora franziu a testa ao ouvir a palavra "carnaval" – Bom, seja lá o que que isso signifique, só sei que você ficou linda assim! Esse vermelho vinho realça os seus lábios! Nem vamos precisar de muito batom!

Como eu disse, ela ignorava as minhas opiniões. Graças a Deus eu estava sendo precipitada, pois por cima do top de conchas Flora colocou diversos colares de pérolas e conchas, o que escondia aquilo que as conchas do top deixavam de fora.

Olhando melhor as conchas, até que não tinham ficado tããão pequenas assim. Era do tamanho de um biquíni normal, só que eu já estava acostumada com os tops de escamas que cobriam mais o corpo, como tops de ginástica. Porém, o vermelho ficou realmente bonito, e usar conchas de verdade me fazia sentir como a Ariel.

Um enorme cordão de pérola foi enrolado na ponta de minha cauda quase até a metade, e ela ainda grudou três pequeninas estrelas-do-mar nas escamas. O brinco de pérolas combinava com o colar e com o penteado *a la* Julieta Capuleto que ela fizera em mim, numa trança complexa que intercalava mexas de cabelo e cordão de pérolas.

Fiquei surpresa com a quantidade de maquiagem que uma sereia poderia ter. Os aparelhos que ela tirava da bolsinha que trouxera eram tão estranhos – feitos de conchas, corais, ossos de peixe, garrinhas de siris e tintas de lula – que eu só descobria para que serviam depois que ela os usava em mim. O resultado foi uma maquiagem leve e perfeita, com sombra rosa clarinha, bochechas levemente coradas, boca rubra, combinando com o top, e um delineador que imitava um olhar de gato. E muito *glitter*.

Fiquei babando com o resultado durante uns 10 minutos em frente ao espelho.

– O que acha? Tentei aproveitar seu tom clarinho de pele e o cabelo dourado e acho que o preto realçou seus olhos. Você gostou?

Fiquei me encarando boquiaberta no espelho.

– Nunca na minha vida vou conseguir ficar mais bonita do que hoje... – murmurei. Onde Flora esteve quando eu precisava de uma maquiadora decente para a formatura do nono ano? Eu nunca estive mais parecida com... Bem, com uma princesa.

— Agora só falta a saia! — Flora exclamou, aparentemente feliz com o meu comentário, ou satisfeita consigo mesma, sei lá.

Olhei para a cama, onde se estendiam vários tecidos finos e brilhantes de cores variadas.

— Do que isso é feito? — perguntei — Parece que vai rasgar a qualquer momento.

Flora riu.

— Não se preocupe, é só impressão. É chamado de Seda de Diamantes e vem da Índia. As sereias de lá criam um bicho de seda especial que, se viver em ambientes úmidos, um pouco ajudado pela mágica das sereias, consegue produzir esse tecido, que é fino como teia de aranha, mas brilhante como se realmente fosse feito de diamantes.

Típico. Por que todo tecido bonito e exótico tem que vir da Índia?

Olhei para todos com atenção. Achei que o rosa era o que combinava mais com o meu visu.

— Ótima escolha! — Flora me ajudou a prender o tecido com um pedaço de tecido e um cordão de — adivinhe — mais pérolas, logo abaixo da cintura, no limite da cauda de sereia.

E então ouvimos a porta bater e Íris entrou junto de Marlon e Aqua. Ela também estava muito bonita, sempre ficava ótima de dourado, e dessa vez ela também vestia um pouco de azul marinho — na sombra, na saia e no xale de Seda de Diamantes. Marlon me olhou admirado.

— Bom trabalho, Flora. Vossa Alteza está admirável — disse Aqua, com um sorrisinho.

— Obrigada — olhei para baixo, provavelmente corando tanto que minha bochecha deve ter ficado da cor das conchas do top.

— Está mesmo linda, Marr...

— Celine — a interrompi.

— Celine — a Rainha se corrigiu — Bom, pronta para descer?

Arregalei os olhos.

— Mas já?!

Eu devo ter ficado verde, porque Íris veio até mim e colocou a mão no meu ombro, sorrindo para me acalmar.

— Não se preocupe, vai ser como ensaiamos. Eu vou fazer praticamente tudo. Vou fazer um pequeno discurso depois de dar as boas-vindas para o povo-sereia e apresentá-la formalmente a eles. Você estará sentada num pequeno trono que terá hoje ao lado do meu e tudo o que tem que fazer é se levantar quando eu chamar o seu nome. Antes eu chamo o sereiano, e depois que os dois estiverem de pé eu digo mais algumas palavras e ele se ajoelha e beija sua mão em sinal de respeito.

Viu? Essa cerimônia é completamente micante.

— Isso é mesmo necessário?

— Pela milésima vez, sim. É uma tradição, como eu já disse.

— Minha tataravó e minha bisavó também tiveram um guarda-costas, né?

— Sua bisavó só teve durante o período em que morou na água — Íris revirou os olhos — Mais alguma pergunta repetida ou será que podemos ir? Seus súditos estão esperando.

— E você não é a única que está nervosa, acredite — disse Marlon. Então me lembrei que o filho dele é que seria o meu novo guarda-costas. Não é nada pessoal contra o cara nem nada, mas essa ideia não me agradou.

Ok, talvez seja pessoal sim. Marlon não gosta de mim, e eu não gosto de nada relacionado a ele.

Suspirei.

— Bem, então... — respirei fundo — o que tem que ser feito tem que ser feito. Vamos nessa!

Ai, que vergonha! Enquanto eu descia a escadaria de mármore e atravessava o salão até o trono do lado do da Rainha, todos se levantavam. Dois tritões vestidos com o mesmo uniforme dos sereianos — menos com a parte de baixo, é claro

–, cada um de um lado da escada, tocaram os trombones. A melodia que saía deles não era estridente como se vê nos filmes, mas sim muito suave. Talvez porque fossem trobones de sereias. Se eu não estivesse tão nervosa, provavelmente teria rido ao ver que eles eram feitos de duas gigantescas conchas de caramujos.

Eu me sentei com cuidado no pequeno trono de pedra, para não rasgar o tecido fino. Cara, eu detesto mesmo ser o centro das atenções. Por isso nunca fiz o papel principal nas peças da escola, por mais que os professores insistissem. Bom, teve uma vez, na sétima série, mas é muita pressão. Eu sentia que estava revivendo aquilo, só que mil vezes pior.

As trombetas só pararam de soar depois que Íris se sentou no trono, acenando para todos de um jeito muito Clarisse Renaldi-*like*. Imitei-a, fazendo o que eu tinha treinado nas aulas. Podia lembrar do que ela me havia dito, mas o que me fez gravar o comportamento de princesa em situações como essa foi a fala dos pinguins de *Madagascar*: "Sorriam e acenem, rapazes. Sorriam e acenem…"

Bom, sorri e acenei até que vi Serena no meio das sereias. Ela também estava arrumada, como o resto dos presentes. Seu top era todo de tecido púrpura, seu cabelo ruivo estava preso de lado, com uma flor na cabeça, e ela vestia um xale branco de Seda de Diamantes. Ela também estava bem bonita.

Acenei pra ela, dessa vez com mais empolgação, e com um sorriso mais verdadeiro. Era bom saber que pelo menos ela estaria ali me dando forças.

Íris começou o discurso e eu me endireitei na pedra, para ficar com a posição elegante que me ensinaram, pousando as mãos na cauda suavemente. Ela acabou o discurso cedo demais. As portas douradas da frente se abriram e alguns sereianos entraram. A cada par de guardas que passava pelos portões eu ficava nervosa, pensando quando o meu guarda-costas iria aparecer de fato. Esses sereianos estavam ali apenas para deixar a cerimônia mais bonitinha, com todo aquele sincronismo perfeito de Cirque du Soleil.

E então, finalmente, ele apareceu.

Eu soube por causa da roupa, que era diferente da dos outros e igual a de Marlon: a bermuda preta e larga nas pontas que ondulava na água, o cinto dourado que combinava com os detalhes da bermuda e os braceletes. O cinto possuía uma concha idêntica à do uniforme do pai no centro, com frascos e canivetes presos do lado. Sem esquecer, é claro, do tridente, que também era ligeiramente mais pontudo do que o dos demais.

Surfistas, Beijos e um Pé de Pato

Quando foquei meus olhos no rosto dele, tive que me controlar para não cair. Sou fiel ao Gabriel, mas o filho do Marlon era simplesmente... *lindo*. Quer dizer, sereianos são bonitos, mas esse era...

Bom, vou tentar descrever a aparência dele: imagine que a Megan Fox tenha um irmão mais novo de 17 anos. Um irmão igualmente bronzeado e sarado, com corpo de Taylor Launtner. Olhos verde-água da cor do mar. E um cabelo preto curtinho, com uma franja comprida um tanto sexy – desculpe, Gabriel... Só estou falando a verdade – que ondulava um pouco na água.

Íris continuou a falar sobre coisas em que eu não prestava a mínima atenção enquanto eu olhava para o meu guarda-costas embasbacada. Qual era o nome dele mesmo??

Eu nem precisei de muito tempo pra descobrir.

Quando dei por mim, Íris já havia terminado o seu discurso e dizia o nome dele, fazendo-o se ajoelhar diante de mim.

– Taikun Krawl.

Ele se curvou para mim e, quando levantou o rosto, olhou pela primeira vez diretamente nos meus olhos. Nos primeiros segundos, eu só consegui piscar algumas vezes. Deus, que olhos lindos... E aquele nariz? E aquela boca? E aquelas sobrancelhas escuras? Ele podia muito bem ser modelo. Se não tivesse pés subaquáticos, é claro. Na verdade, todos os sereianos dariam um ótimo poster da *Abercrombie*.

Quando dei por mim de novo, a Rainha já dizia o meu nome:

– ... à Sua Alteza Real Celine Marr.

Meu coração deu um disparo e eu voltei a ficar nervosa. Essa era a minha deixa.

Foi aí que aconteceu.

Eu *tentei* me levantar, mas o tecido da saia agarrou na pedra. Quando dei um impulso, sem perceber que estava presa, o tecido não rasgou, mas o cordão de pérolas que o prendia à minha cintura me apertou, fazendo com que eu me curvasse com dor. Nisso o cordão arrebentou, espalhando pérolas por todo lado. O impulso me fez cair com tudo pra frente... bem em cima do meu guarda-costas!

Foi tudo tão rápido que fiquei tonta, minha barriga doendo onde o cinto de pérolas tinha me apertado. Quando percebi o que estava acontecendo me levantei depressa, mas já era tarde demais. Todos me olhavam, incluindo o garoto que eu tinha derrubado, que ainda estava confuso e um tanto corado. Senti meu rosto ficar pior do que o dele, ainda mais por eu ser tão branquinha perto de sua pele oliva.

Não soube o que fazer no início. Estendi a mão para ajudá-lo a se levantar, o que só o deixou ainda mais confuso. *Acho que não são as princesas que ajudam seus guarda-costas a se levantar.* Eu só conseguia murmurar coisas como "Desculpe!" e fiz isso pelo menos umas quinquitilhões de vezes.

E então eu cometi o erro de olhar para a Rainha, buscando ajuda. Como se eu já não estivesse sentindo raiva de mim mesma, ainda tive que ver o olhar de pena de Íris em minha direção. Ela se levantava do trono para tentar consertar a situação. Mas aquilo foi a gota d'água.

Ela também não precisava sentir vergonha por mim.

Quando Íris se aproximou, assim como Aqua, as outras damas e Marlon, só consegui olhar uma última vez para ela e para meu guarda-costas e saí correndo, sem olhar para trás.

Ok, correndo talvez não seja a palavra certa. Substitua-a por "nadando disparadamente".

Mas meu Deus! Como eu conseguia ser *tão* desastrada?

De algum modo consegui chegar rapidamente no meu quarto novo e me joguei na cama.

Serena apareceu na porta pouco tempo depois; deve ter me seguido, mas eu já chorava.

– Cel! Espera! Aonde pensa que vai?

– A lugar nenhum! Já estou onde queria: no meu quarto! – disse com o rosto enterrado no travesseiro.

– Mas por que você saiu às pressas da cerimônia? Estava quase acabando!

Eu me virei para ela, agora realmente irritada.

– Você não está falando *sério*, está?! Não viu o que acabou de acontecer? Eu praticamente caí *em cima* do cara!! Paguei o maior mico!

– Pagou o quê? Está falando daquele animal terrestre? O que ele tem a ver?

– Ah, esquece!

Nesse momento a porta se abriu e Íris apareceu.

Ah, *ótimo*.

Surfistas, Beijos e um Pé de Pato

– Celine, uma sereia, principalmente uma princesa, não sai assim de repente durante uma cerimônia importante como essa.

Que seja.

– Ela disse que... Como foi mesmo? Ah sim, que tinha "pagado o maior mico" – disse Serena.

Eu tive vontade de voar no pescoço dela.

– Bem, eu não entendi uma palavra, mocinha, mas isso não se faz.

Ai, cara. Ela agora estava parecendo a minha mãe.

E então o rosto dela ficou com a mesma expressão de pena de antes.

– Mas você não se machucou, né? Fiquei preocupada. Ia ver se estava tudo certo para continuarmos, mas você fugiu.

– Espera, foi por isso que você me olhou daquele jeito? Achei que estivesse com vergonha por mim!

– O quê? – perguntou a Rainha.

– Essa é a coisa mais ridícula que eu já ouvi – falou Serena.

– Não é não! Ter vergonha alheia é muito comum lá na terra firme!

– Mas estamos no mar – Íris deu um fim à questão – e você vai voltar conosco para finalizarmos a cerimônia. Falta tão pouco! Agora Taikun só precisa...

– O quê?! Eu nunca mais vou conseguir olhar nos olhos dele de novo! Ele deve estar querendo me matar!

– Por que eu faria isso? – ouvi uma voz grave e jovem vir do outro lado do quarto.

Ai. Meu. Deus.

Ele tinha acabado de sair de trás da porta.

Alguém me mate, muito sério.

Íris pareceu se comover com a minha expressão, porque disse:

– Olhe, Celine, eu não sei como são as coisas lá na terra firme, mas aqui ninguém está te culpando pelo que aconteceu. Acidentes acontecem e o bom é que você não se machucou. Como princesa, você deve aprender a enfrentá-los de cabeça erguida.

Ainda meio encolhida na cama, olhei para o meu guarda-costas.

– É – ele me encorajou, se aproximando de mim – Sem ressentimentos, ok? – falou, me estendendo a mão.

Taikun deu um sorriso tão bonito que eu não consegui resistir. Mais do que isso, era um sorriso sincero, e eu vi que ele parecia ser realmente um garoto legal.

– Ok – falei, me levantando e estendendo a mão para ele.

Ao invés de sacudi-la num aperto de mão, Taikun se ajoelhou e beijou as costas da minha mão, exatamente como ele deveria fazer na cerimônia, na frente de todo mundo.

Tudo bem, até que ter um guarda-costas não seria tão ruim assim. Mas só porque o meu era muuuuito gato!!

21
Entendendo-me com meu guarda-costas

Ao contrário do que eu esperava, tive que voltar ao salão principal para terminar a cerimônia. Não houve nenhum riso, nenhuma provocação. Todos conversavam entre si enquanto uma melodia que se assemelhava ao som de violinos tocava ao fundo. Quando eu e a Rainha aparecemos, as trombetas de concha soaram novamente e todos voltaram aos seus lugares. Continuamos de onde paramos como se nada houvesse acontecido.

Depois de alguns minutos de insistência após o término da cerimônia, consegui convencer a Rainha Íris a deixar Serena dormir comigo. Qual é, a cama era imensa, caberiam facilmente três garotas ali para uma festinha do pijama e ainda sobraria espaço.

Além disso, eu não queria dormir completamente sozinha na minha primeira noite debaixo d'água. Sei lá, eu estava com medo de engasgar até a morte, ficar sem oxigênio no meio da noite, qualquer coisa parecida. A questão é que, mesmo com Taikun a alguns metros de distância no quarto ao lado, eu ainda achava que precisava de alguém que ficasse *ao meu lado*, literalmente, só para eu me sentir mais segura.

— Está bem — concordou Íris, finalmente, massageando as têmporas.

— Iupiiii!!! — Serena pulou na cama e abraçou um dos travesseiros — Aaaah, que mordomia!

Eu, Serena e Taikun ficamos conversando até tarde. Ele ficou de pé grande parte do tempo enquanto nós já estávamos deitadas na cama, depois de termos tirado nossas roupas chiques e vestido um top mais confortável para dormir, de tecido.

Taikun obviamente levou um tempo para se sentir à vontade. Como eu disse, no início ele ficou só parado, de pé, com o tridente na mão, exatamente do jeito que Marlon fazia e me deixava irritada. Eu e Serena começamos fazendo umas perguntas para ele, confirmando quantos anos tinha, perguntando exatamente de onde tinha vindo, se a viagem tinha sido legal, essas coisas. Ele apenas respondia com frases diretas e depois voltava a ficar calado, provavelmente sem saber o que fazer. Quer dizer, a menos que um tubarão-baleia entrasse pela minha janela e tentasse me engolir, eu não via como ele e seu tridente afiado poderiam ser úteis. E ter um garoto que você não conhece direito parado de frente para você no seu quarto, sem falar absolutamente nada, pode ser um pouco constrangedor. Apesar de ele ser um gato e tal.

Na verdade, acho que isso só deixava as coisas ainda mais constrangedoras.

– Ei, Taikun, não precisa ficar aí parado de pé. Pode se sentar no pé da cama, como Serena.

– Sentar na cama da princesa seria extremamente desrespeitoso, Vossa Alteza.

Suspirei.

– Está bem. Então, sente-se na poltrona ou se encoste na parede. Está me dando nervoso assim tão parado. Odeio ver gente em pé à toa – falei. O que é verdade. Principalmente na hora do lanche. Já notou como é irritante quando você está na cantina conversando com alguém que está comendo em pé sendo que há uma cadeira vaga logo ao lado?

– Como quiser, Alteza – ele se apoiou na parede.

Serena riu.

– Ele parece um sargento falando! Sem dúvida, é igualzinho ao pai.

Oh, Deus, por favor *não*!

– Isso não foi uma ordem! É só se quiser, senão pode ficar em pé mesmo! E não precisa ficar me chamando de "Alteza".

– Como quiser, Alte... Quer dizer, er... Como devo chamá-la então?

– Cel.

– Cel?

Surfistas, Beijos e um Pé de Pato

– É, tipo, meu apelido. Quer dizer, pode me chamar pelo nome todo também, Celine, mas ele é meio grande.

– Eu... Não acho que conseguiria – Taikun parecia hesitante.

– Ah, fica frio! Essa princesa aqui não é de frescuras! – Serena fez cócegas na minha barriga.

Instantaneamente comecei a rir e fui obrigada a jogar um travesseiro nela para ela parar. E Serena jogou em mim por vingança. Eu joguei em Taikun por diversão.

– Ai! – disse ele. Taikun pegou o travesseiro de volta antes que ele flutuasse lentamente até o chão.

– Está com a guarda baixa, guarda-costas – falei, rindo.

– Você me pegou desprevenido. E a Escola não ensina técnicas contra uma guerra de travesseiros – ele riu de leve.

Alguém estava se sentindo mais à vontade.

– Ei, Tai! Posso te chamar assim? É verdade que na Escola de Treinamento dos sereianos vocês têm treinos com tubarões de verdade? – perguntou Serena – Um amigo meu me disse isso na escola uma vez!

– Não é posssível! Isso é maluquice! – exclamei.

– Bom, mas é verdade – Taikun falou, se aproximando um pouco de nós depois de ter deixado o tridente apoiado na parede.

– Nãããoo!! – eu e Serena demos gritinhos excitados. Aquilo era tão medonho, mas *tão* maneiro!

E então Taikun começou a conversar *de verdade* com a gente. Nós duas não nos cansávamos de ouvir suas histórias sobre os treinamentos perigosos a que os sereianos são submetidos, a partir dos 12 anos, para se tornar um segurança de primeira. E eles não se cansavam de ouvir minhas histórias sobre o dia a dia humano.

Dessa vez, Serena quase morreu de rir quando contei o incidente da festa de novo. Talvez porque eu não estivesse deprimida, e sim contando as coisas com um sorriso, rindo eu mesma das minhas trapalhadas... Agora que tudo tinha passado e já tinha rolado um clima entre mim e o Gabriel nas duas vezes em que saí com ele. Taikun, no entanto, prestou atenção em outros detalhes.

– E essa tal de Bruna, eu devo preocupar-me com ela?

– Ahn? Por que você teria que se preocupar com ela? – perguntei, sem entender.

– A ameaça que ela fez a você...

– Ah! Isso não é nada! Ela só está com ciúmes porque o Gabriel tem uma grande chance de gostar de MIM, e não dela! – Serena deu um gritinho excitado e fez uma cara de "É isso aí!" – Mas não é como se ela fosse me matar nem nada – acrescentei, mas depois me lembrei do olhar assassino dela – Eu acho.

Taikun franziu as sobrancelhas, parecendo levar o meu comentário a sério.

– Calma, calma! É brincadeira! – eu ri.

Taikun foi para o seu quarto lá pelas 2:00, e eu e Serena ficamos conversando mais um pouco. Ela falou como eu tinha sorte por ter um guarda-costas tão legal. Como Taikun tinha quase a nossa idade, era muito mais fácil conversar com ele, que era também simpático e divertido.

– É o sereiano mais "gato" que eu já vi! – ela exclamou baixinho, enrolada nas cobertas, roubando a minha forma de se referir aos meninos.

Não pude deixar de concordar, apesar de já gostar do Gabriel.

Ué, só porque estou apaixonada quer dizer que tenho que ser cega?

– Por que tanta empolgação, Serena? Por acaso estou sentindo um possível romance no ar...?

– *Não!*

O modo como ela falou "não" me deixou intrigada. Quase como se dissesse "*óbvio* que não".

– Ué, por que esse "não" tão determinado? Pode acontecer.

– Sereias e sereianos não ficam juntos, Cel.

– Por que não?

– Sei lá – ela estava sendo sincera – Apenas não ficam. Não sei por quê. É mais raro do que sereias se envolvendo com humanos.

– Hum, curioso. Será alguma coisa de etiqueta, já que todos trabalham para reis e rainhas, ou apenas por que eles não se amarram em garotas metade peixe? – eu ri.

Serena riu também.

– A gente pergunta para o Taikun depois. Agora eu estou com sono...

Em pouco tempo Serena estava roncando. Seu ronco era poderoso para alguém que tinha uma voz tão delicada ao cantar. Adormeci bem depois. Eu

Surfistas, Beijos e um Pé de Pato

olhava para a janela, vendo os peixes solitários nadarem através da cortina semi-transparente, iluminados pela luz da lua.

O mar é realmente lindo...

Acordei com alguém me sacudindo suavemente.

– Alteza? – disse uma sereia com voz meiga e uniforme de empregada, com avental branco, arquinho de babado e tudo – Está na hora de acordar. Já são 10:00, esse foi o horário máximo que Vossa Majestade me permitiu deixar você dormir.

Eu vou matar a Vossa Majestade. Ela nunca ouviu falar nas oito horas mínimas de sono?

– O... Obrigada... – falei, ainda meio grogue, me espreguiçando. Serena estava acordada, sentada no banquinho da penteadeira se arrumando. Ela escovava o cabelo ruivo como se fosse a própria Ariel.

– Vossa Majestade espera Sua Alteza na mesa do desjejum em 20 minutos – a governanta fez uma reverência e se retirou.

– Quem era ela? – perguntei a Serena.

– Ei, eu não conheço todos os trabalhadores do castelo. Esse é o *seu* trabalho. Anda, vai logo se arrumar para podermos tomar o café da manhã. Estou faminta.

– Há quanto tempo você está acordada?

– Relaxa, não faz nem meia hora – Serena nadou até a poltrona, sentando-se enquanto era a minha vez de me arrumar na frente da penteadeira.

Dei uma escovada rápida no cabelo – percebi que eu também estava com fome –, fazendo pequenas bolhas de ar que estavam presas entre os fios se soltarem.

Eu me troquei no *closet*, colocando um top de escamas alaranjadas simples.

– Ai, Celine, seja mais vaidosa, pelo menos enquanto estiver nadando pelo castelo! Olha quanta coisa você tem aqui e não usa! Aproveite que é princesa!

Serena me entregou alguns colares de conchas e enfeites de flor para cabelo e, suspirando, os usei. Quando saímos do quarto a governanta estava lá para nos levar até a área de refeições.

Tomamos um café da manhã realmente digno da realeza junto com Íris. Sem brincadeira, dava para alimentar um exército inteiro com a quantidade de comida que havia ali. Imaginei como era quando só a Rainha comia. Caraca, realmente sobrava *muita* comida. Ou então o que Íris não comia servia para alimentar o resto do castelo.

Embora a variedade de alimentos fosse grande, eu não sabia direito o que cada coisa era e estava com medo de algo cru e nojento. Optei por uns bolinhos de algas gostosos, que fizeram parecer que eu estava num farto rodízio de comida japonesa.

Quando acabamos o desjejum, Íris deu a ótima notícia de que hoje eu iniciaria minha segunda fase de ensinos de sereia. Teria uma aula experimental de canto e dança – para as professoras verem em que nível eu estava antes das aulas começarem pra valer na semana seguinte – e depois meu tutor me encontraria no quarto para indicar uns livros que eu deveria ler antes das aulas de História das Sereias.

Eu fiquei feliz que a parte chata de etiqueta já tivesse passado, mas eu não estava exatamente no clima de dançar ou ler.

As primeiras aulas seriam no Jardim das Algas, um ambiente espaçoso dentro da ilha com janelas grandes, porém tampadas por... algas. Na verdade, quase o lugar inteiro estava coberto por elas, inclusive as paredes. Uma grande área no centro era de pedra, onde eu podia rodopiar bastante sem me incomodar em enroscar a minha cauda em alguma alga traiçoeira. Era como um imenso jardim de inverno subaquático dentro do castelo, onde tudo estava coberto por plantas, menos o chão. Isso tornava o lugar fechado rico em oxigênio.

Assim que saímos do salão do café da manhã, vimos Taikun conversando com outros guardas. Ele nos viu e veio nadando até nós.

– Bom dia! – eu e Serena exclamamos.

– Bom dia! – ele respondeu com uma reverência.

– Ei, eu já disse para parar com isso. É desnecessário.

– Desculpe-me. Fui treinado assim, Alteza.

– Ontem à noite você disse que tentaria parar com a mania de me chamar de "Alteza". Não pode ser tão difícil, pode?

Eu tinha feito aquela promessa de nunca deixar o fato de eu ser da realeza subir à minha cabeça, e promessa é dívida. Eu precisava cumpri-la.

– Na verdade esse é um assunto bem delicado, podemos falar sobre isso mais tarde. Agora vou somente acompanhá-la até suas aulas.

Surfistas, Beijos e um Pé de Pato

Eu juro que, se por trás dessa fachada bonitinha Taikun for na verdade uma espécie de Marlon Júnior, eu vou ter um treco. Mas, quando nos afastamos da Rainha e de seu pai, Taikun se aproximou de mim:

— Se você desejar que eu a chame pelo nome, poderei fazer isso. Só preciso... me acostumar com a ideia. No entanto, não posso ficar chamando-a de Celine na frente da Rainha ou de outros guardas. Isso apenas me traria problemas.

Eu sorri. Isso era um belo começo!

— Como quiser, Taikun. Desculpe por isso, não quero de forma alguma lhe trazer problemas, apenas deixar as coisas menos desconfortáveis entre nós. Pelo que pude perceber pelo seu pai, um Guarda-costas Real e sua protegida passam looongas horas do dia juntos.

— Isso também pode ser evitado, se você quiser.

— Não, não quis dizer isso! Eu só... Ah! – não sabia como explicar sem confundi-lo ainda mais. Mas Taikun pareceu entender logo.

— Tudo bem – disse ele, rindo – Vamos logo para sua aula. Sua amiga já está bem à frente.

— Espera, você vai... junto?

— Certamente, Alteza. Pelo menos nessa primeira aula, para eu saber como é. Oh, isso ia ser *lindo*.

22
Desvendando mitos

Encontramos uma sereia muito bonita no Jardim de Algas, com um cabelo longuíssimo – até o quadril – e loiro planinado, preso num penteado parecido com o da Jasmine, de *Aladin*. Os olhos cinzas refletiam o brilho da cauda prateada. Ela fez um reverência para mim assim que passei pela porta.

– Olá, Alteza. Eu me chamo Melody e serei sua professora de canto.

Tive vontade de rir. Melody, a professora de música? Fala sério!

– Vocês vão ficar para assistir à aula? – ela se dirigiu a Serena e Taikun.

– Claro! – Serena respondeu, sorrindo, enquanto Taikun assentia.

– Então podem se sentar em algum banco – Melody apontou para dois troncos de madeira em forma de banco que estavam encostados em uma parede da sala. Havia um banco circular de pedra na outra extremidade da sala, para onde Melody me conduziu. Sentei-me ali enquanto Melody ficou de pé na minha frente. De acordo com ela, preferia dar aulas de pé.

– Muito bem então! – Melody bateu palmas de forma empolgada para dar início à aula – Bem, mesmo você sendo humana, deve saber que as sereias são muito conhecidas pelas suas vozes, não é?

– Claro. Também sei que elas usam suas vozes para atrair homens para o mar e afundar navios... Ou essa parte é ficção?

– Hum, não. Não é. Na verdade, nós, sereias, temos o dom de hipnotizar as pessoas com o canto. Não é nenhum feitiço, nenhuma letra mágica, nem nada. A magia está mesmo é na voz, e apenas com o poder contido nela conseguimos impor a nossa vontade a quem estiver ouvindo. Usando o timbre certo, você pode controlar alguém com qualquer música. Mas isso apenas para os experientes. Os iniciantes utilizam músicas cuja melodia facilita a hipnose.

Eu assenti, mostrando que estava compreendendo tudo. Melody continuou:

– Quando você hipnotiza alguém, suas mentes ficam conectadas. Pense em alguma coisa e esse alguém fará aquilo que estiver em sua mente. No início é mais fácil dizer em voz alta, depois você domina melhor a técnica. O importante é não interromper o canto. Humanos são mais fáceis de hipnotizar do que sereias. Por outro lado, é mais fácil hipnotizar alguém de sexo oposto ao seu, de modo que um tritão hipnotiza melhor uma mulher, e uma sereia um homem.

– Tritões também são capazes disso? Achei que fossem só as sereias!

– Mas é claro que tritões também são capazes de hipnotizar pessoas! São da mesma espécie das sereias, não são? Também possuem a voz mágica. Mas, voltando, existem quatro níveis de canto para hipnose. No meu caso, indo do mais fácil para o mais difícil, temos: homens, mulheres, tritões e, por último, outras sereias.

– Nossa! Sereias podem hipnotizar outras sereias! Isso também é novidade!

– Sim, mas é muito difícil. E elas podem voltar à conciência a qualquer momento se se esforçarem muito. Ou, com as mentes ainda ligadas, a sereia que estava sendo hipnotizada pode inverter o quadro, hipnotizando a outra que estava cantando.

– Que maneiro! – nessa hora olhei para Taikun, que também ouvia interessado o que Melody tinha a dizer – Podemos hipnotizar sereianos também?

– Mas é claro. Só que é mais difícil do que hipnotizar sereias.

– Aaah...

Pude ver um meio sorriso se formar nos lábios dele. Outra coisa passou pela minha cabeça:

– Onde eu me encaixo nessa escala?

– Não sei bem... Você é humana, porém possui magia de sereia no sangue. Vamos ver se consigo hipnotizá-la facilmente com o nível dois. Não se preocupe, é só um teste e vai ser rapidinho.

Pfft.

Ela mal abriu a boca, começando a cantar, e eu perdi completamente o controle de mim mesma. Minha vista ficou embaçada, como se eu tivesse 500 graus de miopia, e minha mente parecia oca. Aparentemente, eu não tinha controle de nenhum dos meus cinco sentidos, porque nem meu tato parecia estar funcionano. Eu parecia estar simplesmente flutuando numa espécie de nada e perdi a noção de se estava fora ou debaixo d'água. Entendi como era tão fácil os marinheiros se afogarem. Imagine se eu não tivesse guelras agora?!

Voltei ao nornal pouco depois e a última coisa que eu me lembrava era que Melody não estava mais cantando. Ela tinha me mandado fazer alguma coisa? Ela tinha me hipnotizado por poucos segundos ou por mais tempo?

Sabe quando você assopra a sopa muito rápido e depois se sente meio tonta e seus ouvidos estão meio que zumbindo? Era assim que eu me sentia depois de sair do transe, só que um pouquinho pior.

A experiência foi completamente desagradável. Eu me senti melhor por ter Taikun ali. Fiquei com medo, mas sabia que, como meu guarda-costas, ele não deixaria nada de ruim acontecer comigo. E Serena também estava lá.

– E-e então? – balbuciei, meu cérebro formigando. Cara, isso era perigoso.

– Bom, acho que... Acho que isso não passa de uma questão de treino! – Melody tentou me animar – Logo você aprende a exercitar melhor sua voz e sua mente! Vai ter até melhor controle sobre si mesma. Vai te fazer um bem danado!

– Aham... – falei, sem animação.

– Não se preocupe, a parte de hipnose vem por último. Antes você vai ter aulas normais de canto, aprendendo as diferenças das vozes femininas, treinando o vibrato, essas coisas! Geralmente, as vozes das sereias são classificadas entre soprano e meio-soprano. Nunca houve uma sereia com voz grave o suficiente para

Surfistas, Beijos e um Pé de Pato

165

ser considerada contralto. Vamos dar uma escutada pra ver aproximadamente qual será a sua classificação! Pode escolher a música que quiser, ou optar só pela melodia.

Oh, God. Era agora.

Tentei não olhar para Taikun e Serena enquanto eles se endireitavam no banco de madeira para me ouvir melhor. Serena sorriu, me encorajando.

Respirei fundo. Antes que eu amarelasse, comecei a cantar uma música que eu gostava muito de ouvir de vez em quando, para relaxar depois das provas, ou simplesmente quando eu queria variar um pouco do ritmo pop e rock que dominava o meu iTunes: *The Voice*, das Celtic Woman.

Cantei apenas a parte inicial, cantando com vontade as partes em que a nota se prolongava. Eu ia mostrar pra eles! Todas as tardes cantando essa música no chuveiro não seriam em vão!

– I hear your voice on the wind / And I hear you call out my name. / "Listen, my child" you sing to me / "I am the voice of your history / Be not afraid, come follow me / Answer my call and I'll set you free"...

Ao contrário de quando eu ouvia Lady GaGa ou Ke$ha, em que eu simplesmente não conseguia cantar sem dançar também, nessas músicas clássicas meio medievais eu sempre fechava os olhos e me deixava levar pela emoção da melodia.

Eu estava no finalzinho, na parte do "free" longo e agudo, quando abri os olhos e vi o queixo de Serena e de Taikun escancarados, os dois embasbacados. Aquilo me desconcentrou e eu parei de cantar, ruborizando.

Caraca! Eu cantava *tão* mal assim?

– Por que parou? – perguntou Melody.

– Porque eu sou um desastre.

Pronto, falei.

Eu sei que não sou nenhuma Emmy Rossum da vida, mas também não precisavam fazer uma cara como aquela!

– Não é não! – disse Serena – Meu Deus, Cel, você é ótima!

– É mesmo! – falou Taikun.

– Concordo – Melody deu um sorriso – Nada mal mesmo. Mais algumas semanas e você chegará ao nível das sereias. Nem precisarei ter muito trabalho com você!

— É... sério? – perguntei, sem acreditar.

— É claro que é sério! – Serena exclamou – Por que precisaríamos estar mentindo?

— Eu não sei, mas... Isso significa que não preciso ter pena dos vizinhos quando estou no banho? – fiquei animada.

— Não mesmo! – Serena riu, acompanhada por Melody e Taikun.

Uau! Eu sempre gostei de cantar, mas nunca pensei que pudesse ser boa de verdade! Ela falou que mais umas semanas e eu estaria como uma sereia de verdade! Aaaaaah!!!

A melodia daquela noite no teatro me veio à cabeça e eu tentei me imaginar cantando quase melhor do que os anjos do céu, mas não consegui. Aquilo era um sonho se tornando realidade!

— Você não disse qual era o meu tipo de voz.

— Definitivamente soprano! – exclamou Serena.

Eu não sabia taaanto assim de música.

— Esse é o nível mais agudo de voz feminina, certo? – perguntei, só pra ter certeza.

— Certíssimo – disse Melody – Agora algumas observações: sua extensão vocal parece ser muito boa, Alteza, muito boa mesmo! E eu adorei o seu vibrato, que simplesmente aparecia nas horas perfeitas! Mas ainda precisamos dar um jeito na sua tessitura.

Claro, claro. E eu preciso entrar no Google assim que chegar em casa pra saber do que diabos ela está falando.

— Foi um prazer conhecê-la, Alteza! Mas infelizmente nossa hora de aula já acabou. Até semana que vem!

— Até! – eu acenei feliz da vida, enquanto ela ia embora depois de fazer uma pequena reverência.

Serena e Taikun vieram falar comigo.

— Puxa, Cel, você tem talento! Até para uma sereia! Se você fosse da minha escola, poderia participar do coral comigo!

– É, mas eu nunca tinha visto uma sereia hipnotizar alguém antes... – falou Taikun – Desculpe, Alteza, mas você ficou medonha. Seu rosto ficou completamente sem expressão, e suas pupilas dilataram de um jeito anormal, ficando brilhantes... – ele estremeceu – Bom, só espero que ela não faça isso de novo na próxima aula. Pode ser perigoso. E então eu terei que me opor a isso.

– É, eu pensei nisso. Sabe, deu mesmo um pouco de medo... E agonia... Serena, você também consegue hipnotizar as pessoas?

– Só os homens humanos – falou ela – Aprendemos na escola os níveis um e dois como meio de defesa quando chegamos no Ensino Médio. Mas é difícil... Também dói o cérebro para quem está hipnotizando.

– Teeenso... – falei.

Bem nessa hora outra sereia entrou na sala. Eu levei um susto, pois essa sereia não era nada graciosa: ela não tinha curva nenhuma! Tudo bem que uma sereia rechonchudinha como Flora devia fugir dos padrões sereiescos, mas uma sereia tábua também não devia ser nada comum. Ela tinha o corpo atlético, mas muito, *muito* magro. Os olhos eram escuros e frios, usava o cabelo castanho preso num coque apertado e um xale de Seda de Diamante azul escuro, combinando com a cauda. Parecia uma professora de balé à moda antiga, só que meio peixe.

– Olá, Alteza. Sou Karin, sua nova professora de dança.

– Nova? Mas eu não tive nenhuma professora de dança antiga ainda! – eu ri.

Juro, eu não estava fazendo piada nem nada, eu simplesmente disse o que tinha vindo à minha cabeça sem nem pensar. Eu sofro desse mal.

– Você pode se achar engraçadinha, *Alteza* – falou Karin, com uma entonação estranha – Mas saiba que isso não teve a menor graça. Mais uma piadinha e vou me reportar à Rainha, entendeu? Meu trabalho é bem sério e eu não tolero brincadeiras.

Gente... Que bicho mordeu essa sereia velha?

– Er... Desculpe, Karin.

– *Senhorita* Karin, para você.

Hunf, senhorita? Desculpe, mas você está mais para senhora, foi o que eu queria ter dito. Mas, como não havíamos começado muito bem, simplesmente não dis-

Carolina Cequini

se nada. Serena e Taikun voltaram para seus lugares no banco, obviamente não querendo chamar a atenção dessa professora ranzinza.

Ela começou a aula já me dando uns passos em que eu devia rodopiar, ondular a cauda, mexer os braços, rebolar e sei lá mais o quê. Ela pirou se achava que eu ia conseguir fazer tudo aquilo de primeira.

Bom, eu me surpreendi comigo mesma na última aula. Podia acontecer de novo...

Ou não.

Eu mal comecei a coreografia e ela abriu os braços, desesperada:

– Para, para, para! Está horrível!

– Como é que é? – cruzei os braços.

– Isso mesmo que você ouviu. Está péssimo. Comece de novo.

Respirando fundo, tentei de novo.

– Para, para! Seja mais graciosa! Pelo menos *finja* que é uma sereia! Nunca imaginei que fosse ter tanto trabalho pela frente, mesmo sendo uma humana.

– O quê?!

Karin fez uma cara tão feia que achei melhor ficar quieta.

– Ai, deixa eu mostrar como se faz uns movimentos *decentes* – falou ela, brava – Serena, não é?

Serena fez que sim, assustada.

– Venha aqui e mostre os passos a *ela*.

Ai. Com essa entonação, ela poderia muito bem ter dito "a essa humana incompetente" que seria muito mais discreta.

Serena fez o que ela mandou.

– Ah, *isso* sim é dança de verdade! – disse Karin.

Espere... Ela estava... *sorrindo*?

Karin se virou pra mim, e o resquício de sorriso já tinha desaparecido.

– Sua vez.

Eu tentei mais algumas vezes. A toda hora – pelo menos a cada dez segundos – Karin me parava para corrigir alguma coisa e chamava Serena para dar o exemplo.

Olha, minha filha, eu sei que não faço igual, mas eu também não sou tão ruim assim, tá?? Eu já fiz jazz, poxa!

Surfistas, Beijos e um Pé de Pato

Na metade da aula eu já estava exausta física e psicologicamente e havia desistido. Toda vez que ela me chamava a atenção para alguma coisa eu virava o rosto para Taikun e Serena e dizia "BRUXA!" com os lábios. Dane-se se ela estava vendo. Que fale com a Rainha.

Isso fazia os dois se segurarem para não rir, e Karin me fuzilava com os olhos e mandava ver no sermão.

Bruxa!

A tortura finalmente acabou e, exausta, voltei para o meu quarto. Ainda precisava esperar pelo meu tutor para aprender mais sobre as lendas de sereias. Mal tive tempo para descansar. Pouco tempo depois houve uma batida na porta e um tritão de meia-idade entrou pelo meu quarto. Ele possuía uma cauda roxa bem escura, o cabelo era preto e seus olhos de um violeta profundo. Vestia uma camisa social com um colete por cima e uma gravata. Seu cabelo comprido estava preso num rabo-de-cavalo baixo e ele também usava um óculos de grau de aro dourado, dando a ele um ar de intelectual. Um pisquei, ainda mal-acostumada com a beleza dos seres do mar.

– Boa tarde, Alteza! Chamo-me Alexandre Escamas e serei seu professor de História das Sereias.

Hmm, Senhor Escamas? Mas que tipo de nome é esse, meu Deus?

Alexandre sentou comigo em minha escrivaninha e tirou de sua pasta diversos pergaminhos como leituras extras, além dos três livros grossos que trouxera consigo. Ele não viera para ficar muito tempo. Pediu para que eu lesse o primeiro livro da lista e depois poderia ir para casa, o resto das coisas era para as semanas seguintes.

Ufa! Ele tinha conseguido me assustar nessa!

Serena se encontrou comigo logo depois. Ela e Taikun estiveram lanchando com outros funcionários do castelo enquanto eu comia com a Rainha no quarto dela, contando-a sobre as aulas de canto e dança (sem comentários). Taikun ficara com os outros guardas enquanto isso; não havia motivo para ficar comigo enquanto eu estava estudando. Serena folheava uma revista de fofocas marinhas.

Bom, vamos logo com isso, pensei. Peguei o tal livro de capa dura e o folheei rapidamente. As lendas de sereias eram divididas de acordo com o lugar de origem, como Grécia, Inglaterra e Brasil. Respirei fundo e comecei a ler.

Aparentemente, as sereias estão na Terra há tanto tempo quanto os humanos, senão mais. Porém, não são os únicos seres mágicos que habitam os oceanos. Os seres marinhos podem ser divididos em três grandes espécies: sereias, sirenas e sereianos

Sereias compõem a grande maioria. A diferença básica entre elas e as sirenas é que, apesar de ambas terem talentos musicais, as sirenas não são tão desenvolvidas sociologicamente. Ariscas, vivem isoladas ou em bando nas profundezas do oceano. Não conseguem falar, apenas emitir sons, mas são as que possuem maior magia na voz, por isso não precisam da ajuda de instrumentos musicais como os que eu vi no Teatro. Elas têm mais características de peixe, como escamas nos braços e membranas entre os dedos da mão e nas orelhas.

Sereianos não possuem magia, apenas habilidades físicas como agilidade, força e sentidos altamente apurados. Ah, claro, e não possuem cauda de peixe, apenas pés membranosos que lhes conferem hidrodinâmica.

As sereias governam os mares e seu reino funciona como os do feudalismo europeu, com diversos castelos espalhados. A diferença está no fato de, ao contrário de ter vários nobres e apenas um rei (que não valia nada, era como qualquer outro nobre), haver vários reis e rainhas e um imperador: o Imperador dos Mares, o Rei dos Reis, o Rei Netuno. Sim, Netuno, com seu tridente mágico e tudo. Serena confirmou.

Bom, Netuno dividiu o oceano em diversos reinos menores e nomeou sereias e tritões de sua confiança para reinarem em lugares longínquos. Esses reinos sobrevivem arrecadando impostos do povo-sereia (as famosas moedinhas brilhantes feitas de casca de ostra) em troca de um lugar subterrâneo protegido onde eles possam morar.

Não há comércio entre os reinos por questões de segurança. O perigo são os humanos, claro, e também animais selvagens, como tubarões, e criaturas hostis.

Essa foi a parte que eu cutuquei a Serena para ter certeza de que não era invenção do livro. Krakens? Kelpies? Nem todos estão sob a vigilância de Netuno? *O que diabos isso queria dizer?*

E, pelo visto, as sirenas, apesar de lindas, não são nada fofinhas. Elas são as responsáveis pelas lendas de sereias devoradoras de homem. Sim, é isso mesmo que você está pensando: elas comem carne de gente. E, de acordo com o livro, de sereias também.

Ah, ótimo. Sou duplamente apetitosa.

Outra coisa que me tirou do sério era o modo como o livro se referia aos sereianos. Por que eles são obrigados a servir as sereias? Por que estão subordinados aos reis e rainhas ajudando a defender os reinos?

Poderia perguntar ao Taikun, algum dia.

Finalmente terminei o livro do dia e tive que correr para casa, pois, pela claridade do mar diminuindo, supus que estivesse ficando tarde.

Serena se despediu e foi para a casa dela. Eu me encontrei com seus pais na porta do castelo. Eram uma sereia e um tritão muito simpáticos. Serena tinha puxado o cabelo ruivo da mãe, que era linda, mas os olhos dourados e calorosos eram do pai. Eles me cumprimentaram, humildes, e Serena foi embora com eles.

Achei que era a deixa para voltar para casa também. Só Deus sabe a quantidade de dever acumulado que eu tinha para fazer no final de semana e que *não* tinha feito.

Taikun me esperava para me levar até a praia. Fomos conversando durante o caminho.

– E então... seu emprego de guarda-costas inclui proteção contra bruxas de plantão? – perguntei, depois que ele me perguntou se tinha aproveitado a leitura e falei que tinha sido bem melhor que a aula de dança.

– Não, acho que não... – ele riu. Percebi que, mesmo hoje, nós já estávamos mais confortáveis com a presença um do outro. Seria só uma questão de tempo, como pensei.

– É uma pena! – bufei – Seria muito útil!

Foi então que eu decidi perguntar algo que esteve na minha cabeça desde que disseram que eu teria um guarda-costas.

– Taikun... Do que *exatamente* você me protege? Sério? Eu ainda não entendi porque preciso de um guarda-costas... Sem ofensas! Mas eu realmente não entendo.

– Ah, na verdade, é mais uma precaução. Não é como se você estivesse sendo perseguida pela máfia e precisasse de um protetor 24 horas por dia... Mas cidades praianas nunca são o lugar mais seguro para sereias, e um guarda-costas pode servir para protegê-la de humanos, pescadores, caçadores...

– Nem todo humano entra na água pra matar um peixe, Taikun – fiquei irritada – Alguns podem estar só querendo passar a tarde na praia com a família. Não é justo o jeito como nos tratam!

– Não é justo o jeito como vocês tratam o mar! – exclamou ele, ao passarmos por um pacote de Cebolitos que flutuava na água. Taikun a recolheu e a guardou no bolso, provavelmente para impedir que alguma tartaruga engolisse aquilo e morresse sufocada, ou coisa parecida.

– Pois saiba que eu *nunca* deixo lixo na areia quando vou à praia! Eu tenho consideração pelos outros, sabe?

– Não estou falando de *você*, Alteza.

– Eu sei, eu sei... – suspirei – Sei o que você quer dizer. Mas então... É só contra pescadores malvados que você me protege?

– Bom, não. Para princesas que passam mais tempo em alto-mar, meu dever é protegê-las contra animais perigosos, como moreias, raias, tubarões... Eu não quero me gabar, mas eu consigo acabar com um tubarão-tigre fácil, fácil!

– Ei, eles estão em extinção, sabia? Quem é o inimigo da natureza agora?

Taikun revirou os olhos, rindo.

– De qualquer forma, deve ser muito fácil acabar com um tubarão com uma coisona dessas – eu peguei o tridente que ele segurava e quase o deixei cair na areia. Era pesado! Ao tentar equilibrá-lo, quase acertei o rosto do Taikun. Se ele não tivesse bons reflexos, provavelmente estaria sem um olho agora.

– Ei! Isso se chama tridente! E tome cuidado com ele! Anda, devolva-me antes que você acabe machucando a si mesma! – ele pegou de volta da minha mão.

– Opa, foi mal... E eu *sei* o nome. Só queria ver de perto.

Surfistas, Beijos e um Pé de Pato

– Da próxima vez, peça primeiro, ok? Assim eu te ajudo a segurar antes que você arranque minha cabeça fora.

Taikun voltou a ficar sério.

– Mas, voltando ao assunto, a minha principal função como seu guarda-costas é proteger o seu segredo.

– Hum?

– Para poder assumir o cargo, tive que aprender muitas coisas, inclusive um jeito antigo de misturar algas e plâncton até formar uma pasta que, quando ingerida, pode apagar a memória. É para o caso de algum humano descobrir que você é sereia – ele deu de ombros, como se fosse algo óbvio.

De entre as adagas e frascos em seu cinto de Guarda-costas Real, Taikun tirou um pequeno potinho de vidro, com um conteúdo verde-musgo dentro. Encarei o vidrinho, impressionada. Era tipo uma poção para perda de memória! Achei que isso só existia em Harry Potter!

– Que MA-NEI-RO! – exclamei – Funciona mesmo?! Em qualquer pessoa?

– Mas é claro.

Foi então que eu pensei numa coisa...

Na verdade, isso já me tinha vindo à cabeça faz um tempo... o que o pessoal da escola – leia-se Bruna – diria se me visse como sereia? Já deu pra imaginar a *cara* que ela faria quando visse minha cauda azul turquesa? Mesmo ela não se lembrando de nada mais tarde, era uma satisfação que eu guardaria para a minha vida inteira.

– Acho que já sei em quem usar! – falei, pegando o vidrinho da mão dele.

– Alguém já te viu?!

– Não! É claro que não!

– Então o que você vai querer fazer com isso? – Taikun parecia confuso.

– Hmm... – dei um sorriso malicioso – *coisas*...

– Ei, é proibido usar poções, sabia? Eu tenho licença para usá-las única e exclusivamente em casos extremos! Agora me devolva.

Taikun tentou pegar o vidrinho, mas eu me desviei e nadei pra longe.

– Nem vem! Isso aqui vai ser muuuito divertido! – eu bati a cauda com mais força. Eu estava quase na praia...

Taikun me ultrapassou facilmente, parando na minha frente e me impedindo de avançar.

– Não estou brincando, me dê agora.

– Mas que droga! Por que os sereianos tem que ser tão rápidos?

– *Agora*.

Suspirei.

– Toma, seu estraga-prazeres – joguei o vidrinho pra ele, que o pegou no ar... quer dizer, na água.

Taikun parecia estar irritado. Opa! Não foi intencional. Eu só estava brincando. Achei que já havíamos chegado a esse nível de amizade, mas pelo visto estava enganada. Além do mais, sabia que nunca teria coragem de realizar meu planinho maluco. Pode não parecer, mas às vezes meu bom senso consegue vencer a luta na minha cabeça.

Enfim chegamos à praia e meu guarda-costas parecia estar realmente mal-humorado. Maravilha.

– Er... Bom, eu vou indo – falei depressa, correndo para pegar o impulso da onda e chegar quebrando na areia.

Sempre optava por subir à superfície em algum ponto onde sabia que estaria deserto, e isso geralmente acontecia quando a praia da Barra começava a dar lugar à praia do Recreio. Seria uma longa caminhada até a casa da minha tia e não sei como consegui chegar tão rápido, se levar em consideração os meus passos cambaleantes. Eu tinha razão sobre as pernas dormentes.

Surfistas, Beijos e um Pé de Pato

23
Boas ou más notícias?

Ao voltar da escola, me deparei com aquela típica conversa que rende quase uma semana inteira: o que aconteceu na festa animadíssima da fulaninha no final de semana. A social dessa vez foi na casa de uma garota do terceiro ano, e pela animação de toda a turma percebi que alguma coisa importante devia ter acontecido.

Nem sabia que ia ter uma festa esse final de semana, mas fiquei curiosa e não consegui esperar até o recreio.

Dani, vc sabia dessa festa?

É claro! Eu ñ t falei q o Rafa tinha me convidado pra ir com ele?

*Hum... talvez...
Mas isso quer dizer q vc foi????*

Carolina Cequini

*Meu Deus, Cel, vc presta UM POUCO de atenção
nas coisas?? Ninguém pode ser tão avoada, menina!
Aposto que nem sabia que ia ter essa festa, mesmo com as
meninas falando sobre ela quase o tempo todo!!*

Ei, a culpa não é bem minha. Sabe como é, estive meio que preocupada o mês inteiro com uma certa cerimônia real.

*Se eu soubesse ñ estaria t perguntando, né??
Mas isso quer dizer q vc foi??
Me conta o q aconteceu d bom q tá
todo mundo fofocando!*

*Vc quer saber d TUDO? Pq a festa foi tão
louca q nem EU sei d tudo. Sério, acho q os pais ñ
deviam liberar tanta bebida assim.*

*Dani, é uma festa do TERCEIRO ANO. Vc SABE
como eles são. E é claro q eu ñ quero saber
de tudo TUDO, mas aconteceu alguma coisa d
interessante com alguém da turma?
O pessoal tá animado. Principalmente a
Vaca-mor e suas baba-ovos.*

Ela sabia de quem eu estava falando. O próximo bilhetinho demorou para chegar e eu esperei pacientemente, apesar de curiosa, achando que ela estivesse descrevendo com detalhes as novidades. Mas, quando olhei para a Dani de novo, ela apenas encarava o papel com um olhar preocupado, não escrevia nada.

Joguei a borracha na mesa dela, fazendo-a levar um susto.

– VAI LOGO, ESTÁ ME ASSUSTANDO – disse a ela silenciosamente.

Ela, mestra em me entender por leitura labial depois de tempos de prática, escreveu rapidamente algo no bilhete e me passou assim que o professor virou as costas.

Surfistas, Beijos e um Pé de Pato

N dá pra falar por bilhetinho. Nos encontramos no recreio.

Fiquei com medo. Devia ser algo importante para impedi-la de passar seus preciosos 30 minutos com o namorado.

Só posso dizer que depois disso fiquei me corroendo pelas longas duas horas que se seguiram. Eu realmente não ligava para aqueles intervalos numéricos e não estava no clima para decifrar aquele galego-português das aulas de literatura.

Então, quando o recreio finalmente chegou, pegamos logo nosso lanche e fomos direto para o jardim de flores, um lugar perto do pátio infantil onde a escola cultivava várias espécies de flores para as aulas de biologia. Um lugar bom, bem isolado e vazio na hora do recreio do Ensino Médio, a não ser pelo zelador.

– E então? Conta logo, você me deixou curiosa durante todo o tempo de matemática e literatura!

Dani tomou um longo gole do seu suco de maracujá e deu uma mordida no pão com requeijão. Ela mastigou lentamente.

– Daniela!

– Ah, tá, tá! – ela gemeu de boca cheia – É que... – pequena pausa para engolir – Eu não sei por onde começar!

– Que tal pelo começo? A festa foi sábado que horas?

– Começou umas 22:00, na casa da Fernanda. A Camila e a Ju estavam superanimadas no jantar do Balada a respeito da festa, mas a Pri... Tadinha, ninguém do terceiro ano nem da turminha popular *best friend* do terceiro ano convidou ela. Então ela não foi, sabe como ela é tímida demais para ir de penetra. Eu fui de carona com o Rafa e um amigo dele, encontrei as meninas lá dentro. Cara, a festa tava uma baixaria! Era só funk e microvestidos e álcool pra tudo quanto é lado! Eu tive que ficar controlando tudo o que o Rafa pegava pra tomar!

Isso é a cara da Dani. Sério, até nessas horas ela consegue ser certinha. Quer dizer, não que eu preferisse que ela fosse uma alcoólatra nem nada e enchesse a cara até não poder mais.

– E o Rafa não ficou de saco cheio de você? Quer dizer, ele é da turma da bagunça.

– Se eu não controlar ele, quem é que vai? Sabe, é por isso que a mãe dele gosta de mim. Mas, sério, foi horrível, nunca mais vou num troço desses! Tinha gente vomitando, gente se agarrando... Você fez bem em ficar em casa estudando... Espera, o que eu estou dizendo?? Você devia é ter ido com a gente no shopping, porque a gente também aproveitou para ir ao cinema! Isso sim foi divertido!

– Dani, você não está contando o mais importante! O que aconteceu que a Bruna estava toda felizinha? Eu tive um mau pressentimento...

– Er... Bom... Já que você não foi ao encontro com o Gabriel por causa dos estudos e do programa de família – sério... se mata – ele decidiu ir pra festa também... E eu juro que não vi nada! Nem vi os dois juntos em nenhuma parte da festa, mas como eu fui embora mais cedo...

Aquilo não estava ficando bonito.

– Bom, os rumores que estavam no Twitter no dia seguinte eram de que o Gabriel e a Bruna tinham ficado!

Aquilo foi como um chute no estômago. Imediatamente o pão velho do lanche da escola ficou ainda mais duro na minha garganta e eu não conseguia engolir. Tive que forçar um pouco, mal conseguia respirar, e por algum motivo meus olhos começaram a arder.

– O-o quê? – consegui murmurar.

– Alguém fez a listinha de todas as ficadas da festa, provavelmente pra contar quantas meninas os garotos tinham pegado... O Gabriel e a Bruna apareceram, apenas uma vez, mas... Cel, você tá legal? Eu não queria te contar, nem sei se a fonte é confiável! Tava a maioria do povo bêbada, podem ter confundido um outro garoto com o Gabriel, a Bruna também ficou com outro cara... Cel, tá me ouvindo?

Por que eu estava tão abalada? O Gabriel e a Bruna já tinham ficado outras vezes em festas e baladas. Não que isso significasse muita coisa, já que ele pegava mil garotas e ela vários garotos toda vez que saíam em programas assim, o que é muito injusto, já que eu nem tive meu primeiro beijo. Que eu esperava que fosse com o Gabriel. E esperava que fosse especial pra mim. E pra ele. Mas, pelo visto, ele estava muito ocupado ficando com certas vacas provavelmente bêbadas.

Então, voltando, por que eu estava chateada? Ah, sim, porque eu achava que estava rolando algum "nós" desde o dia no shopping e o dia na praia, e achava que ele também ficara muito triste por não podermos passar o dia na lancha do pai dele nesse final de semana, assim como eu fiquei. Achava que ele estava contando os dias para a próxima vez de nos encontrarmos.

Surfistas, Beijos e um Pé de Pato

Será que esse romantismo ainda existe hoje em dia? Ou será que eu estou sendo boba demais e talvez nunca deixe de ser BV?

Bom, pera lá, sereias existem, então talvez eu devesse ter esperanças. Mesmo que essas esperanças pudessem ser arruinadas logo no início de uma semana.

– Cel? Você tá chorando?

– N-não...

– Mas seus olhos...

– Eu provavelmente devo ter alergia a pólen, tá legal?! – exclamei, sem conseguir me conter. Eu já não estava mais com fome e quase derrubei o suco ao abraçar meus joelhos, de repente com frio.

Dani me abraçou e nós ficamos ali até o final do recreio, rodeadas por flores coloridas e cheirosas que não combinavam nada com o meu humor.

Quando voltamos para o prédio do Ensino Médio, pude perceber uma certa agitação feminina perto do portão. Ouvi palavras como "gato", "gostoso" e "modelo" em várias conversas e, apesar de não estar nem um pouco curiosa a respeito do que estava acontecendo – impressionante como uma depressão pode nos deixar irreconhecíveis –, fui obrigada a me virar ao ouvir o meu nome.

– Celine!

Ei, eu conhecia aquela voz... Sorte que ele não gritou "Alteza".

– Taikun! O que está fazendo aqui na escola?! Não, o que está fazendo *fora do mar*?!!

Ignorei os olhares em minha direção quando perceberam que ele era meu conhecido. Eu não consegui deixar de encarar os pés dele, completamente normais usando chinelos. A roupa inteira estava úmida, até o cabelo, como se ele tivesse acabado de sair do mar – o que provavelmente tinha acontecido e explicava a excitação das garotas da escola. Quer dizer, a blusa dele estava completamente *colada* na pele.

Puxei-o para um canto mais afastado das meninas indiscretas.

– Como conseguiu sair da água?! – cochichei.

– Felizmente para você, que não é sereia em tempo integral, nós sereianos temos a capacidade de sair da água. Estamos adaptados aos dois ambientes, temos pés em terra firme e nadadeiras e guelras quando entramos no mar.

Hmm... Isso explica o porquê de eu ter acordado no meio da areia no dia em que descobri que era princesa. Marlon ou algum outro guarda deve ter me levado até lá.

— Mas o que você está fazendo *aqui* na escola?

— Vim atrás de você, é claro! Esperei um tempão na praia para levá-la ao castelo, mas não apareceu.

— Dááá, começaram as aulas! Ou você acha que a vida ia ser um eterno final de semana para eu ir brincar de Pequena Sereia?

Talvez eu tenha sido grossa com ele, mas Taikun chegara em má hora para conversar comigo.

Apesar de tudo, ele parecia aliviado.

— Pensei que estivesse chateada com o que aconteceu ontem — esclareceu ele — Foi embora sem nem me esperar para acompanhá-la.

— Ah, eu não achei que você fosse *sair* da água! Para mim ia só me acompanhar até lá mesmo! E eu não me despedi direito porque achei que *você* estivesse chateado comigo.

— Eu? — Taikun se surpreendeu.

— É, você tava meio calado. Achei que estivesse bravo por eu ter agido feito uma idiota.

— Eu só estava pensando... — ele pegou aquele potinho de vidro de dentro do bolso, aquele com a poção verde que apagava a memória — Acho que, se você me contar o que quer fazer com isso, talvez eu possa...

Antes que ele pudesse terminar a frase, Dani se aproximou e Taikun enfiou o vidrinho dentro do bolso novamente. Camila, Juliana e Priscila estavam com ela.

— Ei, Cel, não vai nos apresentar esse seu novo amigo? — falou Camila, na maior cara de pau.

Antes que Taikun pudesse abrir a boca, disse sem pensar:

— Esse é Taikun, meu primo de intercâmbio que veio do Havaí! Suas aulas ainda não começaram, então ele aproveitou para ir à praia, por isso está ensopado! Sabe, é costume no Havaí as pessoas mergulharem de roupa, hahaha! — comecei a rir quase histérica. Nem sei por que me veio Havaí na cabeça, mas acho que eu estava pensando num lugar bem distante do Brasil, sei lá.

Taikun revirou os olhos, mas sorriu para as meninas e cumprimentou-as, ficando vermelho quando recebeu os dois beijinhos de cada uma na bochecha. Elas, claro, ficaram doidinhas com isso.

— Puxa, sério que você é do Havaí?!

— Bom, mais ou menos... — ele se calou quando viu meu olhar — Sou, sou sim.

— Ai, eu sempre quis conhecer o Havaí! Que maneiro que você veio de lá!

— De onde veio o seu nome "Taikun"? É tão diferente!

— É-é indígena! — falei depressa — Os "tataratataravós" dele eram de uma tribo nativa!

— Que legal!!! — todas exclamaram.

Lá pela terceira vez em que o sinal tocou, os professores começaram a se zangar e a chamar as alunas para as salas, enquanto os meninos, mal-humorados, olhavam para Taikun de cara feia.

Taikun me puxou ainda mais para a parede, se aproximando bastante e sussurrando para ninguém ouvir:

– Você vai para o castelo hoje, Alteza?

– Celine.

– Celine! – ele sorriu. Não pude deixar de notar como meu guarda-costas parecia muito mais tranquilo longe do castelo. Tenho certeza de que ele não aceitaria me chamar de Celine se estivéssemos lá.

Pensei por um momento. A notícia sobre Gabriel e Bruna me deixara arrasada. Eu provavelmente não teria outra coisa melhor a fazer hoje do que chorar em casa. E comer chocolate. Então topei, por que assim poderia me distrair. E Serena sempre tinha uns conselhos ótimos.

– Vou sim – falei.

Ele se afastou para me deixar ir para a aula.

– Então te espero na praia, Princesa! – Taikun acenou pra mim antes de ir embora.

Pude ouvir centenas de suspiros vindo das adolescentes que ainda nos observavam das salas. Meu professor de geografia, possesso, me chamou mais uma vez. Pude ver a cara incrédula de Bruna com o que acabara de ocorrer, principalmente com a última frase. Sorri.

Sabe, foi uma boa Taikun ter vindo até aqui, apesar de eu não saber como ele tinha descoberto onde eu estudava. Bom, ele é um guarda-costas, deve ter seus meios.

Só espero que o Gabriel tenha visto isso, assim como o resto da escola.

Surfistas, Beijos e um Pé de Pato

24
Atlântida

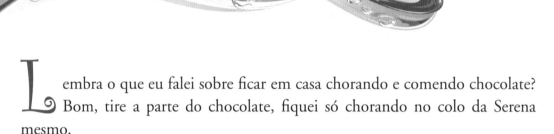

Lembra o que eu falei sobre ficar em casa chorando e comendo chocolate? Bom, tire a parte do chocolate, fiquei só chorando no colo da Serena mesmo.

– Cel, não chore! – Serena dizia, tentando me consolar. Eu estava deitada em minha cama do castelo, agarrada a um travesseiro macio, enquanto ela, do meu lado, acariciava meu cabelo.

Taikun estava parado no quarto, já com o uniforme de guarda-costas real, sem saber o que fazer. Como proteger a sua princesa de um coração partido?

– Cel, está me ouvindo? Pode ser um mal-entendido. Não, eu tenho *certeza* de que foi um mal-entendido! Pensa só: como sua amiga disse, tava todo mundo bêbado, e podem ter confundido o Gabriel com outra pessoa. A Dani afirmou que não viu os dois juntos em nenhuma hora da festa. E, se ele planejava passar o sábado com você e o pai dele, é porque alguma coisa por você ele sente! Por que razão se atiraria então na primeira garota que fosse falar com ele na festa?

– Eu não sei, tá legal? Eu não sou um garoto para entender a mente estranha deles!

E então eu me toquei e olhei para Taikun.

– Taikun! Um garoto faria uma coisa dessas?! Convidaria uma menina para passar o dia num barco com o pai dele e, depois que ela cancelasse, iria para uma festa e pegaria qualquer uma que aparecesse?!

Serena encarou Taikun também com um olhar de "Me ajude!". Ele hesitou um pouco antes de responder, provavelmente pensando no que dizer para me animar.

– É lógico que não! Um homem não desistiria no primeiro "não" que recebesse. E nunca ficaria com outra se gostasse de verdade de uma garota. E, pelo que eu já ouvi dele... Ele parece realmente gostar de você.

Serena sorriu agradecida para Taikun e depois olhou para mim.

– Viu o que eu disse?!

Parei de chorar um pouco.

Eles tinham razão. Eu não tinha confiança nenhuma?

Se fosse mesmo verdade, Bruna não perderia a oportunidade de jogar aquilo na minha cara. Mais importante: eu ainda não tinha tido coragem de perguntar ao Gabriel sobre isso, então não poderia ter certeza de nada. Por que ficar sofrendo diante de uma dúvida?

Eu me levantei da cama...

– Vocês tem raz... Ai!

... E acabei batendo na quina que segurava o dossel. Droga de gravidade quase zero, eu sempre impulsionava demais a minha cauda e batia a cabeça em coisas altas.

– Cel, você tá legal?!

– Celine, você está bem?

Os dois vieram preocupados até mim; e Serena, que já estava na cama, massageou a minha cabeça.

– Qual foi, quer se matar? – disse ela.

Eu ri.

– Ai... Eu ia dizer que vocês têm razão. Venham! – pulei da cama, dessa vez sem bater a cabeça em nada – Vamos fazer alguma coisa legal aproveitando que já estou aqui e que provavelmente não vou ter saco de fazer o dever quando chegar em casa!

Nos dois dias que se seguiram eu não tive coragem de falar com Gabriel. Bruna não dava sinal de nada, nem se aproximava dele no recreio. Quer dizer, não mais do que ela já estava acostumada.

Depois da escola, eu ia para a praia, onde Taikun me esperava. Pelo menos eu não precisava ir andando sozinha até um ponto deserto. Quer dizer, antes era só eu, meu iPhone e uma looonga caminhada pela areia. Agora eu e Taikun íamos conversando animadamente por todo o caminho.

– Sabe Taikun – falei – se não fosse você, com certeza seria muito micante.

– Ahn? Está falando do quê?

– Tô falando de que se você não fosse meu guarda-costas, e sim outro cara mais velho, seria muito micante ser acompanhada desde o início da praia até um lugar bom para mergulhar. Quer dizer, eu ia parecer uma bebezona que precisa ser levada para os lugares.

– E não é?

Eu dei um tapa no braço dele, mas sabia que Taikun estava brincando. Ele começou a rir.

– E qual é o problema de um guarda-costas mais velho? Esse é o normal.

– O problema é que é muito mais fácil conversar com alguém mais próximo da nossa idade. Eu me sentiria muito mais desconfortável com um cara mais velho e sério como o seu pai. Tipo, eu não vejo você como um guarda-costas, mas sim como um amigo. Eu gosto de passar esse tempo conversando com você – completei com um sorriso.

Ele me respondeu com um sorriso genuíno.

– Digo o mesmo, Princesa. Quer dizer, Celine – ele já não me chamava mais de Alteza quando a Rainha ou outro guarda não estavam presentes.

– Não, pode me chamar de Princesa se quiser. Alteza é esquisito, mas Princesa pode! Faz bem pra autoestima!

Nós dois rimos e então, pouco tempo depois, mergulhamos na água.

Quinta era dia de aula de princesa. A aula de canto foi ótima, e a aula de dança foi péssima. Senti que teria um looongo trabalho pela frente. Minha aula

de História das Sereias foi interessantíssima. Aprendi mais acerca de Atlântida, a cidade marinha onde reina o famoso Rei Tritão.

O Sr. Escamas (gostava de chamá-lo assim!) me passou um gigantesco livro denominado *Atlantis* e me entregou um pergaminho, sugerindo "anotações que eu julgasse importante" para não esquecer depois. Não consegui terminar o livro antes de ir para casa, mas o que descobri foi o seguinte:

Atlântida era uma ilha que ficava onde o Mar Mediterrâneo terminava e o Oceano Atlântico começava. Fazia parte do reino de Netuno, Senhor dos Mares. Nessa ilha vivia uma órfã chamada Clito, por quem Netuno se apaixonou. O nome da ilha é uma homenagem a um dos filhos do casal, Atlas.

Mais tarde, Netuno se casaria com a ninfa Salácia. Rebelando-se contra o casamento, Salácia se escondeu no fundo dos oceanos. Netuno mandou cada ser marinho à procura dela, até que um golfinho a encontrou e a entregou para o casamento. Salácia virou Rainha do Mar e, para que não pudesse fugir dos domínios de Netuno, ele afundou a ilha de Atlântida, encarcerando-a no mar para sempre.

Netuno não era o cara mais romântico do mundo. Na verdade, achei ele bem possessivo.

Desse casamento nasceu Tritão. Ele passou a governar a Atlântida submarina. Atlântida sempre foi uma ilha de grande riqueza mineral. Possui até hoje enormes jazidas de ouro, prata, cobre, ferro, diamante e orialco, um metal que brilha como fogo. O castelo de Tritão é conhecido por ser uma das construções mais ricas em mosaicos de pedras preciosas. Realmente, não é pra qualquer um.

Não pude deixar de imaginar como seria visitar Atlântida algum dia...

Voltei pra casa cansada e com o cérebro latejando. Minha mãe estranhou eu ter passado tanto tempo na praia. Antes eu ficava uma horinha e meia, no máximo, agora ia quase todo santo dia e ficava horas debaixo do mar.

– Por acaso está atrás daquela surfistinha pseudoloiro? – ela perguntou com uma piscadinha.

– Mãe!

Ela riu.

– Deixa um pouco do pique para esse final de semana! E aquele encontro, ainda está de pé?

Isso conseguiu acabar com o bom humor que eu tinha adquirido imaginando coisas maneiras sobre Atlântida após a aula de dança com a bruxa da Karin. Não conseguia pensar no Gabriel sem lembrar daquele... *boato*.

– *Não* é um encontro, o pai dele vai estar junto! E eu não sei se ainda vou, ok?

– Como assim não sabe se... Cel, volta aqui!

Deixei ela falando sozinha e corri para o meu quarto. Um frio na barriga desconfortável me deixava de estômago embrulhado. Eu havia enrolado a semana inteira e amanhã teria que falar com o Gabriel.

Ele ficou com a Bruna?

Ou ele não ficou com a Bruna??

Essa dúvida de que eu fugira a semana inteira agora me atormentaria durante toda a noite.

Cara, por que gostar de alguém tinha que ser tão complicado?

No recreio do dia seguinte, fui junto com a Dani para o costumeiro jogo de futebol dos meninos (sério, eles não pensam em outra coisa não? Não poderiam gostar um pouco *menos* de futebol? Só um tiquinho? Não faria mal a ninguém).

Encontrei Gabriel saindo do campo, indo em direção ao bebedouro.

Droga, por que ele tinha que estar tão suado e lindo? Meu coração começou a bater muito rápido, e o nervosismo me dominou completamente.

– Cel? – ele acabou de beber água e veio em minha direção.

– Boa sorte! – Dani sussurrou antes de ir até o namorado dela.

– E aí? – ele perguntou com um sorriso.

Ai meu Deus. O que isso queria dizer?? Se ele não estava se sentindo culpado é porque era mentira, não? Ou porque ele era cara de pau??

– Achei que estivesse me evitando – ele falou, na lata.

– E-eu?! – foi a única coisa que consegui balbuciar.

– É... Essa semana toda. Você parecia fugir dos lugares onde eu estava... Está tudo bem?

– Imagina, é impressão sua! Estou ótima!

Ele levantou uma sobrancelha.

– É mesmo?

Mordi o lábio inferior, pensando. Eu tinha que perguntar agora, não é?

A expressão do Gabriel se suavizou.

– Você fica linda assim, sabia?

– E-eu...! – aquilo me desconcentrou completamente, e eu instantaneamente fiquei vermelha. Não consegui mais me controlar, fechei os olhos com força e mandei ver.

– Na verdade, andei te evitando sim!

– O quê?

– Eu... Eu ouvi uns boatos sobre a festa do final de semana, e não tive coragem de...

– Ah, mas isso de novo! – Gabriel se irritou – Meus amigos ficaram me enchendo o final de semana inteiro sobre isso! Eu estava bêbado, tá legal?

Meus olhos começaram a se encher de lágrimas.

– Eu não tenho culpa por ter passado mal e pagado o maior mico! Se eles te mostraram o vídeo eu vou ficar *muito* puto com eles e...

– Espera! – eu o interrompi – Do que está falando? Que vídeo é esse?

Ele pareceu mais aliviado.

– Eles não te mostraram o vídeo?

– Er... qual?

Surfistas, Beijos e um Pé de Pato

– Caraca, que bom! Achei que tivessem te mostrado...

– Que vídeo?! O seu e da Bruna??

– O quê? Não! Por que teriam um vídeo meu e da Bruna?

– Porque... vocês... ficaram na festa? – perguntei.

– Ahn? Onde você viu isso?! Você nem foi!

– Eu... vi no Twitter de alguém... – bom, a Dani viu. Eu nem tenho Twitter.

Gabriel revirou os olhos.

– Ninguém tem mais o que fazer hoje em dia... Cel, isso é mentira. O vídeo que fizeram de mim foi depois que eu fiquei meio alterado, mas não tem nada demais. É só um vídeo queima-filme que fizeram de zoação e...

Eu suspirei, aliviadíssima. Não conseguia parar de sorrir. Era mentira! Era mentira, mentira, mentiraaaaa!!!

Agora... *Quem foi o bêbado que quase me matou do coração?*

– Não tem problema se você exagerou no álcool um dia, Gabriel – eu sorri – Só estou aliviada que não aconteceu nada entre você e...

– De jeito nenhum! Mas... isso quer dizer que você ainda vai sair comigo amanhã?

– Bom, se você ainda topar, é claro!

– Maneiro! É só que... Bem... Aquele garoto que apareceu na escola outro dia...

Demorou um tempinho até cair a ficha.

– O que, o Taikun? – perguntei, surpresa – Ele é... Ele é só o meu primo! Ele veio aqui me avisar um negócio da família, nada demais.

– Mas... Eu vi você caminhando com ele na praia... Bom, nesses últimos dias todos.

Oooown... Ele tava com ciúmes!

– Ele veio do Havaí, também surfa, mas... Ainda não conhece bem os lugares bons da praia. E não gosta de lugares muito lotados. Combinei com ele de acompanhá-lo essa semana para ele se acostumar a achar ondas sozinho, mas foi só essa semana! – menti.

Nota mental: parar de andar na praia sozinha com o Taikun. Melhor encontrá-lo só na água. Vai que o Gabriel tem a impressão errada?

Gabriel sorriu.

– Bom, então amanhã ainda está de pé. Quer que eu passe na sua casa?

Carolina Cequini

– Eu falo com a minha mãe e te ligo!

– Beleza! Quer ir lá pro campo? Eu vejo com os meninos se você pode jogar um pouquinho também.

– Não sou muito de futebol, mas... Tá, não custa tentar, não é?

O resto do recreio foi muuuito divertido! Outras garotas estavam lá também, acabaram entrando depois que eu comecei a jogar. Dani também estava, ela e o Rafa foram do meu time e do Gabriel. O melhor foi que, apesar da Bruna estar no nosso time também, o Gabriel só passou a bola pra *mim*! Ah!

E eu fiz três gols! Três gols dos cinco do nosso time! Não é que eu levo jeito pra coisa?

25
S.O.S., animal perdido!

Depois da escola fui para a loja da minha tia. Era sempre um ponto da caminhada onde Taikun e eu parávamos para cumprimentá-la, mas dessa vez eu fui sozinha. Desde a volta das férias eu pego ônibus para ir pra casa ou pra praia, como era o combinado de eu não ter mais motorista e aprender a me virar sozinha. Como meus pais estão quase o dia inteiro no hospital ou no consultório, eles não fazem tanta questão assim de saber para qual lugar eu vá primeiro, desde que esteja em casa para o jantar.

Dessa vez, depois da escola, passei do ponto onde normalmente me encontrava com Taikun e fui direto para a loja. Eu já estava pensando em fazer isso na escola, depois que o Gabriel confundiu ele com... Sei lá, com um possível namorado, talvez... E estava me sentindo culpada por deixar ele sozinho na praia quando vi que ele não me esperava no lugar de sempre. Ele não estava em lugar nenhum.

Então, com menos peso na conciência, fui até a loja da tia Luisa desacompanhada.

– Oi, Cel! – ela me cumprimentou. O dia estava lindo, era sexta-feira e tanto a praia como a loja estavam lotadas – Movimentado hoje, não? As funcionárias da loja mal estão dando conta, mesmo com os vizinhos ajudando...

– Você quer dizer...

– Oi, Cel! Há quanto tempo que eu não te vejo! Já faz o que, quase dois meses?

– Oi, Pedro! – acenei para ele, que pegava boias coloridas para uma criancinha chorona que tentava convencer os pais de que já sabia nadar sem elas.

Nossa, dois meses... Realmente fazia muito tempo desde que eu me transformara em sereia pela primeira vez. Ao contrário da última vez em que vira Pedro, eu não estava estressada e muito menos de mau humor. Na verdade, eu estava praticamente flutuando de felicidade depois do recreio de hoje, então fui simpática e até fiquei conversando com ele sobre *Final Fantasy* até tia Lu aparecer.

– Ué, Cel, cadê aquele garoto que está sempre com você? Aquele pedaço de mau caminho?

Minha tia chamando meu guarda-costas de pedaço de mau caminho era uma coisa que eu não queria ouvir nunca mais.

– Urgh! Nunca mais se refira ao Taikun assim! E não sei, ele não estava me esperando hoje.

– Ele... por acaso é o seu namorado?

Vi Pedro parar a meio caminho do caixa e olhar em nossa direção.

– Tia! – falei, vermelha – É claro que não, você sabe que eu gosto do Gabriel! Eu vou até sair com ele amanhã!

– Mas você tem um encontro com esse garoto todo dia depois da escola...

– Não é um encontro, nós só saímos para nadar juntos – como princesa sereia e seu guarda-costas – como *amigos*!

– Se você diz...

Olhei para a praia e encarei a longa caminhada que me esperava até encontrar algum ponto deserto onde pudesse me transformar. Nesse momento, vi alguém se destacando na multidão. Taikun! Caraca, esse não morre tão cedo!

Taikun atravessou a rua e entrou na loja.

– Celine, desculpa o atraso! Detectamos uma atividade suspeita hoje na água, fomos investigar e acabou demorando mais do que o previsto... Logo imaginei que já estivesse aqui!

– Ooooi, Taikun! – tia Lu ficou com um baita sorrisão no rosto.

– Ah, oi, Luiza – ele sorriu também.

– Você e a Celine vão sair para "mergulhar"?

Surfistas, Beijos e um Pé de Pato

Taikun estranhou a entonação.

— Er... Vamos, vamos sim.

— Aaah, então *bom* mergulho pra vocês e... Ai! Ei! – eu a empurrei pra longe.

— Vá atender alguns clientes, sim?! – exclamei, enfezada. Adultos conseguem te matar de vergonha.

— Sua tia estava estranha hoje...

Eu me virei para Taikun.

— Atividade suspeita, você disse? O que quer dizer com isso?

— Tem algum animal grande na praia, fora de seu hábitat. Serena o avistou e reportou aos guardas, mas não o vimos novamente.

— Q-quer dizer que pode ter... Sei lá, um TUBARÃO na praia??

Olhei para a praia lotada e lembrei daquela cena horrível do filme "Tubarão".

— Não sei o que é, Serena só viu que era grande. Mas prometo não te deixar esperando mais na praia, vou voltar a te acompanhar até o mar...

— Sobre isso... – o interrompi – Acho melhor começar a me esperar na água.

— Como assim? Você não disse que gostava da minha companhia? – Taikun riu, mas, pela sua entonação, eu não sabia se ele estava brincando ou não.

— As pessoas estão começando a ter a impressão errada. Sabe, o Gabriel surfa e está quase o tempo todo na praia, e ele achou que pudéssemos ser namorados. Dá pra acreditar? E, bom, se fosse qualquer outra pessoa entendendo errado eu não me importaria, mas sabe como é...

— Sei, você gosta dele e coisa e tal... Tudo bem, acho que não tem problema. Você já ia sozinha pra praia antes, não é? É só tomar cuidado.

Sorri pra ele.

— Valeu... Desculpa aí, mas...

— Sem problemas – ele sorriu – Agora vamos. Não está curiosa para saber que bicho estranho tem na água?

— Não mesmo! – exclamei.

— Medrosa... – Taikun revirou os olhos, mas vi pelo canto do olho que ele estava sorrindo.

Quando chegamos até a Pedra-Limite, Serena nos esperava.

– Cel! Cel! Você não vai acreditar!

– Está falando do animal estranho? Taikun me contou.

– Estraga prazeres! – Serena fez uma careta para Taikun, que apenas deu de ombros como que dizendo "Foi sem querer querendo". Serena revirou os olhos e voltou a dar atenção para mim – Eu estava nadando normalmente quando vi uma sombra gigantesca ao longe! – eu senti um tremor percorrer minha espinha – Deve ser algum animal que se distanciou do lugar de acasalamento ou coisa parecida. Deve estar perdido, tadinho! Você me ajuda a procurá-lo? Eu não o vi de novo depois disso!

– Serena... Você não quer deixar isso para os guardas?

– Rá! Os guardas nem passam do limite permitido pela Rainha! Como é que vão achar o animal?

– Bom, tecnicamente falando, nós também não devíamos passar do perímetro permitido. Eu só faço isso porque venho do "lado negro da força", sabe – indiquei a praia com um aceno de cabeça – Mas não é pra nenhuma sereia se aproximar de lá.

– Ai, Cel, não seja tão certinha! Por favor, eu sempre quis fazer isso, e só agora tenho uma desculpa boa o suficiente para poder quebrar as regras!

– E que desculpa seria essa, eu posso saber? – cruzei os braços. Serena era a responsável. Se ela queria quebrar as regras e passar da Pedra-Limite, se aproximando da costa para procurar o que quer que fosse, quem iria carregar o papel do bom senso? Eu não levo jeito para isso. Eu *gosto* de emoção. Quando não envolve criaturas marinhas assustadoras, claro.

– Ajudar o animal que deve estar perdido! Vou passar da Pedra por uma boa causa!

Não consegui deixar de rir.

– Se quer tanto assim se aproximar da praia não precisa procurar uma desculpa esfarrapada, Serena. Estou começando a duvidar se esse animal que você viu existe mesmo...

– Mas é claro que existe! Vamos procurar por ele e salvá-lo!

– Sei, sei... – suspirei – Então vamos lá, fazer o quê?

Taikun esteve o tempo todo quieto, e a única coisa que ele fez quando decidimos nos aproximar da praia para procurar o que quer que Serena tenha visto foi balançar a cabeça e murmurar "juízo zero...".

Surfistas, Beijos e um Pé de Pato

— Venham! Eu vi ele indo pra lá – ela apontou para a direção de São Conrado quando mergulhamos. Ótimo, ela provavelmente ia nos levar até a praia de Copacabana, que devia estar *pouco* lotada.

Realmente, acho que não foi uma boa ideia.

Sem brincadeira, passamos da praia de Copacabana. E voltamos. E passamos por lá de novo. E nada.

— Serena, você realmente inventou aquilo tudo, não foi? – me conformei. Não que o passeio não tivesse sido agradável. Vi como eram as outras praias do Rio de Janeiro da perspectiva de uma sereia, e gostei de ver os peixes bonitos que tinham lá. Passamos pelas várias ilhas que havia ali e me perguntei o que seriam. Eu já tinha conhecido o Castelo, o Teatro, e sabia que a Biblioteca e a única ilha *ilha mesmo* ficavam para o outro lado da cidade, próximo da Praia de Grajaú e do Recreio.

Infelizmente, quando eu ia perguntar sobre isso, Taikun parou de repente.

— Estou ouvindo alguma coisa. É um som diferente, de algum animal grande.

Eu congelei onde estava.

— O-o quê?! Quer dizer que *tem* um animal desconhecido à solta por aqui?

— Eu falei! – exclamou Serena – Onde ele está? O que você está ouvindo?

— Parece uma batida de coração, só que mais pesado... Seja o que for, é bem grande.

— Um tubarão?! – foi a única coisa que consegui pensar.

— Eu não sei. Pode ser, então fique perto de mim, ok? Duvido que você seja capaz de permanecer calma e não realizar movimentos bruscos na presença de um, e ele com certeza te consideraria uma ameaça.

— Ou comida! Taikun, eu quero ir embora daqui! – choraminguei. Puxa, eu morro de medo dessas coisas!

— Calma, Cel, o seu guarda-costas está aqui com você! Vamos pelo menos ver se o encontramos para ver o que é, já que viemos até aqui! – falou Serena, não aparentando ter medo algum.

Claro. Meu guarda-costas. Certo, tentei me acalmar. *Eu posso fazer isso. Eu posso fazer isso...*

– Tudo... Tudo bem... – falei, relutante.

– Eba!! Então, Tai, veja se estamos indo para o caminho certo!

Serena disparou na frente, enquanto eu permaneci grudada em Taikun o tempo inteiro. Depois Taikun teve que ir à frente para mostrar de onde vinham as ondas que ele sentia emanar do animal, e nós o seguimos até um lugar aberto com poucos corais, mas cheio de peixes, meio longe da costa. Eram só nós e a imensidão azul.

– Aaaaah!!! – eu agarrei o braço do Taikun.

– O que foi? – ele perguntou, empunhando o tridente.

– Alguma coisa me tocou!! Por trás!

– Foi um peixe, Cel. Não vai devorar você – Serena respondeu, contendo o riso.

– Ah, tá. Eu já sabia – falei rápido, ficando vermelha.

– Pode me soltar agora – disse Taikun, rindo também.

– Ah, claro! – dei um impulso para trás, ficando ainda mais vermelha – Bem, ele não parece estar aqui, vamos procurar em outro lugar? – perguntei. Estava ansiosa para sair dali.

Péssima ideia.

Voltamos um pouco mais para perto da costa, só que próximos de uma montanha, então o lugar era escuro e cheio de sombras, com umas pedras pretas no fundo da areia.

– Está tudo bem, Cel? – Serena me perguntou.

– C-claro! P-por que n-não estaria bem?

– BUU!!! – algo veio por trás de mim e agarrou meus ombros.

– AAAAAH!!! – eu nadei rápido para trás de Serena, que ria muito – Taikun! Isso não teve a menor graça!

Mas ele e Serena quase choravam de tanto rir.

– Ah, qual é? Por que você está com tanto medo assim, afinal? – Taikun conseguiu perguntar entre as gargalhadas.

– Não é da sua conta! Ajudaria se não tentasse me matar do coração, seu guarda-costas fajuto!

– Xiiii... – Serena parou de rir, percebendo que eu não estava brincando – Acho melhor deixar pra lá. Venham, ele não pode ter ido longe!

Fomos para um lugar com água muito gelada, ainda contornando a montanha. Com um último sopro de esperança, tentei novamente:

Surfistas, Beijos e um Pé de Pato

197

— Gente, vocês não querem simplesmente subir à superfície e apreciar a paisagem? Deve ter uma vista linda do Corcovado daqui e vocês só pensam em procurar esse bich...

Nisso que eu me virei, me deparei com uma bocona gigante cheia de dentes.
— AAAAAH!!! TUBARÃO!!!!

Saí correndo — bem, não "correndo", mas você entendeu — sem nem olhar para trás. O mais rápido que minhas nadadeiras permitiam. A última coisa que eu ouvi foi Taikun, gritando:
— Celine! Espera!

Bom, se ele queria ficar lá e virar jantar de tubarão, problema dele. Ninguém manda ele se achar só porque tem um garfo gigante. EU tenho amor à vida. Só espero que, apesar de tudo, Serena tenha conseguido escapar.

Nadei, nadei, nadei.

Notei que a água ficou mais quente e mais escura, mas só parei quando meu top de conchas prendeu numa rocha. No desespero, eu dei um forte impulso e o cordão de pérolas simplesmente arrebentou. Assim: PUFF!

Fui correndo para a superfície, segurando o top para não cair.
— Ah, que droga, era só o que me faltava!

Eu não sou muito de falar palavrão, mas o dia estava sendo *ótimo*.
— Pai, ouviu alguma coisa?
— Não. Por quê?
— Sei lá... Num momento achei que tinha ouvido... a voz da Celine. Estranho.

O QUÊ??!! Aquela era a voz do *Gabriel*??

Olhei ao redor e olha que maravilha: estava no meio do Aterro do Flamengo. Repetindo: *estava no meio do Aterro do Flamengo.*

Como, oh Céus, eu tinha ido parar ali?! Havia barcos e lanchas por todo lado, inclusive alguns que passavam perigosamente perto de mim. Eu estava bem debaixo de um píer, graças a Deus escondida pela sombra, e Gabriel e o pai dele estavam lá em cima, andando e saindo de sua lancha, preparando as coisas para o dia seguinte.

Enquanto isso, eu estava bem debaixo deles, com uma cauda de sereia e praticamente de *topless*.

Maravilha.

Carolina Cequini

26
Um bebê gigante

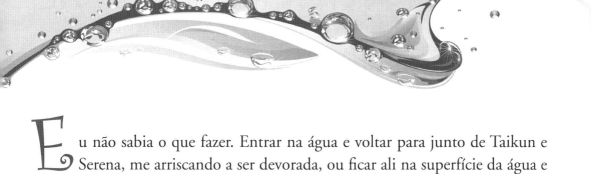

Eu não sabia o que fazer. Entrar na água e voltar para junto de Taikun e Serena, me arriscando a ser devorada, ou ficar ali na superfície da água e me arriscar a pagar o maior mico da minha vida? E olha que ela é cheia de micos. Talvez eu devesse abrir um zoológico – haha.

Optei por entrar na água. Tinha que voltar para perto de Serena e Taikun, pois o problema não era só o micaço, mas sim se me descobrissem ali como sereia.

Além disso, a visão do Gabriel me vendo naquela situação embaraçosa era ainda pior do que uma boca cheia de dentes. Primeiro passo: não ficar seminua ali no meio de todo mundo. Mergulhei devagar, sem fazer barulho, e dei um jeito de amarrar o cordão de pérolas, o que deixou o top um tanto apertado e desconfortável.

Nadei o mais perto do chão que era possível, temendo me aproximar demais da superfície. Assim que me vi em mar aberto de novo me senti mais segura.

Ok, segura não era bem a palavra certa.

Ao me virar, me deparei novamente com aquela bocarra enorme.

– Aaaaah!!! – eu devia ter ficado lá embaixo do píer, afinal!!

Uma mão apareceu por trás de mim e segurou minha boca. Tentei me desvencilhar, mas seguraram meus braços também. Meu Deus, que aperto forte!

– Celine, quer fazer o favor de não gritar como doida? Estamos num lugar bem perto de humanos, centenas deles, e não seria legal se ouvissem um grito histérico vindo do mar.

Assim que viu que eu não ia fazer escândalo, Taikun me soltou.

– M-mas...!

– É só um filhotinho de orca! – ouvi a voz de Serena. Segui com o olhar a direção da voz e lá estava ela, em cima do bicho!

– Serena! Desça daí! É uma baleia assassina!

– Na verdade, Cel, orcas não são baleias. Elas fazem parte da família dos cetáceos, assim como os golfinhos. E esta é um filhote, não vai me machucar! Quer dizer, "esta" não. É menino. Não é a coisa mais fofa que você já viu?!

Não consegui deixar de lembrar da Shamu, que matou a treinadora durante um espetáculo.

– Eu usaria mais a palavra *assustador*.

– Você é muito *medrosa* – disse Taikun, revirando os olhos.

– E você é um chato.

– Pelo menos não tenho medo de um bebê.

– Um bebê de 10 toneladas e 5 metros de comprimento! Ou mais!

– Que exagero... – Serena mumurou – Venha, suba aqui também! Ele é mansinho!

– Nem pensar que eu vou pegar carona nisso aí! E se ele tentar me morder quando eu me aproximar?

– Medrosa...

Eu bati em Taikun com a minha cauda. Cara, foi ótimo. Acertei a cara dele com tudo. Fez um bem pra minha alma.

– Ei! Por que fez isso?! – ele esfregava a bochecha levemente vermelha do impacto com os olhos arregalados de surpresa.

– Dá pra parar de zoar com a minha cara e ajudar, guarda-costas? E para de me chamar de medrosa!

Eu não ligo se é verdade.

– Tá, tá bom... Você é muito sensível, sabia?

– Hunf!

– Perdão, Alteza. Eu... Não sabia que estava te ofendendo tanto – Taikun até se curvou em uma reverência, arrependido.

Carolina Cequini

Ai, droga. Eu tenho um coração mole demais. Odiava quando as pessoas se curvavam para mim como se eu fosse mais importante, principalmente quando meus amigos faziam isso. Taikun só estava sendo um garoto bobo e eu brigava com ele logo quando ele havia perdido as formalidades?

– Está bem, desculpas aceitas, e pode parar com a encenação antes que eu brigue com você de novo, dessa vez por outro motivo!

Quando Taikun me deu um meio sorriso aliviado, não consegui manter a expressão brava por muito tempo. Apenas revirei os olhos e murmurei um "nada de reverências desnecessárias". Ele pegou a minha mão e, juntos, nos aproximamos da orca. Não posso dizer que o filhote ficou feliz em ver um tridente ameaçador como aquele se aproximando, mas Taikun sussurrava palavras tranquilizadoras para ele, assim como Serena, que fazia carinho em sua cabeça.

Finalmente, me sentei em cima do bebê orca ao lado de Serena, deitando de barriga para baixo. A pele dele era tão macia!

– Viu? Ele não fez nada!
– É-é... Até agora não.

Taikun revirou os olhos.

– Vamos voltar para o castelo!

Nós três subimos na orca, e ela saiu nadando. Mais tarde, Taikun teve que sair dali de cima e guiá-lo, ou ela nos levaria sabe-se lá para onde. Já tínhamos voltado para a Barra da Tijuca quando o bebê começou a subir. E a subir. E a subir...

– Meninas! Ele vai para a superfície respirar! Saiam daí!

Eu e Serena pulamos para longe do corpo do bebê orca segundos antes dele pular na superfície, esguichando água por seu cifão.

Voltando para a pedra, colocamos a cabeça para fora d'água e vimos as várias pessoas que estavam na areia se aproximarem do mar para ver a orca ao longe. Alguns carros também pararam enquanto o bebê orca continuava ali, metade submerso, metade na superfície.

– Celine, logo a mídia vai chegar para registrar o que está acontecendo. Aproveita a distração de todo mundo para sair da água. Já está tarde e daqui a pouco vai escurecer.

Realmente, o sol já estava se pondo, o céu tingindo-se de tons de laranja e rosa. Segui o conselho de Taikun, me despedi de Serena e ele me acompanhou até a areia.

– Não foi tão ruim pegar carona com a orca, foi? – perguntou ele enquanto nadávamos.

– Não, não foi... Na verdade, até que eu gostei, sabia?

Ele riu.

– Viu? Você tem que deixar de ser tão medrosa, ou vai acabar perdendo as coisas boas da vida.

– Eu sei, eu sei... Já me disseram isso. Realmente foi muito gostoso. Se eu voltar para o Sea World, vou sentar na frente para ver se a treinadora me chama! – eu ri.

– Talvez não seja preciso ir ao Sea World – Taikun falou com um meio sorriso.

– Como assim? Taikun, que cara é essa?

– Gosta de golfinhos?

– Se eu gosto?! Eu amo!! São meus animais marinhos prediletos!

– Pois eu ainda vou conseguir trazer golfinhos até o castelo! Sempre tem alguns nadando por aqui.

Carolina Cequini

– Sério?! – meus olhos brilharam.

– Claro! É que você nunca nadou além do Mercado, mas, quando você está na escola e não tenho nada específico para fazer, geralmente eu e os outros sereianos saímos para nadar um pouco.

Era engraçado pensar em Taikun tendo amizade com os outros guardas. Quer dizer, ele era tão mais novo do que eles.

– Nem tanto – Taikun contestou depois que eu disse isso a ele – Na verdade o Aidan e o Cayros têm 20. E pelo menos mais uns dois que você não conhece têm 21, 22 anos. Não são tão mais velhos assim.

– Ei, melhor baixar a bolinha – brinquei – Pode não parecer, mas você mal fez 17 anos, que eu me lembre. Você não é nem dois anos mais velho do que eu – constatei, surpresa – Taikun, você é quase um pirralho!

– Puxa, valeu mesmo. Mas e então, combinado? Vamos sair qualquer dia desses para além do Mercado para ver os golfinhos ou eu tento trazê-los aqui?

Do jeito que ele falou, no início parecia que estava me convidando para um encontro. Engraçado.

– Acho que trazê-los aqui será melhor.

– Certo!

E então chegamos na praia e me despedi de Taikun.

– Boa sorte amanhã! – exclamou ele da areia, quando eu já estava prestes a atravessar a rua.

– Valeu, Taikun! Eu vou precisar!

– Conhecendo você, vai mesmo!

– Não precisa dizer na cara!

E então atravessei logo o canal e fui correndo para casa. Queria deixar tudo pronto hoje e dormir cedo, para estar bem bonita amanhã. Quero aproveitar o quase-encontro com o garoto dos meus sonhos para ver se consigo beijar pela primeira vez antes que minhas amigas tenham filhos, obrigada.

27
Valeu mesmo, São Pedro

— Ah, nãããããooo! – eu exclamei, assim que levantei de manhã e abri as cortinas do quarto.

— O que foi, filha? – mamãe perguntou, me vendo na varanda.

— Está chovendo!

— Eu sei... Então sugiro que entre no seu quarto antes que fique gripada.

Mal-humorada, entrei no quarto e fechei a janela.

Mas que azar! A semana inteira o clima estava ótimo, ontem fez um dia lindo... e bem nesse sábado o inverno resolve marcar presença e acabar com o meu dia!

Quando entrei na cozinha, devia estar com uma cara de choro, porque mamãe disse:

— Filha, que cara é essa? É por causa da chuva? Acha que vai atrapalhar o seu encontro?

— Mãe! Não é um encontro! O pai dele vai estar junto no barco!

Papai pareceu mais satisfeito assim que ouviu isso, voltando a ler o jornal e a tomar o café com leite. Bem, eu não. Chorava por dentro só de lembrar o que eu e o Gabriel *não* poderíamos fazer com o mala do pai dele junto: conversar sozinhos, olhar o pôr do sol juntinhos, com minha cabeça em seu ombro, o braço dele ao redor dos meus...

Carolina Cequini

Não que tivesse importância. Com o dilúvio que estava lá fora, o programa estava cancelado com certeza.

– Como preferir chamar – falou mamãe – No jornal estava dizendo que a chuva só duraria de manhã. À tarde, você, Gabriel e o pai dele podem ter o seu não encontro.

– Tomara... – eu disse, olhando a janela.

Quando me virei de novo para a mesa de café vi o que meu pai estava lendo no jornal: uma reportagem sobre uma orca na praia! Comecei a lembrar de ontem... Serena disse que o bebê devia ter se perdido da mãe, que provavelmente estava migrando por esses mares. Os guardas ficaram encarregados de cuidar dele até sua mamãe orca chegar, ou, se demorassem muito, eles apenas o escoltariam para sua rota migratória.

– Tente não se matar sem mim por perto, ok? – foram as últimas palavras de Taikun depois que saímos da água e ele me acompanhou até o posto onde eu pegaria a barquinha e voltaria pra casa – Não escorregue no barco e bata a cabeça, não coma nada estragado que a faça passar mal, se for mergulhar não se afogue, essas coisas!

– Taikun, pelo amor de Deus, dá pra parar? Está pior do que a minha mãe na minha primeira viagem com a escola.

– Ei, se qualquer coisa de ruim acontecer com você, meu pai me mata!

– Ah, bom saber que se preocupa com a minha segurança, e não com a sua própria pele!

– Eu estava brincando.

– E eu não sou tão desastrada assim, tá?

Ele me encarou com as sobrancelhas erguidas, cínico.

– Só tente não por fogo no navio, ok? Tem certeza de que não quer que eu a acompanhe de longe?

– Ai, não!! Eu já disse que não precisa!

Eu já tinha que me preocupar com o pai do Gabriel, imagina se eu tentar chegar perto do Gabriel sabendo que Taikun está em algum ponto da água nos observando??

Fiquei vermelha só de pensar.

Taikun, após certa relutância, prometeu que não iria seguir o barco.

Voltei ao presente quando ouvi o telefone tocar. Era o próprio Gabriel me ligando pra avisar que o passeio ainda estava de pé, já que o tempo parecia

Surfistas, Beijos e um Pé de Pato

que ia melhorar. Havia parado de chover, percebi aliviada, mas ainda estava nublado.

Quando deu a hora, depois do almoço, ele e seu pai passaram para me buscar, indo direto para o Aterro do Flamengo.

– Que droga essa chuva, né? – ele perguntou quando entrei no carro correndo, tentando escapar da chuva que recomeçara – Ainda bem que você ainda concordou em vir. Eu e meu pai ficamos ontem a tarde toda arrumando a lancha.

É. Eu sei.

– Que é isso! Eu não tenho medo de uma aguinha boba que cai do céu! – falei, rindo.

Acontece que essa "aguinha boba" passou a cair bem mais forte quando já estávamos em alto-mar. E ainda por cima com o vento que estava, eu estava praticamente congelando. Gente, que ideia vir com o meu melhor biquíni e meu melhor shortinho jeans (que era só o segundo melhor shortinho antes do outro manchar com molho de camarão)! Eu devia é ter vindo de agasalho, isso sim!

Comemos o cachorro-quente que a mãe do Gabriel tinha feito para nós com o molho especial da família – que, por sinal, estava muuuuuito bom!!! – e de sobremesa tomamos um ótimo chocolate quente.

Dentro da lancha era um luxo só: tinha um banco macio de couro branco com uma minigeladeira com água de coco fresquinha! Havia um aparelho de som perto do leme que tocava os CDs do Black Eyed Peas e do Eminem que eles tinham trazido. A parte da frente da lancha era espaçosa e seria ótima para tomar sol – se tivesse algum sol.

A melhor parte era dentro: havia uma microssalinha com um sofazinho de couro branco e uma janelinha que dava para ver debaixo do mar, pena que estava tudo cinza e escuro... O lugar dava para, no máximo, duas pessoas. Foi lá que comemos enquanto nos esquentávamos e tentávamos cantar aqueles raps impossíveis, rindo, enquanto o pai dele, coitado, cuidava sozinho da direção no frio.

Nos cinco minutos em que as nuvens deram um tempo e o sol resolveu aparecer, aproveitamos para mergulhar de snorkel. É claro que o sol sumiu antes mesmo de eu terminar de ajeitar a máscara e pular na água.

– Vem, Cel, a água fica quente depois de um tempo, é só se acostumar!

Eu *sei*. Cara, você sabe quantas vezes eu virei sereia quando a água parecia feita de gelo? Porque eu vou te dizer, o mar do Rio não é nenhum Caribe não... E a água é *muito* gelada no inverno.

– Ei, surfista, eu também não tenho problema com água gelada! – falei, e depois prendi a respiração e pulei de olhos fechados.

Ai... Acho que desaprendi a nadar sem uma cauda... Como é que é mesmo? Bata os pés um de cada vez, balance as mãos para não afundar... Credo! Como os humanos conseguem fazer isso?! É tão mais simples e natural como sereia!

– Meninos, quero vocês de volta daqui a quinze minutos, ok? O tempo é curto, mas daqui a pouco vai recomeçar a chover e eu não quero ver ninguém resfriado!

Nadamos próximo de uma ilha – fique tranquilo, uma ilha beeem longe do Castelo – pois assim a correnteza era menos forte, já que era quebrada pelas pedras. Além disso, acho que eu conseguia ver alguns peixes... Ou pelo menos achei que tivesse visto. Em um segundo vi os reflexos de uma escama verde-água brilhante, depois sumiu.

– Ai, droga! Acabei de perder de vista um peixe com escamas lindas! Você viu alguma coisa?

– Não, nada.

Acho que esqueci de mencionar que Gabriel segurava a minha mão, principalmente por duas razões: para a gente não se separar e se perder (como eu falei, tinha um pouco de correnteza) e porque eu parecia uma pata nadando.

Ai, que saudade da minha cauda azul-turquesa tão graciosa... Agora eu estava com esse pé de pato estúpido que me deixava super desengonçada!

– Pensei que estivesse acostumada a nadar no mar, Cel – falou Gabriel, enquanto eu espalhava água para tudo quanto é lado tentando avançar.

– É... Não com um pé de pato... – pelo menos não *esse* pé de pato.

– Mas você não está sempre com um pé de pato na mão quando vai na água? *Touché.*

– Er... É que... É que esse tá meio grande...

– Ah, podia ter me avisado antes... Quer voltar para trocar? Só não sei se vou ter um menor.

– Não, não precisa! Vem, vamos mais pra lá! – recomecei a nadar.

Péssima ideia, pra variar. Por que eu simplesmente não voltei pro barco?

Surfistas, Beijos e um Pé de Pato

28
Meu sonho se torna realidade

Puxei ele para ver uns corais mais distantes. Pena que não dava para ver nada. A única coisa que dava para ver eram as ondas, que começaram a vir com mais frequência, mais fortes e mais altas. Uma veio com tudo pra cima de nós, nos separando e me fazendo engasgar com o snorkel.

– Ai! Engoli água!

– Cel, você tá bem?

– Tô... Quer saber, acho que agora é melhor voltarmos, a água está ficando muito agitada!

Começou a chover e a ventar bastante. De novo. Só que, desas vez, estávamos na água, um tanto longe do barco. Juízo zero, como diria Taikun. Como é que a gente cogitou a ideia de mergulhar de snorkel em alto-mar num tempo desses??

Eu confesso que só pensei em ficar mais tempo sozinha com o Gabriel, mas bem que o pai dele, sei lá, podia ter tentado nos convencer do contrário. Porque a verdade era que a correnteza também estava mais forte e, por mais que a gente nadasse, parecia que a gente estava se distanciando cada vez mais do barco. *Great*.

– Celine! Cel... – Gabriel tentava pegar minha mão de novo, mas nesse momento uma onda quebrou bem em cima dele, fazendo-o afundar momentaneamente e me empurrando contra as pedras. Graças a Deus não me machuquei, a não ser um raspão de leve no joelho. Mas a força da onda me fez perder um dos pés de pato.

– Ah! Droga!

– O... – uma onda passou por ele de novo – O que foi?!

– Meu pé de pato! Saiu! Gabriel, não vai dar pra eu pegá-lo, me desculpe! Desculpa mesmo!

– Sem problema! Agora a gente só tem que se preocupar em chegar no barc... CUIDADO!

– O que f...

Uma onda bateu numa das pedras da ilha e quebrou bem em cima da minha cabeça. Em um segundo, eu estava na superfície tomando chuva na cara, no outro só havia escuridão e nada de oxigênio, e eu me perguntei o quão fundo a onda tinha me empurrado.

Cinco segundos depois, eu já estava em pânico e precisava respirar. Céus, que saudade das minhas guelras de sereia! E, por mais que eu batesse os pés, a correnteza ia contra a minha vontade, me fazendo afundar cada vez mais. Que saudade da minha cauda, que me fazia deslizar pela água!

Pouco tempo depois, o meu corpo não aguentou e meu pulmão começou a doer muito. Tipo, muito *mesmo*. Eu não tive tempo de tomar um último fôlego antes de afundar. Mas eu me controlava ao máximo para não abrir a boca e en-chê-lo de água, ou então já era. Foi quando, pouco antes de perder a conciência, vi o reflexo de escamas verde-água de novo. O peixe se aproximava cada vez mais, e então senti alguma coisa quente me segurar, envolvendo meu corpo com seus braços.

Espera... *Braços?*

E as escamas não pareciam vir de um peixe, tinham o estranho formato de um pé aquático...

A próxima coisa de que me dei conta é que estava subindo para a superfície muito rápido, e então irrompi, o ar e a chuva invadindo meu rosto. Inspirei pro-fundamente, tentando encher meus pulmões murchos de oxigênio.

Enquanto arfava, sentindo meu peito subir e descer dolorosamente, conti-nuavam a me segurar.

– Celine, você está bem?!

Surfistas, Beijos e um Pé de Pato

Aquela voz...

– Taik...! – tentei exclamar, mas o fôlego não deu conta, e, em vez disso, comecei a tossir. Ajudaria um pouco se a chuva *parasse de cair*, mas parecia que a Mãe Natureza queria me afogar tanto dentro quanto fora da água.

– Isso. Sou eu! Está respirando?! Subi muito rápido?! Seus ouvidos estão doendo?!

Com os olhos ainda ardendo do sal da água do mar, tive que piscar mais algumas vezes – enquanto ainda arfava – até conseguir ver nitidamente seu rosto lindo, com uma expressão preocupada.

– Taikun...! O... Obrigada... – e foi só o que meu fôlego permitiu antes que eu tivesse outro acesso de tosse.

Taikun me levou até uma parte da ilha onde, entre as pedras, havia um pouco de areia. Ele me carregou até a parte mais longe da água, onde as ondas custavam a chegar até meus pés e me sentou lá.

Ele tirou o cabelo do meu rosto e colocou a mão em minha testa.

– Você está bem, Celine?

– E... Est-tou. Q-quer diz-zer, agora s-só estou com f-frio... M-mas est-tou bem... Obrigada... – fechei os olhos e apoiei a cabeça na pedra. Minha respiração já voltara ao normal, mas tive que abraçar meus joelhos para tentar me proteger da chuva gelada. Abri os olhos de novo quando um pingo de chuva no nariz me fez espirrar.

– Saúde – Taikun sorriu, e depois suspirou – Puxa, nunca mais me dê um susto desse jeito! Posso saber de quem foi a ideia idiota de mergulhar de snorkel num tempo desses?

– P-pois é, eu pensei nisso... depois que já tinha mergulhado...

Taikun balançou a cabeça.

– Você não tem jeito... O que foi que eu disse sobre não se afogar? Imagino o que seria de você se eu seguisse suas ordens e não a tivesse seguido, sabe como é, por precaução. Não se preocupe, eu só fiquei nadando por aí debaixo d'água acompanhando o movimento do barco. Sabia que iria se meter em alguma furada.

– Bom, não sei de mim, mas você com certeza seria um guarda-costas muito mais obediente... e igualmente idiota se me levasse a sério.

Carolina Cequini

Taikun riu e estava prestes a dizer alguma coisa, quando ouvimos ao longe alguém mais gritar meu nome. Gabriel ainda estava lá, lutando com as ondas, mergulhando de vez em quando e aparecendo na superfície segundos depois. Ele parecia terrivelmente preocupado enquanto me chamava e mergulhava.

Imediatamente me pus de pé.

– Gabriel! Ele está procurando por mim! – exclamei, sentindo o coração mais aquecido. Fui correndo até o limite de areia.

– Celine, espera! Cuidado com as ondas! E não corra, acabei de te salvar de um quase-afogamento!

Ignorei Taikun e comecei a gritar pelo Gabriel. Se ele continuasse a mergulhar e procurar por mim daquele jeito, era ele que ia se afogar! Acenei algumas vezes e chamei seu nome. Assim que ele se virou em minha direção e pareceu me ver, ouvi um barulho na água ao meu lado: Taikun se fora.

Gabriel conseguiu se aproximar mais da minúscula prainha – se é que podia chamar aquilo de praia, estava mais para uma pequena porção de areia no meio das pedras – e tive que entrar um pouco na água de novo para puxá-lo junto comigo. Ele acabou sendo empurrado pelas ondas e caiu em cima de mim. Outra onda veio e nos fez rolar um por cima do outro até chegar no limite da pedra onde eu estava antes com Taikun.

Tossindo, Gabriel conseguiu se levantar primeiro e depois me ajudou. Graças à chuva, não ficamos cobertos de areia por muito tempo.

Nós nos jogamos na areia, sentando completamente exaustos.

– Desculpa, Cel... Desculpa mesmo! – foi a primeira coisa que Gabriel disse enquanto recuperava o fôlego – Você está bem?

Suspirei.

– Eu estou. *Você* está bem?

– Aham...

– Vamos esperar aqui. Seu pai vai tentar nos procurar para esse lado, provavelmente.

– É o jeito... – ele apertou os olhos – Ei, ali é uma caverna?

Olhei para a direção que ele apontava, logo à nossa esquerda.

– Acho que sim... Vamos lá! – eu o puxei.

Surfistas, Beijos e um Pé de Pato

211

Estava mais para um toca, mal cabíamos nós dois lá dentro. Estávamos apertados um contra o outro e mesmo assim nossos pés ficavam de fora. Pelo menos lá a chuva gelada não ficava caindo na gente.

O único ponto positivo daquilo tudo é que Gabriel e eu estávamos juntinhos, ali, a sós...

O pai dele demorou uns 20 minutos para nos encontrar. Até esse tempo a chuva já tinha parado e, acredite se quiser, o sol parecia que estava voltando.

– Meninos! Quase me mataram de preocupação! Venham, subam aqui!

Ele parou perto do projeto de praia em que estávamos e fomos nadando rapidinho até a escada da lancha.

– Pai, vamos entrar aqui, está bem? Estamos morrendo de frio! – Gabriel falou assim que subimos no barco, apontando para a cabinezinha.

Colocamos nossas roupas, nos enrolamos na toalha e fomos pra lá. Assim que o Gabriel fechou a porta da cabine, ele olhou pra mim, sorrindo:

– Vamos recomeçar de onde paramos?

Eu sorri também.

Enquanto ficamos presos na caverninha, começamos a conversar. Estávamos tão perto que teve uma hora em que eu e ele nos viramos ao mesmo tempo e... A próxima coisa de que me dei conta era de que estávamos nos beijando.

Nem sei como descrever! Foi tudo tão boooom... Ok, pra ser sincera no início foi muito esquisito. Num primeiro momento fiquei tipo *"Ai meu Deus, o que eu faço?!"*, e depois *"Não acredito que finalmente está acontecendo!"* e finalmente *"Estou tão feliiiiz!!"* .

Agora estávamos ali, no seco e no quentinho, mas juro

que, assim que nossos lábios se tocaram, eu não vi a diferença entre esse ambiente e o outro. Novamente, estávamos só eu e ele, não importava se o céu estava caindo ou não.

Às vezes parávamos um pouco, ele sorria, sussurava o meu nome e fazia carinho nas minhas costas, me aproximando mais dele. E depois começávamos a nos beijar de novo. Bem, quando o beijo começou a ficar mais intenso, ouvimos o pai dele descer as escadinhas. Ele bateu na porta, entrando para nos dar um chocolate quente e avisar que já havíamos chegado segundos depois de cada um pular para um lado da cabine.

Com certeza, esse foi um dos melhores dias da minha vida. Principalmente o momento da cabine... Ai, ai! Gente, o Gabriel simplesmente beija muuuuito bem! Não é à toa seu sucesso com as garotas! Quando ele toca em você, parece que sua pele vai derreter, e naqueles minutos eu me senti a garota mais sortuda do mundo, como se estivesse no céu, sendo beijada por um anjo de cabelos e olhos de mel.

Cheguei em casa mais apaixonada do que nunca! E, quando acordei gripada no dia seguinte, tendo que ficar de cama, tinha certeza de que o calor do meu corpo não era culpa da febre...

29
Hot and cold

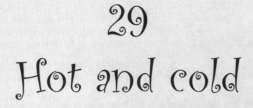

O domingo demorou uma eternidade para passar. Acordei com dor de cabeça e o nariz completamente entupido, e fiquei de cama o dia inteiro descansando para estar melhor para a aula no dia seguinte.

Mas o pior foi o fato de o Gabriel não ter me ligado nem uma vez depois do nosso primeiro beijo, um dos melhores momentos da minha vida! Ele não tinha sentido nada? Eu beijo mal? Eu fiz alguma coisa errada?

Esses pensamentos não saíam da minha cabeça. Poxa, segundo a Dani, o Rafael ligou pra ela no dia seguinte da primeira ficada. Combinaram um cinema e ficaram. De novo. Eu queria ficar de novo com o Gabriel. Então por que ele não me ligava???

Tudo voltou a ficar cor-de-rosa quando segunda-feira ele apareceu na minha sala logo de manhã. Como eu sempre chego atrasada e era laboratório de física no primeiro tempo, só tinha eu na sala.

Gabriel apareceu com uma toalha que eu tinha esquecido na cabine da lancha dele e falou tudo o que eu queria ouvir: que sábado foi o melhor dia da vida

Carolina Cequini

dele, que ele adorou passar o dia comigo, que eu estava linda como sempre, que eu beijava superbem e que, principalmente, ele queria repetir aquilo tudo.

Eu quase ri de alívio e de felicidade.

– Quero passar mais tempo com você de novo, Cel... – ele passou a mão na minha franja comprida, colocando-a atrás da orelha. Nossos rostos estavam muito próximos.

– Eu também – sorri.

Antes que eu pudesse sequer pegar minha apostila no armário, ele já tinha segurado meu rosto e começado a me beijar.

Quando o sinal tocou, eu sabia que estávamos ferrados. Porque logo alguém iria aparecer pra ver se não tinha ninguém tentando matar a aula de laboratório, e lá estava eu aos beijos com um garoto contra o armário ainda aberto.

Quando, com muuuuito custo, tive força de vontade suficiente para afastá--lo de mim, Gabriel apenas correu até a porta e apagou as luzes.

– Mas o quê...?

– Shhhh!

Eu entendi o que ele pretendia fazer. Fechei a porta do meu armário e nos escondemos atrás dos armários enquanto ouvíamos alguém aparecer na porta e acender as luzes. Como não viu ninguém, a pessoa voltou a apagar as luzes e fechar a porta.

Eu e Gabriel nos entreolhamos e sorrimos. Voltamos a nos beijar ali mesmo, no escuro.

Eu me acostumei com uma coisa no Gabriel: ele era um garoto de poucas palavras. O que mais gostava de fazer quando estava comigo era me beijar. Ele sempre vinha me dar um "oi" básico de manhã, me esperando do lado de fora da sala sempre que eu chegava atrasada – e eu sempre chegava atrasada – mas depois disso nossa conversa não era tão produtiva, se é que você me entende. Ele sempre me puxava para um canto escondido para ficarmos, como atrás dos armários, quando não havia ninguém na sala, atrás das plantas altas do corredor ou coisas do tipo. Não havia ninguém específico de quem nos escondíamos, mas desse jeito era mais emocionante!

Durante o recreio, eu e Dani íamos ver os meninos jogando e jogávamos algumas partidas de vez em quando. Bom, pelo menos eu. Estava começando a achar futebol divertido!

O fato de que estávamos juntos – embora não oficialmente – acabou se espalhando pela escola, e eu recebia vários olhares maldosos vindos de diversas garotas. Quer dizer, eu sabia que Gabriel era desejado por quase todas as meninas da escola, mas elas também não precisavam ficar esbarrando em mim toda vez que eu acabava de pegar o suco no lanche. Ok, estou generalizando. As únicas garotas que faziam isso eram as amigas da Bruna.

Mas, por incrível que pareça, eu não era a única que estava sofrendo *bullying* com a notícia.

– Meus amigos não param de ficar me zoando porque eu estou ficando com você – Gabriel riu, enquanto colocava os braços por trás da cabeça e se apoiava numa árvore e eu apoiava a minha cabeça no ombro dele. Estávamos no jardim das flores, já tínhamos acabado de lanchar. O lugar era romântico, ideal para uns beijos, mas hoje estávamos bem, só curtindo o sol que resolvera aparecer.

– Por quê? Acham que eu não sirvo pra você? – cara, isso é típico de popzinhos. Só gostar de garotas que sejam populares também.

– O quê? Por que razão achariam isso? Que nada, os caras só estão se mordendo de inveja! – Gabriel riu, aparentemente feliz consigo mesmo.

– Inveja? – estranhei. Ele estava insinuando que os garotos estavam com inveja de o Gabriel estar... *comigo?*

– É. Porque, sabe, você é uma das garotas mais gostosas da escola. E não é metida só pelo fato de ser linda.

Nesse momento ele olhou pro lado e eu pude ouvir a voz da Bruna conversando com as amigas. Rapidamente percebi a indireta. Não que eu me importasse com ela naquele momento. *Ele tinha dito o que eu acabara de ouvir?*

Quer dizer, eu realmente mudara desde o ano passado, deixando de ser a garotinha magrinha da oitava série, e não posso dizer que a academia que eu frequentei no início do ano e as tardes nadando como sereia não estavam ajudando a deixar meu corpo bonito – apesar da minha tara por chocolate. E o DNA de

sereia ajuda também. Os caras não param de dar em cima da minha mãe até hoje.

Mas ouvir isso foi além do que eu esperava. Se é que eu já esperei alguma coisa. Eu só queria que o Gabriel me notasse e ponto, e agora sou feliz.

– Que é isso, eles só estão dizendo essas coisas porque agora eu estou com você – falei, ainda sem acreditar.

– Cel, não seja modesta que assim eu me apaixono – ele brincou. Eu juro que posso ser modesta o quanto ele quiser para que isso aconteça – Os garotos já falam isso desde o início do ano letivo. É que você é muito avoada pra perceber quando estão dando em cima de você.

Com isso eu tenho que concordar.

– Quer dizer, por que você acha que os meninos deixam você jogar futebol de vez em quando com a gente?

– Por que eu sou boa?

Gabriel riu.

– Não, porque você é gata! É por isso que o Leo só passa a bola pra você e o Caio pega leve quando você chega perto do gol.

– Ah! – exclamei, sem nem acreditar. Então todo o meu talento era uma farsa?! Só porque eles me achavam "gostosa" me deixavam jogar? Argh! Garotos são TODOS iguais! Bufei e cruzei os braços – Que idiotas! Não preciso que facilitem as coisas pra mim por causa disso! Lá se foi meu interesse por futebol! – falei irritada.

Gabriel achou graça e me abraçou por trás, assoprando no meu pescoço e me deixando toda arrepiada. Eu ri, sem conseguir ficar brava por muito tempo.

Como você pode supor, em meio a toda a minha alegria pelo fato de eu e o Gabriel estarmos juntos – embora não oficialmente –, eu esqueci completamente das minhas aulas de princesa na quinta depois da escola. Eu e o Gabriel fomos tomar *frozen yogurt* numa sorveteria boa que tem ao lado da escola, e depois eu fui direto pra casa fazer os deveres acumulados, já que eu estava ficando um pouco relaxada com a escola.

Então, na sexta, eu ainda não tinha me tocado disso, até que vi Taikun entrando na escola no intervalo entre os tempos da manhã. Eu fui pegar um pouco d'água e quase engasguei quando uma mão gelada tocou em minhas costas:

– Foi muito feio você ter cabulado as aulas ontem, Princesa. A Rainha não ficou nada feliz.

Opa.

– T... Taikun!! – exclamei. Ele usava uma camiseta de surfe úmida e colada de novo, e uma bermuda preta de praia que ainda pingava um pouquinho no chão. O fato da blusa azul realçar seus olhos turquesa fez com que eu me esquecesse de arranjar uma boa desculpa. Então eu só disse: – Você por acaso veio direto do mar *de novo*? Não sabe que é pra colocar as roupas *depois que já está seco*? E o que faz pra coordenadora deixar você entrar nesse estado na escola?!

– Não mude de assunto, espertinha. Mas, em primeiro lugar, não adianta eu esperar me secar se as roupas vão estar molhadas de qualquer jeito, já que vêm do mar também; e em segundo lugar, a coordenadora deixa eu entrar na escola para procurar por você com um sorriso no rosto, então pergunte a ela o motivo, já que eu também não entendo.

Aaah, mas agora *eu* entendo. Taikun deve causar esse tipo de reação em todas as mulheres do planeta. Essas mulheres de meia-idade...

– Mas, então, posso saber por que você faltou ontem? Fiz o que você pediu, esperei só na água por causa daquele seu amigo, mas você não apareceu.

Bom, "amigo" não era mais a palavra certa. Nem paquera. Acho que éramos até mais do que simples ficantes, já que passávamos quase todo o tempo na escola juntos, por mais que o Gabriel ainda não tenha nem mencionado a palavra "namoro".

– Poxa, Taikun, desculpa... – eu ia dizer que fiquei em casa estudando, mas fiquei quieta. O fato de eu estar negligenciando meus estudos em favor do quase--namoro não justificava minha falta aos compromissos reais – Desculpa. Mesmo. Eu esqueci completamente com tudo o que está acontecendo essa semana, mas prometo que semana que vem eu não falto!

Taikun suspirou.

– Você é uma princesa muito irresponsável, sabia disso? Precisa se lembrar dos seus compromissos.

Carolina Cequini

– Eu já pedi desculpas! Não me faça me sentir pior ainda! Será que eu posso ir hoje, então?

– Eu não sei... Eu vejo e depois posso passar na loja da sua tia para te buscar, ok? Se eu não aparecer até 18:00 é porque não vai rolar, e aí você se entende com a Rainha depois.

– Ok, hoje às 18:00... Só espero que eu termine o dever a tempo.

Taikun se despediu e foi embora, enquanto as garotas que estavam no corredor olhavam para ele suspirando.

– Cel, o que foi aquilo?

Levei um susto. Gabriel saía do banheiro masculino logo ao lado do bebedouro onde eu estava, e sua expressão não estava nada feliz.

– Gabriel... Você me assustou!

– Aquele é o garoto da última vez? – ele perguntou, sério.

– O Taikun? É, hum, sim, é ele.

– Sobre o que vocês estavam conversando? Você tinha um encontro com ele ontem?

– O quê?! Não!

– Foi o que parecia. Que você tinha faltado ontem e estava recombinando hoje. E ele te chamava o tempo todo de "princesa".

Ele me chamou apenas uma vez e depois me chamou de princesa irresponsável, mas... Own, ele estava com ciúmes!

Eu sorri, abraçando-o.

– Não se preocupe! Eu já não tinha falado que ele é só o meu primo? Era um compromisso de família. Tenho toda quinta-feira à tarde, mas acabei esquecendo ontem, porque estava com você.

– Ok... – ele falou, mas ainda não estava completamente convencido.

Consegui ter as aulas de princesa sexta-feira, depois de um sermão básico da Rainha. As horas de aula com Karin, que já era mal-humorada normalmente, foram insuportáveis, por mais que eu já estivesse pegando o jeito com a dança. Agora eu tinha um autocontrole do corpo em que eu conseguia mexer só os ombros, ou só o quadril, ou um braço para um lado e o outro ao contrário... Era ótimo para a coordenação motora. Sentia que logo logo poderia estar mexendo o quadril como a Shakira.

O Sr. Escamas me passou outro livro tijolão que explicava o funcionamento de uma Corte Real. Com duques, condes, príncipes, guardas, damas de companhia e todo tipo de gente que habita castelos. Perguntei-me se em breve eu teria damas de companhia como a Rainha, mas torci para que não. Imagina mais três garotas me seguindo para todo lado no castelo além do Taikun? E se elas fossem chatas? E se fossem sérias e rabugentas como Marlon? Não, não, eu já esgotara toda a minha cota de sorte ao ter um guarda-costas como o Taikun. Melhor não arriscar.

O bom foi que, depois de acabar o estudo, pude ficar conversando com Serena e contei a ela todos os mínimos detalhes do meu passeio na lancha de Gabriel no sábado e toda essa minha semana maravilhosa. Voltei para casa à noite e Taikun insistiu para me acompanhar até em casa. Acabei aceitando, porque a viagem seria muito mais divertida com ele.

– É perigoso andar sozinha de ônibus a essa hora. Ainda mais você.

– Puxa, obrigada. Você tem mesmo muita confiança em mim. Mas eu ia ligar para o meu pai, de qualquer forma. Só precisaria ficar preocupada se ele estivesse no centro cirúrgico e não pudesse me buscar. Minha mãe está de plantão a essa hora, então eu teria que ligar para a minha tia, que sempre está ocupada às sextas-feiras com os encontros da igreja, mas aí eu poderia...

– Desde que eu esteja com você, não precisa se dar ao trabalho de fazer tudo isso.

– Ah, tá. E o que você pode fazer caso ocorra um sequestro-relâmpago no ônibus?

– Eu tenho uns truques na manga... – Taikun levantou um pouco a camiseta de surfe e eu pude ver seu cinto de guarda-costas, com os frascos de poções e a faquinha pendurados. Eu ainda não sabia o que cada uma daquelas paradas fazia, mas pela cara dele parecia ser grande coisa. Podia ter uma bomba de fumaça ali ou até uma granada e eu não fazia ideia – Além disso, eu também recebi treinamento marcial. Sou rápido como um tigre siberiano!

Eu ri, e ele também.

– Você é um metido, isso sim – balancei a cabeça.

30
Quem avisa amigo é

Eu e o Gabriel saímos no sábado, nos encontrando na praia. Revi os amigos dele, Mel, Vini, Ric, Cacá e Peixe. Foi adorável o modo como eles se lembraram do acidente do cheesecake. *Nos mínimos detalhes.*

– Não se dê ao trabalho de perder a paciência com eles, Cel – Gabriel falou, se desculpando – Eles só sabem encher o saco na maioria das vezes.

– E você só sabe ser um babaca na maioria das vezes! – exclamou Peixe, correndo pra água. Cara, eu adoraaava esse garoto! Tive que rir, não consegui me controlar.

– Não se preocupe, eles não estão incomodando... muito. Sei que é brincadeira, eles são divertidos! – eu ri.

Vini o chamou, e Gabriel me deu um beijo ardente antes de ir até eles. Só parou quando os amigos começaram a zoar.

– Uuuuuhh!

– Assim você engole a gata, cara – Ric riu.

Eu senti minhas bochechas ficarem completamente vermelhas.

– Acho melhor você ir – falei – Ou seus amigos vão ficar com ciúme e dizer que estou te roubando deles.

– Aposto que já estão. Porque *eu* estou *te* roubando deles – ele piscou.

Meu coração quase derreteu, e eu só consegui rir, sem graça.

Surfistas, Beijos e um Pé de Pato

Assim que Gabriel se afastou, Melissa e Catarina se aproximaram.

– Hey, e não é que a garota do cheesecake conquistou o Biel? – Mel riu.

– A garota do cheesecake tem seus truques – eu ri.

Cacá arregalou os olhos.

– Wow... Você por acaso...? – ela até parou de passar a parafina.

Ela está querendo dizer o que eu acho que ela quer dizer ou sou só eu que sou um tanto mente poluída?

– Wooooow! Biel conseguiu mais uma?! – Mel exclamou – Cafajeste! – ela riu.

Meu coração parecia que ia ter um enfarte. Elas *estavam* falando do que eu achava que estavam falando.

– Como assim mais uma?! – exclamei com a voz esganiçada.

– Ora, meu bem, você não pode achar que ele é virgem, não é? Achava mesmo que tinha sido a primeira? – Mel riu.

Essa Melissa estava começando a me irritar. Cacá estava com os olhos arregalados.

– Mas eu não fiz nada! Nós só estamos juntos, não oficialmente, certo; mas só estamos juntos há uma semana!

Cacá suspirou.

– Menina, você quase me matou do coração. Não caia na lábia dele não.

– Como assim?

– Ora, o Biel é um cara maneiro, engraçado, gato e surfa bem, mas você já deve ter ouvido falar de sua fama de pegador. Quando fiquei com ele uma vez me apaixonei na hora, e queria ficar mais vezes. Mas, uma semana depois, ele simplesmente se enjoou de mim e apareceu na minha frente com outra. Que por sinal já estava com ele há pelo menos duas semanas, pelo que eu soube, antes mesmo de eu e ele termos ficado pela primeira vez. Ele provavelmente deve estar fazendo o mesmo com você – falou Mel, na lata, dando de ombros.

Por que isso estava acontecendo comigo? Por que elas estavam falando essas coisas assim de repente?! Perguntei isso a elas.

– Você é que nos assustou dizendo que tinha os "seus truques"! – Cacá riu – Achamos que podia estar insinuando alguma coisa, como aquela patricinha que vira e mexe aparece na praia também.

Engoli em seco.

– Por acaso está falando da Bruna?

– Aquela morena riquinha com chapinha no cabelo metida pra caraca? – perguntou Mel – Ela mesma.

Mel acaba de recuperar parte do meu respeito.

– O que ela ficava ensinuando? – perguntei, hesitante.

– Ficava se gabando pelas vezes em que foi pra casa dele, mas aposto que não aconteceu nada demais! Tanto que o namorico deles não durou, ela não deve ter cedido nas duas semanas em que estiveram juntos e ele partiu pra outra.

– Você quer dizer...

– Isso mesmo, *baby*. Você! – disse Mel, pegando sua prancha.

Uma onda de fúria passou por mim. Nada a ver aquilo tudo!

– Vocês não sabem do que estão falando! – me descontrolei. Sentia vontade de chorar, gritar, qualquer coisa pra por aquele bolo de incerteza que elas colocaram em mim pra fora de novo – O Gabriel não é assim. Eu conheço ele! Fui amiga dele até a sétima série. E ele sempre foi um garoto legal, e não um safado! Está certo que já ficou com muitas meninas, todas na escola sabem disso, mas...

– Você pode até ter sido amiga dele uns anos atrás, mas nós somos amigas dele *agora*. E acredite, as pessoas mudam – Melissa continuou, me interrompendo. Lá se foi o meu respeito por ela de novo – Bom, mas só fica a dica. Depois não diga que a gente não avisou.

Cacá afirmou com a cabeça e seguiu Mel até o mar.

O que Mel quis dizer com "você não pode achar que ele é virgem"? Se ele já... bem, dormiu com alguém, seria uma delas? Seria Bruna uma delas? Eu seria uma delas?? Oh, céus, só tinha abobrinha na minha cabeça!

E nem sei se deveria acreditar mesmo naquela garota. Eu nunca parei pra pensar se Gabriel era virgem ou não. Quer dizer, ele tem 16, vai fazer 17 anos ano que vem, é da turma que gosta de festas... Sinceramente, eu não faço ideia de como deve ser essa realidade, sempre fui muito bobona e inocente. Eu só sei que gosto dele. Muito. E que aquele assunto me machucou.

Eu não estava pronta para ter minha primeira DR com o Gabriel, ainda mais porque nem sabia qual era nosso tipo de relacionamento ainda. Tipo, ficávamos quase o tempo todo juntos na escola, nos beijávamos muito, saíamos de vez em quando para fazer algo diferente como ir até o Balada Mix ou tomar um sorvete ou um frozen yogurt, mas ele ainda não tinha mencionado a palavra "namoro".

Quando Gabriel voltou das ondas, logo percebeu que tinha algo errado quando ele e os amigos começaram a conversar e eu fiquei quieta. Fomos até a lanchonete natureba ao lado da loja da minha tia, para tomarmos uns sucos naturais e comermos uns sanduíches. Mal toquei na minha comida e fiquei só bebericando meu suco de abacaxi, completamente perdida em pensamentos.

– Cel, você tá legal? – Gabriel sussurrou no meu ouvido.

Respirei fundo.

– A verdade é que... Não, não estou.

– O que aconteceu? – ele pareceu preocupado.

– As meninas me disseram umas coisas...

– Sim...?

– ... sobre você e a Bruna, e outras garotas com quem você já ficou.

Ele pareceu ficar na defensiva.

– Bom, e o que elas disseram para deixar você repentinamente séria?

– Não acho que esse seja um bom lugar para discutir isso – falei.

– Cara... Só espero que elas não tenham enchido sua mente de merdas, porque isso é o que elas fazem de melhor. Melissa é uma fofoqueira.

– É. Eu meio que descobri isso hoje.

Continuei silenciosa durante o nosso lanche, e Gabriel teve que pedir licença ao pessoal da mesa e me chamou até a parte de trás do restaurante, onde não tinha ninguém, já que o lugar não estava tão cheio.

– Ok, pode falar. O que elas te disseram?

– Gabriel, eu sou péssima nessas coisas, então eu vou ser direta com você. Eu sei que você já teve vários relacionamentos, e realmente não me interessa até que ponto você foi neles. Passado é passado. Mas uma coisa eu quero saber: como *nós* estamos? Digo, eu sei que você esteve ficando com a Bruna pouco antes das férias, mas somos mais do que isso, certo? – falei, com um bolo na garganta. Isso era tudo o que eu queria saber: se ele me considerava só mais uma das várias garotas que ele tinha pegado, ou se eu realmente era especial

Carolina Cequini

para ele como ele era para mim. Afinal, sempre ouvi dizer que até os galinhas se apaixonam.

– Mais do que o quê? Ficantes? É isso que você quer saber?

– É-é – gaguejei.

Vi um relâmpago de hesitação passar pela expressão dele, mas essa reação foi tão rápida que não soube se tinha imaginado aquilo.

– Ora, é claro que somos mais do que isso! Você não acha?

– Eu... Eu não sei... Estamos juntos há uma semana, direto, todos os dias da escola e algumas tardes também, e até agora eu não ouvi você mencionar a palavra "namorada" ou simplesmente "casal" ou...

– Eu achei que não precisasse – ele falou, abraçando minha cintura – Achei que estivesse implícito. É claro que somos um casal. Um casal de namorados, se quer que eu diga com todas as palavras.

E então ele me beijou suavemente. Primeiro, tentei resistir, ainda estava meio tensa, mas ele era insistente e me segurou. No final, acabei cedendo.

Ele tinha dito!! Com todas as palavras!!!

É, eu posso ser meio brega às vezes. Ou quase sempre, mas tanto faz. Depois daquela eu precisava ter certeza de que era de mim que ele gostava. Próximo passo: fazê-lo dizer a palavra com "A".

Ok, nós ainda não tínhamos evoluído para a fase do "eu te amo", mas ele dizia que gostava de mim, e que eu era linda, e inteligente, e especial... E então era normalmente essa a parte em que a gente começava a se beijar e a conversa não era muito produtiva.

Nossos dias felizes no jardim das flores da escola continuavam.

Mas nem tudo foi às mil maravilhas. Chegaram finalmente os testes, e eu tive que parar de namorar, sentar a bunda na cadeira e estudar. Porque, do jeito que eu estava deixando a escola em segundo plano, duvidava que fosse me dar bem nas provas se não estudasse *muito*.

Logo no segundo dia de testes, Gabriel me ligou me convidando para ir ao cinema. Eu fiquei feliz. Era a primeira vez que ele me convidava para sair só nós dois no shopping! Eu sabia que não iríamos prestar atenção no filme, se é que você me entende, e a proposta era tentadora. Quer dizer, nesses últimos dias só saímos com seus amigos, e um pouco de privacidade não mata ninguém. Só tinha um problema...

– Mas Gabriel, amanhã tem teste de química! A matéria é imensa e eu tô boiando legal, porque faz duas semanas que eu não faço nenhum dever de casa!

– Mas é terça-feira, dia de rodízio na Pizza Hut! Podemos ver um filme e ir pra lá, ou ir pra lá e ver um filme depois, se preferir!

– Gabriel, eu tenho que decorar esse bando de elementos químicos, quando é terminação "eto", quando é "ato", quando é "oso"... É difícil, e eu acho que você deveria estudar também.

Até o convidaria para vir estudar comigo, mas eu sabia bem no que isso ia dar.

Ele desligou, mal-humorado, e a situação se repetiu mais duas ou três vezes. Falei pra ele que tanto o teste de biologia quanto o de física e o de literatura estavam cheios de matéria e que eu não podia sair.

– Bom, posso sair com a galera, então? – ele perguntou na quarta vez.
Suspirei.

– Pode. Já que você se recusa a estudar mesmo... Bom, *eu* vou passar em história, então não vou poder sair. Além disso, se minhas notas estiverem boas, meu horário de recolher pode ser mais conveniente para nós. Boas notas sempre funcionam com os pais.

Isso pareceu animá-lo, e muito. Quer dizer, era um saco ter que estar de volta em casa às 21:30, 22:00 no máximo.

– Mas você não vai ficar chateada depois, né?
Eu ri.

– Gabriel, por mim tudo bem. Você vai à Pizza Hut, e não a um bar de *strippers*.

– Você acaba de me dar uma ótima ideia...

– HÁ HÁ – falei – Não brinque assim comigo, estou de mau humor graças a essas milhões de datas de revoluções que aconteceram na Europa e que eu tenho que decorar. Como você pretende passar de ano, afinal, já que não te vejo estudar nunca?

– Er... Posso me sentar atrás de você amanhã?

Revirei os olhos.

– Ok...

Imagine a minha surpresa quando no dia seguinte Gabriel, uns garotos e garotas do terceiro ano e Bruna apareceram conversando sobre a noite passada.

– Celine, por que você não apareceu ontem? Foi divertido – ela falou, com aquele nariz irritantemente empinado.

– Porque eu não quis – falei entredentes – Tinha que estudar.

– Bom, tanto faz. Não fez a menor falta mesmo, não é Gabriel?

Gabriel riu.

– Também não precisa falar assim! Eu senti falta sim.

Eu sorri.

– É, até eu chegar! – Bruna riu, e Gabriel apenas revirou os olhos.

Bufei, irritada. Eles iam ter essa amizade colorida até quando?

Bruna me lançou um sorriso tão afetado que eu senti um formigamento desconfortável no estômago, como um sexto sentido me avisando que alguma coisa estava errada.

31
Hora da festa

Para compensar os dias trancafiada em casa na semana de provas, concordei em ir a uma festa que o Rodrigo do terceiro ano iria dar no final de semana, apesar do que a Dani e as meninas falavam sobre as festas desse garoto. Sobre o fato de só ter bebida, funk, fumaça e baixaria.

Mas, bom, Gabriel falou que iria de qualquer jeito com os amigos dele, com ou sem mim. E a Bruna iria com as amigas dela. Então eu meio que não tive escolha. A Dani foi com o Rafael para me dar apoio.

Coloquei um vestido simples, um tubinho preto emprestado da Juliana. Eu sinceramente achei que era muito curto, aquele tipo de roupa colada que é inimiga de escadas, mas ela me garantiu que faria sucesso na festa. Como o que ela usava era ainda menor, eu achei que o meu não estava tão ruim assim. Mas só me senti melhor mesmo depois que o Gabriel falou que eu estava linda nele.

A casa do Rodrigo era em São Conrado, bem longe da minha casa, mas consegui carona a tempo. Lá fomos eu, Gabriel, Daniela, Rafael, Juliana, Giovana e Murilo, com o Murilo dirigindo a caminhonete do pai dele.

Chegamos lá em uma casa moderna, paredes de vidro, um luxo só. Assim que tocamos a campainha, o dono da casa atendeu. Eu sabia que esse Rodrigo era da escola, mas nunca tinha falado com ele. Ele nos atendeu com um sorriso bobo de orelha a orelha, as bochechas um pouco rosadas e a blusa meio amarrotada, e falou conosco rindo pra caramba. Nem estava bêbado, bobeira.

Subimos pelas escadas e a festa já havia começado há um tempão. Uma música eletrônica tocava alto, havia uma barraca de raspadinhas, uma mesa com ponche e outra com petiscos. A pista de dança estava cheia de gente, e a maioria eu não conhecia, pois não eram da escola.

– Ei, até que não está tão ruim – falei para a Dani – Você tinha me assustado com a história da última festa dele. O pessoal tá meio altinho, mas deixa a atmosfera animada! – falei. Não tinha ninguém passando mal. Ainda.

– É assim que se fala! – Rodrigo falou, colocando o braço ao redor do meu ombro, me oferecendo uma latinha de cerveja.

– Não, obrigada... Eu não bebo cerveja...

– Sai pra lá, cara – Gabriel o empurrou de leve, e Rodrigo saiu rindo, indo falar com outras garotas que estavam por ali.

Apesar de meio desconfortável no início, acabei indo para a pista de dança com a Ju e a Dani. Gostando da música ou não, acabei dançando muito e me divertindo, até que fiquei exausta e com sede.

– Aqui, Cel, peguei pra você – Gabriel me ofereceu uma raspadinha.

– Obrigada! – falei, e tomei um gole forte com o canudinho, pois estava muito quente lá dentro. Imediatamente comecei a tossir e quase cuspi – Isso aqui tem álcool! – exclamei.

– É claro... Tá batizado com um pouco de vodca.

– Um *pouco*? Bom, tem algum refrigerante?

Dani pigarreou.

– Não aconselho.

– Ah... Tem água?

– Não sei – Gabriel falou – Não vi em nenhum lugar. Vê com o Rodrigo.

Com o Rodrigo? Mas eu nem falo com ele!, pensei, aflita.

– Não, deixa... Pode ser só a raspadinha mesmo... – acabei me conformando, tomando pequenos golinhos que queimavam um pouco ao descer pela garganta.

Comi alguns petiscos, mas, ao contrário da bebida, que era sempre reposta, a comida logo acabou. E então começou o funk.

Imediatamente saí da pista de dança.

– Qual é, Cel? Não vai dançar mais comigo? – Gabriel perguntou.

Surfistas, Beijos e um Pé de Pato

229

– Hum, essa não é a música mais romântica que eu conheço para dançar com o namorado.

– Por que não diz logo que não sabe descer até o chão? – falou Bruna, correndo para a pista com suas amigas, ocupando o centro da sala e a atenção de todos.

– Não precisa ficar com vergonha, Cel... Eu tenho certeza de que você é boa... – Gabriel deu um sorriso malicioso.

Imediatamente fiquei vermelha. Céus, nem é questão de ser boa ou não! Como eu disse, graças às aulas de dança no castelo eu estava quase aprendendo a requebrar como a Shakira, mas a questão é que tinha muita gente olhando! Eu disse isso a ele.

Quer dizer, não a parte da Shakira, pelo amor de Deus! A parte de que tinha muita gente.

– Quer dançar num lugar mais privado? – ele deu um meio sorriso, abraçando minha cintura.

– Gabriel! – exclamei, morta de vergonha – Não, escuta, você está bêbado, então continue aí na pista que eu vou só na varanda tomar um pouco de ar, ok? Já volto.

Ele balbuciou alguma coisa, concordando, e eu saí para a varanda. A noite estava fria, mas foi refrescante sentir aquele ventinho gelado. Lá dentro estava quente e sufocante, e as pessoas estavam todas suadas, nojentas.

Eu começava a ficar com sono, e estava com fome e com sede. Temia tomar mais alguma coisa com álcool e passar mal, já que estava de barriga praticamente vazia. E, pelo estado do dono da casa, sentia que, se me aproximasse dele para pedir água, ele era capaz de desmaiar em cima de mim.

Olhei para o relógio. Já era 1:15. Prometi para o meu pai que estaria de volta no máximo 1:30. Acho que era uma boa deixa para eu ir embora. A experiência foi maneira, dancei com as meninas e me diverti, apesar da fome, da sede e do calor. E das pessoas bêbadas que trombavam em mim e pisavam no meu pé.

Fiz uma cara de nojo quando ouvi um barulho de vômito e vi uma garota a poucos passos de mim segurando o cabelo da amiga enquanto a outra se debruçava na grama. Eca. Era a segunda vez que eu via isso. Se eu não quisesse que a experiência fosse de maneira para traumatizante, era melhor eu ir embora logo.

– Cel? – Dani apareceu na varanda comigo – E aí? O que achou?

– É, não é tudo aquilo que vocês falaram, confesso que me assustaram um pouco. Mas é um programa para se fazer uma vez na vida e depois nunca mais, por favor! O Gabriel não para de beber e nem está passando o tempo comigo... Sei lá. Talvez eu seja careta. Talvez se eu também pegasse umas latinhas me divertisse mais...

– Não, não vale a dor de cabeça da ressaca no dia seguinte – Dani falou – Experiência própria. Eu também fico entediada quando venho pra cá, sabe como eu prefiro muito mais assistir a um seriado legal ao lado das minhas amigas ou do namorado e de uma travessa de brigadeiro quentinho do que isso – ela brincou. Mas eu pensei a mesma coisa – Tá a fim de ir embora, já?

– Aham. Vamos falar com os garotos.

E quem disse que eles queriam ir? Depois da calmaria da noite estrelada e da brisa fresca, entrar na festa foi ainda mais insuportável, parecendo estar mais quente e abafada do que antes com aquela fumaça, a música ainda mais alta que fazia até meus ossos tremerem, e as pessoas já não pareciam estar dentro de si.

Apesar disso tudo, os meninos afirmaram que não queriam ir embora.

– Agora que tá ficando boa? – exclamou Gabriel. O funk continuava a tocar, as garotas dançando de um jeito que me deixou horrorizada. Os garotos estavam por ali, colados nelas, praticamente passando a mão em tudo. Não consegui reconhecer quem era da escola e quem não era. O jeito como Bruna dançava perto *demais* de Gabriel me irritava.

– Tem certeza? – falei.

– Claro! Não vou embora agora mas nem que me paguem!

– Bom, eu vou ligar pro meu pai – Dani falou – Já deu disso tudo pra mim. Agora isso tá virando uma putaria, e não é bem a minha ideia para diversão com namorado – ela me lançou um olhar significativo.

– Ok... Qualquer coisa acho que eu vou com você.

Apesar de não beber quase nada e de estar praticamente desidratada, tive vontade de ir ao banheiro. Querendo ou não, tive que ir falar com Rodrigo.

– Com licença, Rodrigo... Onde é o banheiro da sua casa? – perguntei. Ele se jogou no chão e começou a rir, como se eu tivesse dito algo hilário. Devo confessar que aquilo me assustou um pouco.

– No corredor logo em frente à escada, primeira porta à direita – ele falou.

Bom, eu só espero que ele tenha noção do que está dizendo, apesar de estar completamente alcoolizado. Porque eu não quero abrir a porta de um quarto e me deparar com algo que eu não queira ver.

Infelizmente, não pude saber se aquele era mesmo o banheiro ou não. Dois casais se agarravam ali, bloqueando completamente a passagem. Era exatamente esse tipo de coisa que eu não queria ver.

Suspirei e voltei pra pista para chamar Gabriel. Agora, além de tudo, eu estava apertada pra fazer xixi, e precisava mesmo ir embora.

Antes que eu pudesse achá-lo, porém, dois garotos se aproximaram de mim.

– Oi, loirinha. Não vai dançar? – um deles riu.

– Não. Com licença – empurrei um deles da minha frente. Eu estava irritada devido ao barulho, à fome, à sede, ao cansaço e à vontade de usar o banheiro, e não estava com paciência para idiotas.

– Ei – um deles puxou meu braço – Quer ficar comigo?

– Muito sutil, cara. Adoraria, mas já tenho namorado – falei, irônica.

– Se você vai adorar, ele não precisa ficar sabendo...

– NÃO, cara, VALEU. Dá pra me largar?

– E comigo, você quer ficar? – o outro perguntou.

– Que parte de "eu já tenho namorado" vocês não entenderam, imbecis?

– Uuuuuuhhh – um deles zombou.

– Então quer ficar com nós dois? – o outro foi se aproximando de mim.

Tentei me desvencilhar, mas não consegui. Ia gritar, ou dar um pisão no pé de alguém, ou chutar *aquele lugar* ou sei lá, mas antes que eu pudesse reagir Gabriel apareceu.

– Renan, Marcos, deem o fora! Essa garota é minha.

– Vá se ferrar, cara! A gente viu ela primeiro!

– É, vá pegar outra, que é o que você faz de melhor!

– Com licença, mas ele é *meu* namorado! – falei, brava, e aproveitei que eles estavam distraídos para dar um puxão e soltar meu braço. Corri para junto de Gabriel e ele me envolveu pela cintura.

Os garotos então bufaram, se afastando.

– Estraga prazeres...

– É, por que o namorado dela tinha que aparecer?

Eu sorri, aliviada.

– Obrigada, Gabriel. Achei que aqueles bêbados iam me beijar ali mesmo!

– Ei, só eu posso fazer isso, lembra? – e então ele aproximou seu rosto do meu e me beijou no meio da pista de dança. Seu bafo de cerveja era forte. Eu retribuí o beijo brevemente, mas depois me afastei.

– Gabriel, aqui não... O clima tá meio pesado. O pai da Daniela já deve estar chegando para buscar a gente, vamos? São quase 2:00, e meus pais vão ficar bravos.

– Aaaah, Cel. A festa vai durar até as 4:00. Não quer ficar até o final? Só mais duas horas...

– Er, não, não mesmo. Eu já estou morrendo de sono.

– Bom, se você quiser ir embora com ela, por mim tudo bem. Mas eu vou ficar aqui.

Olhei pra ele magoada.

– Mas Gabriel...

– Sssh – ele tapou minha boca com a mão – Eu não quero ir embora. Então, já que você já está tão decidida que não quer ficar, vamos só aproveitar o resto da festa juntos, ok?

– Está bem – falei, relutante.

Ele sorriu e pegou a minha mão, me puxando para fora da pista de dança.

– Aonde estamos indo? – perguntei. Ele deu um meio sorriso.

– Você vai ver.

Gabriel me levou até um canto mais isolado da festa. Antes de entrarmos num corredor, ele se serviu de um último copo de ponche e entregou outro a mim.

– Um brinde à sua primeira de muitas festas que vamos passar a vir juntos!

Eu não tinha certeza quanto a isso, mas aceitei mesmo assim. Eu já estava de saída, agora um copinho de bebida não ia matar ninguém.

– Viramos tudo no três – ele disse – Um... dois... três!

Fechei os olhos e tomei tudo de uma vez, virando o copo.

Gabriel colocou os copos vazios na mesa, rindo.

– E aí, como foi? – ele perguntou ainda rindo.

– Horrível! Queimou minha gargan...

Parei de falar quando ele me beijou com força. Eu estava despreparada para aquele beijo tão repentino e tão ansioso, e cambaleei para trás com o salto, me encostando na parede. Gabriel continuava a me beijar numa ânsia que eu nunca tinha visto, prensando-me entre a parede e o corpo dele.

Se ele não estivesse com tanto cheiro de álcool, teria sido um dos melhores beijos de nós dois. Parecia aqueles beijos de novela. Não, de filmes hollywoodianos.

Acabei me deixando levar pelo momento, não conseguindo resistir às vezes em que ele sussurava o meu nome, fazendo meu corpo estremecer. Ele simplesmente tinha esse efeito sobre mim, me deixando uma boba apaixonada sem reação, completamente derretida pelo seu sorriso e pelos seus olhos dourados.

Coloquei meus braços ao redor de seu pescoço enquanto ele descia os dele pelas minhas costas e voltava a subir. Agarrei os cachos de mexas louras do sol quando ele desceu suas mãos pelas minhas costas até a lateral da minha coxa e não voltou a subir. Mas tive que parar quando ele começou a levantar meu vestido.

– Gabriel! – exclamei, assustada e ofegante, enquanto ele apenas ria e voltava a me beijar. Dessa vez, seus braços não desceram tanto, mas chegaram até o limite do vestido tomara que caia e entraram pelo tecido, soltando meu sutiã por trás.

Dessa vez eu o empurrei, e ele cambaleou até a outra parede do corredor.

– O que pensa que está fazendo?! – exclamei, segurando o sutiã pelo vestido, me lembrando de quando quase perdera o top de conchas na água e de como aquilo me deixara nervosa. Rapidamente prendi o sutiã de novo, enquanto ele se aproximava.

Seus lábios estavam inchados da pressão do beijo e borrados com o meu gloss, deixando-os vermelhos e incrivelmente sexy. Mas eu não conseguia prestar muita atenção nesses detalhes, porque o medo lentamente tomava conta de mim, substituindo o desejo.

– Eu penso que estou tendo um dos melhores momentos que já tive com você – ele riu, se aproximando novamente.

– Certo, mas vá com calma, tá? Está divertido, mas não estrague tudo tentando ser apressado – eu ri, nervosa. Lidar com um Gabriel bêbado não estava nos planos.

– E você não estrague tudo tentando ser careta – ele me beijou de novo e apertou meus peitos.

– Gabriel!! – gritei e bati nele até me soltar. Eu começava a imaginar aonde ele queria chegar com aquilo tudo. E não queria isso. Não assim, não numa festa de fim de mundo depois de ele encher a cara.

Romântica incurável do jeito que eu era, só deixaria ele passar do nível dos beijos depois de pelo menos dizer que me amava, e então começaríamos a discutir onde ele poderia me tocar ou não.

Gabriel se afastou de mim, visivelmente irritado, enquanto eu respirava rapidamente, ofegante.

Ouvi Dani berrar o meu nome através da música alta. Ela sempre teve umas cordas vocais poderosas, e eu podia ouvir daquele cantinho isolado que o pai dela já havia chegado.

Aproveitei a deixa:

– Gabriel, tenho que ir – me afastei dele, me virando para fora do corredor.

Ele agarrou meu braço e me puxou de novo.

– Cel, por favor, não quer ficar mais um pouco?

– *Não*. Realmente já está tarde, e não queremos fazer nenhuma besteira com você bêbado desse jeito, não é? Vamos nos rever segunda, e continuamos a ficar todo dia no recreio...

– Eu já estou cansado de só ficar com você, Cel! – ele exlamou, e eu só consegui piscar.

– O-o quê?!

– Nós já estamos juntos há quase um mês, e quero demostrar de outra forma tudo o que eu sinto por você...

– Gabriel, nos só estamos juntos há três semanas, eu não acho que seja uma boa hora para...

– Celine, por favor... – ele falou com uma voz e um sorriso galanteadores. Meu coração começou a bater mais rápido com isso, o que parecia impossível. Meus tímpanos chegavam a latejar com a intensidade das batidas cardíacas.

– Gabriel, hoje não. A festa foi divertida, agora eu estou cansada...

Surfistas, Beijos e um Pé de Pato

– Por favor, Celine... Eu te amo...

AI, MEU DEUS!! Ele disse a palavra com "A"!!! Meu argumento agora não estava mais válido. Afinal, ele tinha dito que me amava, não? Mas ainda não era assim que eu queria.

– Eu também te amo... – murmurei, abobalhada.

Ele sorriu.

– Então por que não fica aqui comigo mais um pouco? Juro que depois eu mesmo te levo pra casa... – ele abraçou minha cintura.

Balancei a cabeça, saindo do transe.

– Não, não. Já disse que não. Por que está sendo tão insistente?

– Por que está sendo tão teimosa, droga? Sabe, esse é o seu problema, Celine! Você é pior do que a minha avó! Não posso fazer absolutamente nada! De que adianta uma garota assim? Pra que serve ser tão gostosa se não deixa ninguém tocar no seu corpo? É por isso que eu às vezes prefiro a Bruna!

32
Pesadelo

O tempo parecia ter parado. Uma mágoa indescritível tomou conta de mim. Tristeza. Decepção. Senti meu coração congelar até toda e qualquer alegria ser sugada de mim.

— Você... Você não disse isso...

— Então prove que estou errado! Prove que você não é uma criancinha idiota de 6 anos de idade! – e dito isso ele se jogou mais uma vez em cima de mim, tentando me beijar à força.

Aquilo foi demais. Quando dei por mim, já tinha levantado o braço e dado um tapa na cara dele, fazendo um estalo alto. Gabriel caiu sentado no chão, piscando muito e parecendo acordar de um transe, como se tivesse ficado sóbrio de repente.

— Seu bêbado idiota! – exclamei, lágrimas vindo aos meus olhos. Pode ter soado meio infantil (quase como uma criancinha idiota de 6 anos de idade), mas foi a única coisa em que consegui pensar na hora. Porque ele estava completamente bêbado e estava agindo feito um idiota. Então "bêbado idiota" resumia bem a situação.

Não aguentando mais olhar para a cara dele, saí correndo dali.

Topei com tudo com a Dani ao sair do corredor.

– Cel!, enfim te achei... Está chorando?

– IDIOTA! Ele é um bêbado IDIOTA!! – consegui balbuciar apesar das lágrimas.

– Cel, é do Gabriel que você está falando? O que ele fez? – e então ela olhou o cantinho escuro de onde eu tinha vindo – Oh meu Deus. Você não...?

– Eu quero ir embora! – gemi, soluçando.

– Er... Ok, ok, vamos já, então! Eu já estava te chamando mesmo...

Foi muito sofrida a minha ida até em casa com a Dani, sem poder dizer nada a ela por causa do pai que estava dirigindo. Cheguei em casa. Por sorte meus pais já tinham ido dormir. Entrei no meu quarto e liguei pra ela do celular, contando aos prantos tudo o que acontecera na festa.

– Que cafajeste! – ela berrou do outro lado da linha – Idiota, canalha, filho de uma...!!!

Daniela parou de repente quando viu que eu tinha ficado quieta.

– O que foi, Cel?

– É que estava pensando... Será que isso tudo não foi culpa da bebida? Acha que não é bem culpa dele?

– Você ficou maluca?!! O garoto é um tarado e um grosso! Ele pensa que todas as garotas são facinhas, aí você tem um pouco de consideração por si mesma e diz não e ele dá um ataque?! Ele é que é a criancinha idiota de 6 anos, sem nenhuma maturidade ou cérebro na cabeça! Você não pode perdoar o que ele fez!

– Mas ele não é assim normalmente, ele é sempre muito gentil... – recomecei a chorar lembrando das coisas horríveis que ele me dissera – Eu... Eu amo ele, não sei o que faço agora...

– Parou aí!! Como assim "ama ele"? Não era só uma paixãozinha pelo garoto popular da escola? Agora já é amor?

– Mas ele disse que me ama também...

– Provavelmente deve estar mentindo, assim como mentiu que não gostava da Bruna! Por que outra razão ele mencionaria o nome dela?? É óbvio que os dois ainda têm um rolo, e pelo visto vão além dos beijos, aquele traidor de uma figa! – Dani exclamou, irritada.

Carolina Cequini

Eu não respondi. Só consegui ficar muda, com os olhos arregalados e a boca aberta, encarando o teto enquanto estava deitada na cama. Logo a seguir, as lágrimas voltaram com força total, piores do que antes.

– Ah! – Dani se deu conta do que havia dito – E-eu não quis dizer isso! Eu não quis dizer que ele e a Bruna tenham...

Eu desliguei o telefone e comecei a chorar tudo de novo, mais ainda dessa vez.

Então era isso. Ele não me amava e realmente está tendo um caso com a Bruna desde antes das férias. E haviam continuado mesmo depois de passar a ficar comigo.

O celular começou a tocar e eu vi que era a Dani, mas não atendi.

Logo a seguir vieram as mensagens:

Cel, atende logo esse celular. Eu SEI q vc tah ai chorando e eu N VOU DEIXAR!

Cel, deixa d ser boba! Eu n quis dizer isso! Eu n sei se ele estava tendo um caso com ela! Falei aquilo pq estou com raiva do garoto, coisa q vc TB DEVERIA ESTAR! Mas tudo bem, vamos supor q ele estava alterado por causa da bebida. Eu tb devo estar, então ignore o q eu falei antes, ok?

Olha, jah q vc n vai me responder, pelo menos pare d chorar. Saiba q vc n pode ter certeza d nada ateh falar c ele. Se ele continuar um grosso e insinuar mais alguma coisa ai sim vc pode começar a se desesperar. Entao nada d choro, ouviu?

Bjos, boa note, amiga. N fica assim, se vcs se amam, vão superar essa. N tenho mta fé nesse garoto, ainda mais depois dessa, mas se for te fazer feliz eu vou torcer pra vcs se perdoarem e ficarem juntos.

```
Como vc disse, ele tava bebado. Nos filmes de amor-
zinho o mocinho sempre faz alguma coisa idiota, vc
jura q eles nunca mais vão ficar juntos e no final
eles decobrem q são feitos um para o outro e se
perdoam.
```

Eu sorri com a última mensagem. A vida não é um filme de comédia romântica, mas poderia ser.

Cheguei na escola na segunda com borboletas no estômago. Não, borboletas são muito delicadas. Morcegos. Havia morcegos muito selvagens no meu estômago.

Gabriel estaria lá me esperando como sempre para me dar um beijo antes da aula? Ele pediria desculpas por tudo, por ter sido insistente demais, por ter gritado comigo, por ter me comparado com *ela*? Ele me olharia nos olhos e perguntaria o que era necessário fazer para recuperar meu perdão e minha confiança? Ele diria, dessa vez sóbrio, que verdadeiramente me amava? Só eu e ninguém mais?

Não, ele não fez nada disso.

No recreio, fui direto para a sala do Gabriel, a 2-C. Ele não estava lá. Um aperto no coração me dizia que algo ruim estava para acontecer, principalmente quando também não havia sinal da Bruna na minha sala.

Calma, Celine, calma.

Respirei fundo e fui perguntando às pessoas se tinham visto ele. Aparentemente, Gabriel tinha ido até o jardim das flores na Educação Infantil. Mas fazer o que lá? Estava me esperando?

Também nem um sinal da Bruna.

Ai, outro aperto no coração. Acho que estou ficando muito pessimista. *Não posso deixar o que a Daniela disse no telefone subir à cabeça.*

Cheguei até o jardim das flores, decidi ir procurá-lo lá antes que ele fosse embora, mesmo sem ter lanchado nada. Senti um arrepio percorrer meu corpo quando vi seu cabelo mel atrás de uma cortina de pés-de-jasmin.

Parei, sem saber o que fazer. E se ele não tomasse a iniciativa, o que eu deveria dizer? Com certeza brigaria com ele. Ele mais que merecia. Eu reclamaria primeiro do quê? Do fato de ele ter começado a me agarrar na festa quando bebeu demais? Do fato de ele ter me magoado com seus comentários? Colocaria ele entre paredes e perguntava até onde ele foi com a Bruna e se ele ainda pensava nela ou algo do tipo?

Fui me aproximando lentamente do lugar onde Gabriel estava e, antes mesmo que eu pudesse me decidir sobre o que falar primeiro, vi que nada daquilo importava mais. Porque ele não estava sozinho. Bruna estava lá, com o corpo colado no dele, a boca vermelha cheia de gloss grudada na dele, borrando suas bochechas de batom.

Os estalos dos lábios dos dois me provocaram náuseas e os suspiros deles enquanto se beijavam me deixaram tonta e sem ar, de um jeito completamente desagradável.

No instante seguinte, minha visão ficou turva de lágrimas, dei dois passos para trás, me virei e saí correndo.

Eles estavam tão entretidos que nem me notaram soluçar.

33
Briga!

Eu não ia lanchar. Eu não ia comer, não estava a fim de encarar as meninas na mesa. Fui direto ao banheiro feminino e por sorte não tinha ninguém.

Olhei para o espelho. Céus, eu estava horrível! Meus olhos estavam vermelhos, deixando o azul ainda mais destacado e um tanto medonho. O cabelo estava meio desgrenhado por causa da correria, e eu parecia não ser capaz de sorrir outra vez na vida.

Surpreendentemente, eu me senti ainda pior por dentro. Estava gelada, com falta de ar. Eu me sentia oca, como se uma parte vital de mim, justamente aquela que me mantinha aquecida e cheia de vida, tivesse sumido. Aqueles estavam sendo os piores dias da minha vida. Via diante dos meus olhos o garoto dos meus sonhos se transformar em um terrível pesadelo.

Lavei o rosto, mas as lágrimas não paravam de aparecer, e meu peito doía.

Logo agora, que eu tinha certeza de que amava ele...

Por fim desisti de lavar as lágrimas do rosto e me sentei no chão do banheiro, abraçando os joelhos e escondendo o rosto nos braços. Ouvi o sinal tocar, mas não dei a mínima. Eu não ia conseguir prestar atenção na aula mesmo, então que se dane.

Foi quando ouvi um barulho de passos se aproximando, e corri para dentro do boxe, fechando a porta. Droga, estava bom demais o banheiro estar vazio só pra mim. Tentei conter o choro e ser discreta, até que a voz que eu ouvi vinda de fora do boxe me fez engasgar.

– Ei, Bubu, ouviu isso? – reconheci uma das baba-ovos da Bruna.

– Sei lá, Roberta, parecia um pássaro morrendo engasgado – ela riu da própria piada e começou a cantarolar.

Sem conseguir me conter, abri uma frestinha da porta e fiquei observando. Ela ajeitava os cabelos no espelho e fazia caras e bocas, piscando, mandando beijinhos para seu reflexo, pondo a mão na cintura. Senti vontade de vomitar.

– Ai, Beta, estou tão feliz! Fiquei completamente aos amassos com o Gabriel hoje o recreio inteiro!

– Finalmente, fazia tempo que vocês dois não ficavam mais.

– Argh, nem me fale. Aquela idiota da Celine tinha que se meter no meio. Não sei o que ele viu naquela baranga.

– Baranga? A garota é super em forma, tem o cabelo e a pele perfeitos, é super simpática com todos, bem humorada e... T-tem razão, não sei o que ele viu nela... – Roberta adicionou quando viu o olhar ameaçador de Bruna.

– A questão é que eu dei duro pra tirar o Biel do feitiço daquela bruxa. Acho que ele realmente achou que tinha me esquecido e estava gostando de outra. Tive que praticamente me jogar em cima dele para mostrar que ele estava enganado. Caraca, que sofrimento! – Bruna e Roberta riram, e Bruna continuou a se olhar no espelho, tirando um *nécessaire* de não sei onde e começando a passar brilho nos lábios. Em seguida ela sorriu – Sabe, ainda bem que não precisei me esforçar muito, ou o estresse deixaria meu cabelo em frangalhos. Você acredita que nas duas festas do terceiro ano, depois de beber um pouquinho, *ele* que se jogou em cima de mim?

Apertei meu braço com força nessa hora, até que as unhas compridas deixaram uma marca funda na pele.

– Jura?! Bem que eu vi no Twitter que vocês tinham ficado, mas nem você me disse nada...

– Aquele retardado da 3-A não tem nada melhor pra fazer além de se meter na vida dos outros. E ele não sabe de tudo o que acontece nas festas...

– Ai, me conta, me conta, me conta!

Bruna fingiu que estava pensando.

– Ok, eu te conto! Foi nessa última festa, ninguém viu a gente porque estava quase no final, acho que eram umas 3:20 ou algo assim. O Gabriel estava bêbado

Surfistas, Beijos e um Pé de Pato

243

de novo, pra variar, e quando me viu me chamou para a varanda, onde sem mais nem menos começou a me beijar!

– Aaaaah! – Roberta deu gritinhos.

Aaaaaah!!!, eu tive vontade de gritar, mas mordi o lábio. Até que começou a sangrar.

– E então o beijo começou a ficar muito quente, e nós ti-ve-mos que ir para um lugar mais privado, se é que você me entende...

– Ai, meu Deus! Vocês não...?

Pelo sorriso que a Bruna deu, eu juro que meu coração quase parou.

– Não – eu respirei fundo, acho que não teria como eu me sentir pior do que já estava – mas quase. Aparentemente, ele queria muito – Bruna disse satisfeita – Ele disse que sentia minha falta e que não devíamos ter parado de ficar depois das férias. Disse que estava cansado de garotinhas e que queria sentir um amor de verdade.

Ah! O Gabriel e a Bruna ficaram durante as férias também?!

– Aí eu meio que me deixei levar pelo momento e... A próxima coisa que me dei conta é que ele estava de cueca no quarto de hóspedes do Rodrigo e eu só de calcinha, até sem sutiã, mas não aconteceu nada. Coloquei a roupa de novo, e depois de beijá-lo mais uma vez disse que ele só teria o que queria se namorasse comigo. Ele ficou tão gamado em mim que quando eu disse que ele teria que terminar com a Celine ele só disse: "Quem?".

Aquilo foi demais pra mim.

Rangendo os dentes, com lágrimas nos olhos, eu escancarei a porta do boxe.

– SUA VADIA!!! – gritei, e a próxima coisa de que me dei conta foi que eu estava em cima dela, tentando arrancar os seus cabelos.

Bruna gritou de surpresa – e provavelmente de dor também – e se jogou para trás, me prensando na parede. Ela se levantou enfurecida enquanto eu massagea-va meus seios doloridos, e então ela pulou em cima de mim e tentou arrancar os *meus* cabelos.

Ela arrancava cada tufo com aquelas garras de bruxa que eu não tive outra escolha a não ser morder o braço dela. Não havia sinal da Roberta em lugar nenhum, e eu suspeitava que ela tinha ido chamar a diretora ou alguém parecido.

Dane-se!

Eu não ia deixar barato o que ela fez comigo. E o Gabriel era o próximo.

Carolina Cequini

Bruna puxou a mão depressa e agarrou minha camiseta do uniforme.

Aos tropeções, tentei me desvencilhar dela, e no instante seguinte já irrompíamos para fora do banheiro como duas leoas em fúria se atracando. A inspetora chegou nessa hora, junto com uma multidão de todos os alunos do Ensino Médio.

– Wow! Briga de gostosas! – ouvi algum retardado gritar, mas Bruna bateu com o cotovelo no meu queixo e eu acabei me distraindo com a dor ao morder minha língua.

Fomos separadas nessa hora, com a gente ainda gritando e se xingando, e eu me admirei do estrago que tinha feito. O cabelo dela parecia mais um ninho de rato, a blusa estava completamente amarrotada e um tanto desfiada, o rímel e batom estavam borrados. E eu acho que acertei ela na bochecha, porque estava inchada.

Ótimo, ela estava parecida com a Bruxa que sempre foi.

Eu tinha vaga noção de que a inspetora dizia alguma coisa para nós duas, mas não dava a mínima para o que ela tinha a dizer.

– Ei, Gabriel, não é a sua namorada e a sua ex-ficante? – algum garoto perguntou, e reconheci o babaca do Gabriel em meio à multidão.

Ele se aproximou do garoto rindo.

– É sim. Ei, eu acho que as duas estão brigando por minha causa – ele falou com um sorriso.

Não aguentei. Eu me livrei dos braços da pessoa que me segurava e, marchando em direção ao Gabriel, dei um baita soco no nariz dele, com a maior força que pude. Ele gemeu caindo para trás, e eu vi que estava sangrando. Pelo barulho que fez acho que eu tinha quebrado o nariz dele. Ótimo. Porque, se machucou a minha mão, tem que ter machucado ele bem mais.

– Não estou brigando por você, seu convencido – falei, balançando os cabelos e empinando o nariz. Eu sabia que minha roupa e meu cabelo não estavam muito melhores que os da Bruna, mas eu não estava de maquiagem para borrar e nem tinha sido acertada no rosto – E é EX-namorada para você.

Saí rebolando para a coordenação sem nem precisarem me chamar, e pude ver que algumas meninas e garotos sorriam para mim. Provavelmente todas aquelas que tinham sido traídas por ele e todos aqueles cujas namoradas haviam sido pegas com ele.

Alguém tinha que dar o troco algum dia.

Surfistas, Beijos e um Pé de Pato

34
Rios de lágrimas

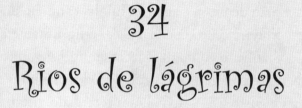

Ok, essa foi a primeira vez na vida em que fui chamada à coordenação. Quer dizer, talvez na quinta série eu tenha... Não, é, foi a primeira vez sim.

A coordenadora deu suspensão para nós duas, quatro dias para a Bruna, cinco dias para mim (porque eu também soquei o Gabriel). Enfim, uma semana de descanso. Seria bom pra mim. Eu não queria ver a cara dos dois tão cedo.

O problema, claro, seria explicar as coisas para a minha mãe. Explicar por que eu cheguei toda acabada em casa, por que estava suspensa, por que eu não parava de chorar e por que eu falava que nunca mais olharia para o Gabriel nem para qualquer outro garoto de novo.

Surpreendentemente, quando pouco depois ela chegou em casa brigando comigo por fazê-la sair do pronto-socorro para ver problema de escola, ela logo interligou os fatos assim que comecei a me explicar e parou de brigar, ouvindo o que eu tinha a dizer.

Eu tive que contar a ela tudo o que senti e todas as dúvidas que tive desde que comecei a ficar com ele, e, quando cheguei na parte do banheiro – é claro que eu não descrevi com detalhes a minha cena e do Gabriel bêbado na festinha –, ela disse que eu havia perdido a razão ao atacar a Bruna. Eu falei que não ligava, já que ela tinha sido suspensa também.

– Eu nunca imaginei que aquela garota fosse assim – falou mamãe, com raiva – E vocês eram tão amigas, sempre estranhei o fato de nunca mais se falarem. Por que você nunca me disse essas coisas?

– Porque antes estava tudo sob controle. Agora descubro que o único garoto por quem me apaixonei na vida era um canalha e...

– Ssssh... – mamãe me abraçou quando recomecei a chorar e nós nos sentamos na minha cama – Olha, filha, muitos homens são canalhas de vez em quando – ela falou – Vai por mim, eu já conheci um monte assim, principalmente quando tinha a sua idade e comecei a me interessar pelos meninos.

– E olha que antigamente existia o "cavalheirismo". Imagine como estão as coisas agora.

– Não diga bobagens. Esse Gabriel só não era o garoto certo para você...

– M-mas eu achei que f-fosse... – recomecei a chorar – Eu *queria* que fosse!

– O menino ideal pra você ainda está te esperando em algum lugar por aí, filha. Dificilmente acertamos de primeira. Como eu já disse, também conheci vários canalhas antes de achar o seu pai – mamãe sorriu.

Eu funguei.

– Muitos mesmo?

– Definitivamente.

Suspirei.

– Estou perdida.

Minha mãe riu.

– Os caras são assim, filha. Quando a garota é bonita, vários chegam junto, nem sempre com boas intenções. Você vai ter que se esforçar para distinguir aquele que está só interessado em sua aparência e aquele que está mesmo interessado em *você*, como a *pessoa* maravilhosa que você é. Óbvio, isso não é fácil. Acho que foi melhor o seu namoro com ele ter acabado logo no início, quando vocês ainda não estavam tão envolvidos, do que se tivessem prolongado mais e você descobrisse o lado negro dele quando já estivesse absolutamente apaixonada.

– Mas eu estou absolutamente apaixonada – falei, chorosa.

– Não está não.

– Oras, e como você pode ter tanta certeza?! – exclamei, zangada. Não estaria doendo tanto se eu não estivesse!

Surfistas, Beijos e um Pé de Pato

— Eu tenho certeza porque você é jovem e ainda é muito cedo para estar absolutamente apaixonada. Isso foi uma paixonite.

— Eu *achei* que fosse, mas...

— Vai por mim, filha. Se fosse esse o caso, você estaria chorando beeeem mais.

— Mas eu já estou chorando muito!

— Tem certeza?

— E-eu... – eu parei, confusa.

Mamãe riu e me deixou no quarto.

Bom, talvez fosse esse o plano dela. Digo, me deixar confusa. Eu *gostava* do Gabriel ou estava *apaixonada* por ele? Sei lá. Eu não tinha mais certeza de nada.

Eu achava ele lindo, cooom certeza, e gostava de beijá-lo muito, cooom certeza. E quando ele estava por perto meu coração batia mais rápido e eu ficava nervosa. É, acho que eu... Não, não sei.

Aaaargh! Valeu, mãe, agora você me deu uma baita dor de cabeça.

Nesse mesmo dia, Daniela, Camila e Juliana apareceram depois da aula para ver o que tinha acontecido. Eu preferia que só a Dani tivesse vindo, mas fazer o quê... Deixei a vergonha de lado e contei às três tudo o que tinha acontecido.

No mesmo instante, elas começaram a xingar a Bruna e o Gabriel e a me consolar, dizendo basicamente as mesmas coisas que a minha mãe: que desilusões amorosas acontecem, que elas já tinham passado por isso, que o Gabriel não me conhecia, que ele não era o garoto certo para mim e que eu ainda iria achar minha alma gêmea.

No final, fiquei feliz por ter confiado nelas e pelo apoio que elas estavam me dando. Cada uma contou situações em que sofreram por garotos idiotas também, e me disseram como superaram isso.

— Lembra daquele meu vizinho? – Juliana perguntou – Fiquei com ele uma vez numa festinha do dia das crianças no condomínio, mas desencantei quando vi que o cara beijava supermal. Como não quis nada com ele, o garoto ficou espalhando coisas horrorosas de mim para todos os outros garotos do condomínio. Até as velhinhas do prédio me olhavam estranho, foi horrível. Mas depois de um tempo passou, e as pessoas voltaram a falar comigo, menos ele. Retardado.

– E lembra de quando meu primo me apresentou o amigo dele e nós ficamos na festa de família? Pois é, só que ele já tinha namorada e eu não sabia! Ela era uma das minhas colegas de vôlei do clube! Quando descobriu, ela deu um ataque e terminou com ele! Mas também sofreu muito, tadinha...

Estava começando a me aterrorizar com essas histórias e me preparando psicologicamente para desistir dos homens e virar titia, quando Dani começou a falar como o Rafael era maravilhoso e como ela estava feliz por ter um namorado assim.

– Também já sofri muito com garotos, Cel, mas, quando achamos um que realmente nos ama, vale muito a pena. Você vai encontrar alguém assim, só que esse alguém não é o Gabriel!

Depois de um tempo já começava a me sentir melhor, mas ainda sentia uma mágoa no peito.

– Já sei o que vamos fazer hoje! – exclamou Juliana de repente – Tarde das garotaaas!! Dani, cancele qualquer programa com o seu namorado! Hoje vamos ter um dia feliz de solteiras, pra mostrar pra Celine que não precisamos de homens para sermos felizes!

– Como assim "programa"? É plena quarta-feira, eu não tenho nada programado além do dever de casa!

– Maravilha! – Juliana ignorou completamente a parte do dever de casa – Então vamos entrar no Netflix e escolher um filme! E fazer muuuito brigadeiro!

Eu ri pela tentativa delas de continuar a me animar. Não estava muito no clima, mas acho que voltar a ficar chorando na cama não iria resolver nada.

– JÁ SEEEEI!!! – berrou Camila – Nada melhor que uma boa dose de Zac Efrom para fazer você esquecer aquele traste! Qual era o nome daquela comédia romântica que ele fez?

– Hairspray? – perguntou Juliana.

– Esse é um musical, Ju! – Dani riu – Mas pode ser também!

– Ué, também é romântico e engraçado! Ou você está se referindo a "17 outra vez"?

– Esse! – Camila exclamou, satisfeita.

Surfistas, Beijos e um Pé de Pato

— Não sei se estou muito pra romance... — falei.

— Ok, então algum filme de terror? "O Chamado"? Aposto que a tia Sammy vai fazer você esquecer o Gabriel! — Camila e Juliana riram.

— Acho que fico mais feliz se tentar esquecê-lo com o Zac, e não com a Samara!

Nós três rimos e fomos andando até o mercado comprar ingredientes para o brigadeiro, já que eu não tinha nada em casa. No meio do caminho mudamos de ideia e decidimos que o que precisávamos mesmo era assistir a um bom show, para eu berrar e fingir que tocava a guitarra, extravasar toda a minha raiva e dissipar toda a minha tristeza. Então mudamos o caminho e fomos andando até a casa da Camila, que era perto da minha, para pegar o DVD dela do show do *Linkin Park*. Também preferimos fazer brownie em vez de brigadeiro, e no final do dia estávamos entupidas de chocolate e roucas de tanto cantar.

Achei que tivesse esquecido o incidente da manhã até a hora do jantar, quando comemos pizza. Distraidamente, tirei a trava da latinha.

Meus olhos se encheram de lágrimas.

— O que foi, amiga? — Dani exclamou, levando um susto ao me ver com aquela cara do nada.

— Deu "G"... — falei, e comecei a chorar tudo de novo.

Quinta-feira, nada de escola, resolvi voltar ao mar, depois do que me pareceu uma eternidade. Quer dizer, antes eu via Serena e Taikun quase todos os dias, e me toquei como eu havia me esquecido deles completamente enquanto estive namorando o Gabriel.

A sensação de nadar no mar como sereia me acalmou na hora. Senti que estava em casa, e que nada me faria triste lá. O dia estava bonito, e agradeci por não precisar ir à escola. Deixaria para me preocupar com a matéria atrasada mais tarde. A Juliana sempre anota tudo o que o professor diz no caderno mesmo.

Quando cheguei no castelo, uma alegria tomou conta de mim. Eu era uma sereia. Eu era uma princesa. Eu não precisava *dele*.

Entrei pelos portões principais, e todos os guardas e funcionários do castelo me cumprimentaram enquanto eu nadava. Aquela atmosfera mágica dos desenhos de sereias e animais marinhos em ouro nas paredes me dava calma enquanto eu nadava, e até os peixinhos coloridos pareciam nadar ao meu redor para me fazer sorrir.

– Marr! – Íris exclamou – Quer dizer, Celine, o que faz aqui tão cedo?

– Olá, Majestade! – falei, com uma reverência.

A Rainha franziu as sobrancelhas.

– Está formal demais. E andou sumida. O que aconteceu?

Senti meu queixo tremer segurando o choro.

– Nada, só estive ocupada com a escola... Mas hoje não tenho aula e resolvi vir aqui mais cedo!

– Certo, mas as professoras só vão chegar no horário de sempre, às 16:00. Sua amiga Serena deve estar na escola agora, então não vai encontrá-la por aqui, mas pode ir visitá-la. Peça para seu guarda-costas levá-la até a escola de sereias. Aposto que você ainda não conhece!

– Não, ainda não! A propósito, onde está o *seu* guarda-costas? Ele não fica andando atrás de você como uma sombra?

– Marlon e Taikun estão em seus aposentos agora.

– Você quer dizer em seus quartos? Por que não diz logo "quarto"? Por que você sempre diz algo chique como "aposentos" ? Faz parecer mais importante do que realmente é.

Íris revirou os olhos.

– Definitivamente, eu não senti falta desses seus comentários sem sentido.

Eu ri e me dirigi até o meu quarto. Quando estava no corredor, me deparei com Taikun descendo as escadarias.

– Celine! O que faz aqui? – ele sorriu, de um jeito tão franco e alegre que não pude não me contagiar pelo seu sorriso.

– Eu senti falta disso – falei sem pensar.

– Como? – ele não entendeu nada.

– Do seu sorriso. Não sei por que, mas ele me acalma. Senti falta dele lá na terra firme.

Taikun pareceu ficar um tanto vermelho, e acabou tropeçando no próprio tridente, caindo em cima de mim.

– D-d-desculpe, A-alte... Quer dizer, Celine, eu... – ele se atrapalhou, se levantando e me ajudando a me levantar.

Surfistas, Beijos e um Pé de Pato

Eu ri.

– Sem problemas, eu sabia que você ia querer se vingar alguma hora.

– Se *vingar*? D-da alteza?!

– Pelo dia da cerimônia, quando caí em cima de você.

– Ah, é, haha... – Taikun parecia sem graça e inexplicavelmente com as bochechas rosadas. Ele pigarreou – Mas, er, como assim estava com saudade do meu sorriso? E o seu namorado? Não te distraiu o suficiente? Brigou com ele ou algo assim?

Arregalei os olhos.

– Ah...!

Eu não estava pronta para esse tipo de comentário. Senti meu queixo tremer mais uma vez, e dessa vez não consegui conter o choro.

Taikun pareceu horrorizado quando viu que eu estava chorando.

– Celine?! Você tá legal?! Foi alguma coisa que eu disse? Meu Deus, me desculpa, eu estava só brincando!

Eu balancei a cabeça, querendo dizer que ele estava desculpado e que eu é que estava sendo idiota por ainda chorar por aquele imbecil, mas não consegui dizer nada e só chorei. Droga, eu não queria que ninguém além da Serena me visse assim! E lá estava eu, chorando na frente de um sereiano que não sabia o que fazer.

Taikun acabou me levando até o meu quarto, onde me fez sentar na cama e se ajoelhou ao meu lado depois de apoiar o tridente na parede.

– O que foi que aconteceu... *Cel?* – Taikun lutava para não me chamar de alteza quando ficava nervoso – Foi realmente algo que eu disse? Aconteceu algo entre você e aquele garoto?

Chorando, eu fiz que sim com a cabeça.

– Entendo que esteja triste. Você parecia gostar mesmo dele.

Isso me fez chorar ainda mais.

– Não precisa me contar o que aconteceu, mas parece grave. Vocês brigaram, ou foi ele que te magoou, ou...

Eu só continuei a chorar.

Taikun mordeu os lábios, e eu não pude deixar de perceber como ele ficava lindo fazendo aquilo. Logo depois, me toquei do que estava pensando, no fato de achar outro garoto bonito sendo que eu tinha acabado de terminar horrivelmente o meu namoro com o Gabriel.

Comecei a chorar ainda mais, porque eu, de alguma forma, achava que tinha que passar por uma espécie de luto pós-término de namoro e não achar mais ninguém bonito nem pensar em outro garoto além do Gabriel. Tinha que sofrer um pouco mais, não esquecer que eu um dia estive tão apaixonada por ele. Ainda estava. Queria negar, mas ainda estava.

Taikun parou de morder os lábios e me encarou, sério e preocupado.

– Cel, é difícil ver você, que é sempre tão sorridente, desse jeito. Tem alguma coisa que eu possa fazer para você se sentir melhor?

Olhei para Taikun ali do meu lado. Guarda-costas reais se preocupavam tanto assim com suas princesas? Isso era realmente muito gentil da parte deles, e muito útil para uma princesa com uma vida complicada como a minha.

– D-desculpe, Taikun...

Ele riu meio sem vontade, balançando a cabeça.

– Mas por o que está se desculpando, afinal?

Surfistas, Beijos e um Pé de Pato

– Por aparecer do nada assim no castelo. Por ter ignorado você e a Serena todo esse tempo. Por ter te impedido de andar comigo na praia por causa daquele idiota. Parece que agora que meu namoro terminou, eu finalmente volto a ter tempo para você. É como se eu estivesse te usando... – eu não tinha parado para pensar nisso, mas era exatamente o que eu sentia agora. Fui uma idiota com o Taikun e uma péssima amiga com a Serena, mal ligando pra ela e só pensando em mim mesma, tudo por causa do Gabriel. E agora que está tudo acabado volto para chorar no colo do Taikun enquanto ele não pode fazer nada, fazendo-o só se sentir culpado. Na verdade, eu não pretendia fazer algo diferente com Serena – Deus, eu sou realmente um ser humano desprezível! – exclamei.

– Que é isso, Cel, você não é desprezível, e não está usando ninguém – ele falou – Eu só queria ajudar de alguma forma... Se aquele Gabriel te magoou, eu posso quebrar a cara dele, e...!

– Não se preocupe, Taikun, o plano de segurança de Guarda-Costa Real não me garante proteção contra corações partidos.

Ele fez uma cara magoada.

– Infelizmente não.

Olhei bem em seus olhos. Taikun era um cara legal. Desde que o vi pela primeira vez, no dia da cerimônia real, ele sempre foi gentil comigo, e engraçado, e... sei lá. Eu me sentia bem com ele, e sentia que podia confiar nele.

– Não vá rir de mim, ok?

– Nunca. A não ser quando você for engraçada.

Eu ri. Respirei fundo e contei tudo a ele. Bom, sem tantos detalhes, assim como na conversa com a minha mãe. Eu nunca tinha tido um melhor amigo desde a sexta série, e acho que eu precisava de um conselho masculino. Mas, quando terminei de falar, Taikun não disse nada. Apenas me abraçou forte enquanto eu chorava, e permanecemos assim até eu me acalmar e parar de chorar. Foi bom. Ninguém me dizendo como eu deveria reagir, como eu deveria me sentir, o que eu deveria fazer a seguir. Ele só estava lá, me apoiando, até eu me sentir melhor.

– Obrigada, Taikun. É bom saber que posso contar com você para qualquer coisa.

– É bom saber que eu posso te ajudar em qualquer coisa.

Eu ri, e me afastei. Ele estava sorrindo, e não pude deixar de sorrir também.

Carolina Cequini

– Sabe, Taikun... Além de meu guarda-costas, você é um ótimo amigo. De verdade.

Alguma coisa passou diante de seus olhos, mas eu não consegui decifrar. No instante seguinte ele tinha aberto ainda mais o sorriso e ficado tão lindo que eu realmente esqueci do Gabriel por alguns segundos.

– É bom saber disso – ele falou.

35
Fim do luto

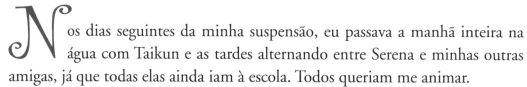

Nos dias seguintes da minha suspensão, eu passava a manhã inteira na água com Taikun e as tardes alternando entre Serena e minhas outras amigas, já que todas elas ainda iam à escola. Todos queriam me animar.

Por alguma razão, ver filminhos e seriados não me alegrava tanto. Por incrível que pareça, eu não me divertia taaanto assim vendo as temporadas de *Friends* e *Gossip Girl* que as meninas levavam lá em casa. E Serena me levava sempre para o Mercado, me apresentava as amigas sereias e os amigos tritões dela e tentava me distrair puxando papo com outros garotos.

– Você precisa esquecer esse humano! – disse ela – Nada de filminhos e potes de brigadeiro, seja lá o que isso for. A melhor maneira de esquecer um garoto é conhecendo outros!

E lá ia eu ser apresentada a outro tritão. Não me leve a mal, eles eram até legais e bonitos, mas eu ainda não estava pronta para conhecer outro garoto. Sentia que não me importava mais tanto assim com o Gabriel, mas não sentia nenhuma necessidade de conhecer outros tritões.

Talvez os únicos momentos em que eu me divertia de verdade fossem com Taikun. Ele não falava coisas como "Oh, como o Chuck Bass é *tão* sexy!" ou "Oh, olha como a cauda daquele garoto brilha! Tãããoo lindo!", preocupado em distrair minha atenção do Gabriel para um outro garoto qualquer. Com ele nada era forçado. Ele simplesmente me levava pra fazer coisas maneiras e fazia piadas sempre que podia, como antes.

Ele me levou até o Teatro, me levou à praia, onde ficamos jogando vôlei, me contou diversas aventuras emocionantes da Escola de Treinamento, me ensinou uns truques de defesa pessoal de guarda-costas – em que eu me saí muito mal, mas abafa – e foi até a loja da minha tia, me ajudando com os clientes. Nada muito especial, mas que, por alguma razão, ficava mais divertido com ele.

O melhor dia mesmo foi quando ele apareceu me esperando no mar com dois golfinhos – *golfinhos!* – como havia prometido há um tempão e me ensinou a montar neles como vemos naqueles programas de Orlando.

– Golfinhos são mesmo criaturas fantásticas, não são? – disse ele. Não pude deixar de concordar – E pensar que eles sofrem tanto com pescadores descuidados que os capturam junto com os peixes... Já tinha ouvido falar nisso, não é? Que muitos golfinhos ficam presos em redes de pesca de navios pesqueiros e morrem.

– Pior que já... – falei, com um peso no coração, enquanto fazia carinho na pele cinza-clara e macia do golfinho amistoso à minha frente – Taikun... Você conhece alguma ONG ou coisa parecida que ajude o meio ambiente? Acho que eu devia correr atrás de alguma coisa... Quer dizer, sou uma princesa do mar e nem pareço ligar para a quantidade de catástrofes que o ser humano provoca nele e em outros ecossistemas. Às vezes me sinto uma inútil.

– Não se cobre demais, Cel. Mas seria legal participar de algum trabalho voluntário ou algo do tipo. E com certeza você deve saber dessas coisas bem mais do que eu, afinal, a cidade é sua. Se não, é só dar uma procurada! Vai ser bom usar o seu tempo livre por uma causa nobre. Podia ir no próximo evento de limpeza da Baía de Guanabara, ajudando as outras sereias.

– Claro! Quero fazer alguma coisa pelo planeta! Até lá acho que vou só parar de jogar lixo na areia e...

– Você faz isso?!

– É claro que não! – eu ri da cara dele – Estava só te testando!

Eu dei a língua pra ele e Taikun retribuiu a criancice. De um jeito totalmente lindo.

– Mas acho que seria uma boa se eu tomasse banhos menos demorados... Eu sou muito lerda, você devia ver!

Taikun fez uma cara engraçada e eu me dei conta do que tinha falado.

Surfistas, Beijos e um Pé de Pato

— F-foi só força de expressão! – adicionei logo, vermelha – Acabou soando estranho!

Nós dois nos encaramos por alguns segundos, e começamos a rir.

Taikun assobiou e o golfinho que nadava ao nosso redor se adiantou até ele imediatamente. Taikun segurou as nadadeiras dele e deu tchau para mim.

— O primeiro a chegar na Pedra-Limite vence!

— Não vale! – exclamei, chamando meu golfinho também – Seu ladrão, você saiu primeiro!

Nós dois rimos quando o golfinho dele se distraiu com um peixe e eu acabei ganhando.

Finalmente, uma semana depois, voltei para a escola. Achei que já teria superado completamente o Gabriel depois de passar esse tempo todo sem vê-lo, ainda mais depois de ter extravasado minha raiva no nariz dele, mas eu estava enganada. Quando vi ele e Bruna se beijando na porta da nossa sala, não pude dizer que não senti um aperto no peito.

Mas, em vez de começar a chorar, eu apenas fiquei irritada e pensei "Realmente, eu não acredito que já gostei desse cara". E foi só. Doeu ver aquilo, mas eu não ia deixar a tristeza me dominar. Eu ia seguir em frente. Gabriel não merecia nenhuma das lágrimas que já chorei por ele.

Repeti isso como um mantra na minha cabeça, e acabou funcionando. As meninas, quando viram que eu já estava melhor, ficaram contentes. Eu disse até que não precisavam ir até lá em casa hoje para um Dia das Garotas, e elas não fizeram objeção. Na verdade, os pais da Dani e da Camila já até tinham dito que elas não pareciam mais morar na mesma casa que eles de tanto que viviam na minha.

Surpreendentemente, depois daquela minha ceninha com a Bruna e do meu soco respeitável no Gabriel, outros garotos começaram a vir falar comigo. Inclusive alguns bem gatinhos do terceiro ano. Disseram que sempre me acharam linda, mas muito tímida, e que depois do que viram naquele dia, eles ficaram interessados em me conhecer melhor.

— Eu nunca tinha visto esse seu lado animal... – falou um garoto da 3-B, também um dos mais desejados da escola.

— Então passe a usar óculos e vê se enxerga como sua cantada é ruim – respondi, e continuei a andar com as meninas.

Não dei bola pra nenhum. Principalmente esses populares demais entre as meninas, que só vinham falar comigo provavelmente já com segundas intenções. "Conhecer melhor" que nada. Aposto que queriam conhecer é a minha boca, ou o meu corpo, ou sei lá! Duvido que tenham sequer tido vontade de conversar comigo de verdade. Posso estar soando meio pessimista agora, mas não me culpo. Não me lembro de eles terem me dado nem um "bom dia" direito nos últimos anos em que estudei nessa escola.

A semana rolou normal, eu ia ao mar toda tarde, e tive que pedir a Serena que parasse de me apresentar aos amigos tritões dela. Não estava a fim de conhecer ninguém mais, só queria aproveitar o tempo com ela e com o Taikun. E então ela me encarou por alguns segundos com uma expressão estranha e só disse "tudo bem", e voltamos a nos divertir como antes, só nós três.

— Mas vem cá... – perguntei a ela uma vez em que Taikun saíra com os outros guardas (para fazer Deus-sabe-o-que que eles faziam quando estavam juntos) e nós ficamos sozinhas – Você me apresentou praticamente todos os seus amigos. Não tem nenhum de quem você goste?

Serena pensou um pouco.

— Não, acho que não... Sabe, essa cidade é minúscula, fui criada aqui desde pequena e conheço todos os adolescentes daqui. Cresci com esses meninos, eles são como irmãos pra mim – ela parou um pouco – Sei lá, talvez eu seja muito exigente. Meu sonho sempre foi ir para uma cidade grande no meio do oceano, conhecer gente nova, mas... duvido que minha mãe vá deixar eu sair de perto dela algum dia.

Eu ri.

— Não se preocupe, Serena. Você arranja um namorado quando chegar na maioridade e tiver autonomia!

Ela me bateu.

— Celine, isso é sério! Eu não quero ficar solteirona até lá! – ela riu também.

— Hunf, ser solteira não é tão ruim. Namoros são muito complicados...

Ela imediatamente mudou de assunto, e nós voltamos a conversar sobre baboseiras.

Sabe a única coisa que me intrigou a semana inteira que se seguiu? O fato de o Gabriel não se importar em ficar com a Bruna todos os dias, praticamente na minha frente. Poxa! Eu ainda me sentia culpada toda vez que me aproximava de um garoto e ele nem ligava em se agarrar com outra na minha frente!

— Provavelmente ele faz isso de propósito, pra você ver e ficar com ciúmes – disse Dani, enquanto pegávamos nosso lanche e nos dirigíamos a uma mesa da cantina vendo-os se beijar na frente de todo mundo – Provavelmente ele ainda não te esqueceu.

— Dane-se – falei – *Eu* já esqueci ele. E o que estou sentindo não é ciúmes, só raiva de mim mesma. Por ter consideração por ele, me sentindo mal perto de outros garotos, enquanto ele não tem nenhuma por mim! Quer saber? Ele vai ver só! Eu ainda vou mostrar pra ele!

— Mostrar o quê?

— Mostrar o quanto eu *não* ligo pra ele!

— Fala como se ainda ligasse.

— Dani, eu *não* ligo! É só que agora fiquei com raiva! Talvez eu tenha me tornado uma pessoa vingativa. Se ele pode se encontrar com outra garota, eu também posso me encontrar com outro!

— É claro que pode.

— Certo, mas eu só me toquei disso agora!

Aquele sentimento de luto havia me abandonado completamente, e agora viera a raiva. Antes, eu ainda queria sofrer sozinha, me lembrar dos momentos que passamos juntos e curtir uma fossa, mas agora eu queria viver a vida sem ele!

A oportunidade perfeita surgiu quando uma das garotas mais riquinhas do colégio, que estudava no primeiro ano, convidou o Ensino Médio inteiro para sua festa de 15 anos no La Martine. Sorri quando recebi o convite. Eu ia aproveitar essa festa como nunca.

Dia 9 de outubro, às 21:00 em ponto, os pais da Juliana vieram me buscar para ir à festa. Eu não fui com a Dani porque ela ia com o namorado, então eu tive que pegar carona com a Ju e a Camila.

Eu me olhei no espelho uma última vez antes de descer as escadas. Estava usando um vestido vermelho de frente única, com a saia leve e rodada como o vestido da Marilyn Monroe. A maquiagem estava impecável e sedutora, graças à maquiadora que a Ju conhecia, que me colocou uma sombra clarinha, um blush pêssego bem de leve, e um delineador preto forte que me deixava com olhos de gata e realçava o azul. O cabelo estava completamente liso e sem nenhum fio fora do lugar, caindo como uma cascata dourada em minhas costas nuas. O salto alto preto dava o toque final, e eu me sentia linda, irresistível e, o melhor, completamente livre. Toma essa, Gabriel.

Quando chegamos na festa, entregamos os presentes e entramos. A decoração estava linda, tão chique que parecia mais um casamento. Garçons passavam servindo de tudo, desde petiscos chiquérrimos – tão miúdos que você tinha que pegar uns 15 de cada para se satisfazer – e que eu não fazia ideia do que eram, até cachorros-quentes. Serviam também desde refrigerante até champanhe.

A Ju, alcoólatra nata, vive bebendo vinho e essas coisas com os pais dela, foi logo pegando uma taça de champanhe e me dando.

– Ah, não, obrigada – falei depressa – Tenho péssimas lembranças de bebidas. Hoje eu só vim para me divertir!

Ela revirou os olhos.

– O que é isso, beber faz parte da diversão! Aposto que você nunca ficou bêbada.

– Acertou em cheio. E nem pretendo ficar, pessoas agem de uma maneira ridícula quando estão alcoolizadas – me lembrei do Gabriel na festinha na casa do Rodrigo.

– Celine, essa é provavelmente a última festa de 15 anos da sua vida, e você me diz que não vai beber nadinha?

– Que exagero. É claro que não vai ser a última.

– Exagero nada. Agora as garotas só querem saber de viajar, sem se darem conta de que podem fazer isso em qualquer outro ano da vida. Temos sorte dessa garota aqui ter dinheiro pra fazer as duas coisas. Então é agora ou nunca, fofa.

Surfistas, Beijos e um Pé de Pato

— Ai, tá bom, mas vamos primeiro dar os parabéns pra garota? É falta de educação sair comendo e bebendo logo de cara antes de falar com a aniversariante!

— Por que dar parabéns se a gente nem conhece ela? Ela só nos convidou pra encher a pista de dança! E olha quem fala, eu vi você comendo aqueles petiscos...

— Só porque eles estavam muito bonitinhos! Agora vem, vamos falar com ela.

Puxei a Ju e a Camila nos acompanhou para dar parabéns para a garota. Achamos uma mesa para nós e ficamos ali sentadinhas no início. Topei em pegar uma taça de champanhe pra provar como era, e achei uma delícia! Melhor que espumante nacional.

Enfim, jurei que iria tomar só aquela tacinha, mas acho que, enquanto eu conversava distraída com as meninas, o garçom chegou a enchê-la de novo umas duas ou três vezes...

Lá pelas 22:30, a festa já estava bem mais cheia, e o DJ começou a tocar umas músicas realmente animadas na pista de dança. Eu me sentia muito alegre e mais animada do que de costume, achando graça de tudo. Puxei as meninas para a pista de dança.

— Gente, eu simplesmente ADORO a Ke$ha! – exclamei, enquanto começávamos a dançar "We R Who We R".

O DJ era bom. Ele tocava músicas ótimas, e não dava pra saber quando uma acabava e outra começava. Percebi que Gabriel e Bruna estavam na festa. Os dois me olhavam na pista, principalmente ele. *Ótimo*.

O funk começou, e eu dei um meio sorriso. Sabia que devia

Carolina Cequini

ter bebido um *pouquinho* a mais do que eu tinha combinado comigo mesma, mas isso serviu para me deixar desinibida, e, pela primeira vez, eu tive coragem de dançar junto com as meninas.

Não sei por que eu tinha tanta vergonha. Aquilo era divertido! Era só não agir de forma vulgar. E as músicas que o DJ escolhia eram funks mais antigos, daqueles que não eram tão pesados. Parecia que não existia mais ninguém na festa além de mim e das minhas amigas, e eu só sei que ria muito, mas *muito* mesmo. Finalmente pude mostrar ao mundo o que tinha aprendido nas aulas da bruxa número dois, a sereia Karin.

Lá pelas tantas chegou a hora do jantar, depois deu meia-noite e a aniversariante mudou de vestido, teve uma valsa com 15 casais e nos sentamos na nossa mesinha de novo, onde o tal garçom das taças de champagne voltou a me servir. Desta vez, eu neguei. E neguei também as outras vezes.

– Poxa, o garçom só quer servir você, Cel! Acho que ele tá te paquerando! – falou Camila.

Eu só consegui rir.

– Será?

Pra ter certeza, dei uma piscadinha pra ele, e o garçom sorriu, se aproximando logo. Mandei as meninas pararem de rir e calarem a boca.

– Pois não? – o moço perguntou, com um olhar sedutor – Aceita mais champanhe?

– Não, não – falei – Já cansei de champanhe. O que mais você tem para mim e para as minhas amigas?

Ele começou a falar uma lista de bebidas que eu, sinceramente, não conhecia. Não sei se ele estava me paquerando como a Camila dissera e por isso me servia tanto, mas com certeza ele tinha me confundido com uma garota mais velha. Percebi que outros adolescentes não estavam tendo tanta sorte com os garçons e ficavam só na base do coquetel sem álcool. E então encarei o barzinho, sorridente. Lá estava uma bebida que eu conhecia.

– Poderia trazer quatro caipirinhas para mim e para as outras meninas?

Sei que cheguei a ir para a pista de novo depois disso, mas aí eu não me lembro de mais nada...

Surfistas, Beijos e um Pé de Pato

36
Se beber, não marque um encontro

Acordei no dia seguinte me sentindo supermal. Minha boca estava seca como o Saara, minha cabeça latejava pra caraca, e eu estava com o estômago um pouco embrulhado. *Yay*, minha primeira ressaca na vida. Foi *horrível*.

A primeira coisa que pensei quando acordei foi: "Vou *matar* a Juliana!". Mas aí me toquei de que, na verdade, eu poderia não ter me deixado levar pelo papinho dela de "beber faz parte da diversão" e não estaria nem perto do caco que eu estava me sentindo agora. Ou poderia ter pelo menos seguido as dicas de propaganda de cerveja: "Beba com moderação".

A questão é que, quando parei de xingar Deus e o mundo pela minha enxaqueca, só prometi a mim mesma que nunca mais faria aquilo de novo. E então a segunda coisa que me veio à cabeça foi: "Onde eu estou?".

Sério, eu não me lembrava de nada, NADA do que tinha acontecido noite passada depois dos parabéns. Era como se uma importante parte da minha vida tivesse sido tirada de mim, e agora eu estava zonza, me perguntando o que diabos eu estava fazendo naquele lugar. Porque ali *não* era o meu quarto.

– Ah! – gritei, quando tentei me levantar e tropecei em alguma coisa. Meus saltos. Certo.

– Cel, já acordou...?

Carolina Cequini

Juro, nessa hora alguém muito perto de mim falou comigo no escuro e eu dei um berro. A pessoa deu um berro, uma luz se acendeu e eu descobri que por alguma razão eu estava no quarto da Juliana.

– JU?! – exclamei – O que eu estou fazendo na sua casa?! – perguntei, sem entender nada.

– Er... Porque combinamos desde a semana passada que você iria dormir aqui depois da festa – ela falou, enquanto se espreguiçava, e então olhou para o relógio – Caraca! Já são 12:33!

E então ela pulou da cama e abriu as cortinas, e eu pude ver da janela do quarto dela todo o clube de seu condomínio. A luz inesperada da luz do dia quase me cegou.

– Estou me sentindo um tanto retardada hoje, então será que pode me explicar como eu vim parar aqui?

– Ué, meu pai nos buscou.

– Quando?

– Lá pelas 3:00.

– Certo...

– Cel, você lembra de alguma coisa que aconteceu ontem à noite ou a bebida afetou sua memória inteira, além do seu bom senso?

– Acho que pouco depois dos parabéns minhas lembranças já começam a ficar embaçadas... Isso é muito grave? E-espera! – falei antes que ela pudesse me responder – O que quer dizer com "a bebida afetou meu bom senso"?

– Estou querendo dizer que ontem você marcou um novo encontro com o Gabriel, depois de tudo o que ele fez.

Demorei uns segundos para processar aquilo, e então surtei.

– EU O QUÊ???!!!

– Muito bem, respire fundo – Juliana dizia – Eu vou contar detalhadamente o que aconteceu na festa a partir do ponto que você não se lembra, mas antes você precisa se acalm...

– Eu me acalmar? Me *acalmar*? Você percebe a *burrada* que eu fiz? Como você não me impediu de fazer uma coisa dessas?? Ah, Senhor, eu devia estar realmente muito bêbada pra marcar um encontro com o Gabriel! Jesus, eu estava completamente fora de mim! Eu não devia ter te ouvido, Juliana! Álcool mata células neurais! E, graças a ontem, eu consegui comprovar eu mesma essa afirmação!

– Celine, calma! Respira, lembra? E não se preocupe, você não pagou nenhuma cena! Nem foi você que o convidou pra sair...

Eu interrompi a minha crise por uns segundos.

– Ah não? Tem certeza? Achei que eu tinha me arrastado pelo chão e implorado de joelhos por um encontro como uma bêbada idiota de coração partido.

Juliana revirou os olhos.

– Tão típico você pensar essas coisas malucas...

– Então como foi que esse encontro surgiu? – perguntei, sem entender nada.

– Bom, se você me deixar falar, o que aconteceu foi o seguinte: a caipirinha foi o limite. De todas nós. De acordo com a Dani, a única sã do grupo que não encheu a cara, nós três ocupamos a pista de dança durante as três horas seguintes em que permanecemos na festa. Imagine quantas calorias não queimamos! – ela falou com um sorriso.

– Foco, Ju.

– Ah, certo, claro! Bom, graças ao seu amiguinho garçom que te paquerava, você foi a que mais bebeu, e consequentemente a que mais soltou a franga ontem! – Juliana riu. Eu não movi um músculo do meu rosto.

– Isso não é engraçado. Só não pulo no seu pescoço agora porque, na verdade, a culpa é minha. Eu deveria ser mais responsável.

– Ora, por favor, está falando igual a minha avó! Ontem foi divertido! Aposto que você nunca dançou tanto quanto ontem na festa, adimita.

– Ok, admito, foi divertido sim, até a parte em que eu me lembro. Será que dá pra pular pra parte tensa agora antes que eu roa o meu próprio braço de nervosismo? Desembucha logo que meleca eu fiz enquanto não estava sóbria!

Juliana deu um tapa na minha mão para eu parar de roer as cutículas antes que elas começassem a sangrar.

– Bom, tirando o lance do Gabriel, nós não fizemos nada demais. Como eu disse, você foi a que mais se soltou ontem na pista, e vários garotos vieram falar com você ao longo da festa. Sabe como eles gostam de ver uma garota rebolando... Falando nisso, tem feito alguma aula de dança? Você tá dançando bem pra caraca e, desculpa, mas você não era assim.

Carolina Cequini

– Milagre da puberdade – menti – Meninas ficam menos desengonçadas depois de um tempo. Ou talvez seja o álcool.

– Provavelmente o álcool – Juliana concordou.

Eu me remexi, desconfortável. Ainda era estranho guardar um segredo tão grande como o fato de eu ser sereia das minhas amigas e da minha família.

– Então, mas aí você ficava repetindo algo como "estou solteira, livre e feliz!" e que só queria aproveitar a festa. Qual foi a da frase Dona-*style*? Viu *Mamma Mia* recentemente?

– CON-TI-NU-A! – me segurei para não berrar.

– Ah, tá, tá! Então aí teve uma hora em que o Gabriel se aproximou de você e vocês ficaram meio que dançando juntos. Lembro de ele berrar um pedido de desculpas através da música alta, e eu meio que consegui ouvir. Ele disse algo como sentir muito por qualquer coisa, estar realmente arrependido e, depois de ver você dançar ali tão linda e feliz, viu o que estava perdendo e que era você que ele queria. Alguma coisa assim.

– Retardado. Ele é um p*** de um retardado!

– Eita, olha o palavrão! Quanto ódio no coração, fofa! *Relax*!

– Grrrrrrr!!! Eu namorei um canalha! Por quase um mês INTEIRO! Quanto tempo desperdiçado da minha vida! Com tantos outros garotos lindos e gentis ao meu redor!

– Tipo quem? – Juliana levantou uma sobrancelha.

Por uma estranha razão, a imagem do Taikun veio rapidamente à minha cabeça. Por uma estranha razão, quando a imagem dele veio à minha cabeça, eu fiquei levemente vermelha. Levemente. Mas mesmo assim. *Muito* estranho.

– Ah, sei lá! – respondi – Qualquer outro que não fosse ele! Mas eu aceitei logo de cara? Porque eu nunca engoliria um pedido de desculpas idiota desses!

– Cara, primeiro presta atenção nesse detalhe: Bruna ouviu tudo também. Acho que ela não está acostumada a ser chutada, geralmente *ela* é o motivo pelo qual grande parte das meninas leva um pé na bunda. Então meio que, quando ela viu isso, ficou tão chocada que começou a chorar. Sério. Ela começou a *chorar*.

– A chorar?!

– A *chorar*. Tipo, não descaradamente, mas eu vi os olhos dela se encherem de água e ela fazer aquela cara esquisita de quem está segurando o choro. E então

Surfistas, Beijos e um Pé de Pato

eu vi ela correr pro banheiro, as amigas dela foram atrás e não a vi mais durante a festa. Acho que ela ligou para o pai ir buscá-la.

Essa era uma notícia boa! Finalmente!

– Mas, voltando à sua pergunta, ele teve que perguntar várias vezes se você topava sair de novo.

Ah, certo, a última notícia me fizera esquecer da minha última pergunta.

– Tipo, eu não sabia se você não tinha escutado o sermão tocante dele sobre dar valor a algo depois que se perde ou se o estava ignorando espontaneamente, mas lá pela milésima vez em que ele te perguntou se vocês poderiam sair de novo você só disse: "Tá, tá, que seja, agora me deixe dançar! Música das Stormy Girls não é pra ficar conversando! *It's raining man... ALELUIA! It's raining man... AMEM!*"

Eu ri quando ela começou a cantar a música.

– Sério, Cel, você tem feito alguma aula de canto? Sempre teve uma voz bonita, mas você estava anormalmente afinada para uma bêbada daquelas!

Nós duas rimos, até que meu estômago roncou.

– Sem querer ser chata, mas podemos tomar café logo? Estou faminta!

– Caraca, eu também... Poderia até almoçar direto agora!

– Ju... Será que eu devo ir mesmo? Nesse encontro? Chegamos a combinar um dia?

– Não, não chegaram a marcar nenhuma data, mas acho que deveria marcar o mais cedo possível! Aí você podia dar um bolo nele como vingança! E, quando ele perguntasse por você, podia dizer algo como "HELLO-OOOO!! Eu estava BÊBADA naquele dia! Não sairia de novo com você nem em um milhão de anos, seu cafajeste! Tente se aproximar de mim de novo que eu espalho pra todo mundo que você tem herpes e quase nunca escova os dentes!". Não, melhor, você pode espalhar que ele tem DST. Vai por mim, Cel, isso é muito mais eficiente do que espalhar que ele beija mal.

Eu ri.

– Você anda vendo muita novela, Ju! Não preciso de mais drama na minha vida. Se bem que cada palavra que você falou é verdade.

– *IIIIIIIIIUUUUUUUU!!* Quer dizer que ele não escova os dentes?! E tem herpes?! E...

Tapei a boca dela antes que ela dissesse mais uma besteira.

Carolina Cequini

– Não, gênia, a parte de que eu estava bêbada naquela noite e não sairia com um cafajeste como ele nem em um milhão de anos!

– Afe, não me assusta desse jeito! Mas então não resta dúvidas do que fazer, né? Siga meu conselho, amiga. E, depois que se vingar, simplesmente esqueça o cara. Encontre outro. Como você disse, existem muitos garotos lindos e fofos por aí, né?

Ela estava me zoando, com certeza. Mas não pude devolver a implicância porque a imagem do Taikun apareceu novamente em minha cabeça. E de repente me perguntei o que ele acharia se eu lhe dissesse que teria um encontro com o Gabriel.

Realmente, esse dia estava muito estranho.

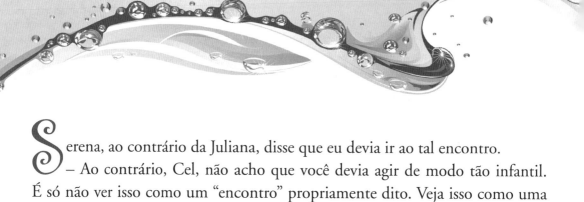

37
Sob controle

Serena, ao contrário da Juliana, disse que eu devia ir ao tal encontro.

— Ao contrário, Cel, não acho que você devia agir de modo tão infantil. É só não ver isso como um "encontro" propriamente dito. Veja isso como uma oportunidade de vocês terminarem tudo decentemente. Você não gosta dele ainda, gosta?

Taikun, que estava junto de nós no canto do meu quarto submarino, me encarou nessa hora.

— De jeito nehum! — exclamei com raiva.

— Então faça o que eu digo: se encontre com ele e termine as coisas do modo certo. Mas você é que tem que tomar a iniciativa. Você é que tem de estar no controle.

— Tenho que estar no controle... – murmurei.

Tentei me imaginar me encontrando com o Gabriel, dando um fora nele como uma pessoa civilizada e indo embora sem mais nenhum peso nas costas, dessa vez realmente livre para continuar com a minha vida. Não pode ser tão difícil fazer isso.

— Mas então você não acha que eu devo me vingar? Sabe, por tudo o que ele fez comigo?

Serena pensou um pouco.

– Olha, não sou muito chegada em vinganças, mas se isso a fizer se sentir melhor... Sei lá, o que você sugere?

– Não sei. Nunca conseguiria ser tão cruel com ele. E em pensar em tudo o que ele me disse naquele dia... – lembrei com pesar de seus comentários ofensivos no dia da festa.

Ao tocar nesse assunto, percebi que Taikun também parecia dividir o sentimento de raiva comigo. Ele encarava o chão com a expressão séria, os músculos contraídos e os punhos fechados deixando os nós nos dedos brancos enquanto segurava o tridente com força. Era curioso o modo como ele reagia ao me ouvir falar do que o Gabriel fez comigo, como se quisesse socá-lo até não poder mais, ou coisa parecida. Curioso e também um tanto bonitinho. *Não que eu devesse estar pensando em qualquer coisa dessas nesse momento*, disse a mim mesma.

– E se... – Serena começou a pensar – você... sei lá... Tivesse *primeiro* o encontro com ele, deixasse ele nutrir suas fantasias de que estava te reconquistando e, antes de ele tentar um beijo ou coisa parecida, você terminasse com ele? Quer dizer, não é grande coisa, mas acho que a frustração dele já pode ser maior com isso!

Taikun balançou a cabeça.

– Garotas são más... Mas esse cara merece. Se eu pudesse, eu mesmo faria justiça à Celine com as minhas próprias mãos.

– Taikun pode ter razão, Serena. Acho que um chute entre as pernas doeria o suficiente. Só que nesse caso eu faria justiça com os meus pés. Deveria tê-lo acertado *naquele lugar* em vez de ter dado um soco na cara!

– Celine! – Serena riu, e eu podia ver Taikun segurando o riso também, até que ele não conseguiu mais conter a gargalhada.

– Eu bem que gostaria de estar presente para *ver* isso!

Apesar de estar falando sério, eu sorri também.

– Muito bem, então está decidido! Serena, vou seguir o seu plano e ter o encontro, gostando ou não, para terminar com ele no final! Mas, se ele tentar alguma gracinha de novo, eu levo um *spray* de pimenta e parto para a *minha* parte do plano!

– Bom, pra mim soa exelente! Se não puder machucá-lo emocionalmente, parta para a violência física! – Serena exclamou, e eu sabia que tudo o que ela dizia era piada. Mas, acontecesse o que acontecesse, sabia que ela apoiaria minha decisão. Desde que eu me sentisse "justiçada".

Surfistas, Beijos e um Pé de Pato

Taikun não riu dessa vez. Era impressão minha ou ele parecia tão desanimado quanto eu com esse novo encontro com o Gabriel?

Bom, eu tinha que estar no controle. Então liguei para o Gabriel. Estava um pouco menos nervosa depois que ficamos brincando sobre esse encontro lá no castelo, mas era melhor agir logo antes que eu amarelasse.

– Olha – falei, assim que ele atendeu com uma voz surpresa e animada, provavelmente achando que eu tinha caído na dele de novo. Tolinho. *Eu* estou no controle – Minhas amigas me disseram que nós combinamos de sair na festa. Caso você não tenha percebido, eu estava completamente bêbada naquela hora, então foi por isso que eu disse sim. Mas, já que *eu* sou uma garota de palavra, decidi ligar logo pra você pra gente combinar alguma coisa e acabar logo com isso. Então o que você sugere? Estou livre essa sexta.

Ele deve ter ficado em choque por alguns segundos no telefone, porque não disse nada. Até eu estava em choque comigo mesma. Cheguei a ensaiar algumas coisas para dizer de forma fria, mas, no final, a sinceridade acabou vencendo e eu acabei dizendo tudo o que estava pensando sem hesitar, sem nem pensar nas dicas da Juliana e da Serena.

– Er... Cinema? – ele perguntou, hesitante, e depois pigarreou – Quer dizer, tem uns filmes bons passando e...

– Já vi todos os bons que lançaram – falei. Eu já imaginava o que ele pretendia fazer no cinema, e isso acabaria com meus planos.

– Er... Que tal no Applebee's? Podemos sair pra jantar e por o papo em dia... Não nos falamos há um tempo...

Jura?! Como ele é esperto! Não consigo imaginar o motivo desse gelo todo!, pensei comigo mesma, azeda.

Mas refleti um pouco. Até que não seria tão ruim.

– Pode...

– Já sei! – ele me interrompeu – E que tal um piquenique no Jardim Botânico?

Deixei o queixo cair. Eu realmente não esperava por essa.

– Jardim Botânico? – perguntei de novo, para ver se tinha entendido.

– Não quer?

– Não, não é isso, é só que... Por que você nunca sugeriu algo tão legal assim quando a gente estava saindo? – disse sem pensar – Antes era só sempre a mesma coisa.

– Ai – Gabriel falou.

– Não que fosse ruim... – parei de dizer o que estava falando. Eu era burra ou o quê?! Não conseguia controlar a própria língua?! Antes não era ruim porque eu gostava dele! Antes não era ruim porque eu não sabia que ele era um completo monstro escondido por um rostinho bonito!

Ótimo, agora pelo silêncio que ficou no telefone ele pode ter achado que rolou um clima.

– Não se preocupe, Cel! Esse vai ser o encontro mais romântico que nós vamos ter! Um beijo, gata! – e ele desligou o telefone.

Oh, céus! O que eu tinha feito? Era para *eu* estar no controle, droga!

Surfistas, Beijos e um Pé de Pato

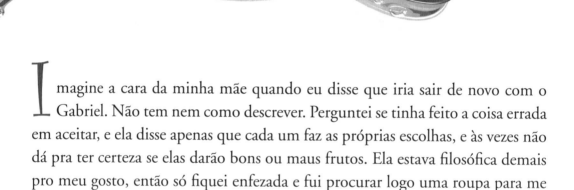

38
O temível encontro

Imagine a cara da minha mãe quando eu disse que iria sair de novo com o Gabriel. Não tem nem como descrever. Perguntei se tinha feito a coisa errada em aceitar, e ela disse apenas que cada um faz as próprias escolhas, e às vezes não dá pra ter certeza se elas darão bons ou maus frutos. Ela estava filosófica demais pro meu gosto, então só fiquei enfezada e fui procurar logo uma roupa para me vestir.

Estava meio friozinho, então fiquei em dúvida se usava um moletom e uma camiseta com meus tênis velhos, num *look* supersexy que eu chamaria de "Não estou nem aí pra você", ou se me produzia toda para ele dar uma última olhada no que estava perdendo.

Optei pela segunda opção. Vesti um jeans velho, mas que ficava superbem no corpo, e uma camiseta regata justa que parecia deixar os meus peitos maiores, com detalhes em azul que realçavam meus olhos. Peguei um casaco preto justinho, vesti meus lindos tênis Puma e guardei minhas coisas na minha mochila de zebrinha.

Apesar de o Gabriel ter afirmado que eu não precisava levar comida nenhuma para o piquenique, já que ele daria conta de tudo, resolvi fazer um lanche de pasta de atum pra mim e levar uma garrafa d'água só pra garantir.

Carolina Cequini

Minha mãe me levou até o Jardim Botânico, e eu entrei por aqueles portões de ferro só pensando "Seja o que Deus quiser".

Às 11:00 em ponto Gabriel estava me esperando em frente à casa de plantas, o que foi estranho, visto que, assim como eu, ele nunca era pontual. Ele tinha um sorriso de orelha a orelha no rosto, daqueles que antes me faziam derreter, mas agora só me mostravam uma certa malícia. O que ele estava planejando?

– Oi, Cel! – ele disse assim que me aproximei – Linda como sempre!

Modo meiguinho *on*. Não vou cair nessa de novo.

– Hum, bom saber – dei de ombros. Isso pareceu desanimá-lo um pouco, mas ele logo se recompôs e me estendeu o braço à moda antiga.

– Permita-me conduzi-la até um lugar de seu agrado, *mademoiselle*.

– Eu tô bem assim, valeu – fui andando na frente. Admito que era meio divertido fazer isso. Ser um pouquinho má, quero dizer.

Ele teve que correr para me acompanhar, mas conseguiu me ultrapassar quando diminuí o passo. Eu não sabia qual era o lugar que ele tinha planejado para o piquenique, então, querendo ou não, ele ia ter que me guiar.

– Deixa que eu carrego sua mochila – Gabriel se ofereceu.

Olhei incrédula pra ele. Ele podia ser ótimo em elogios e parecer apaixonadíssimo nos beijos, mas nunca durante o nosso namoro ele foi capaz de nenhum gesto de cavalheirismo. Nem sequer segurou a porta pra mim alguma vez. Então essa me pegou de surpresa.

– Não se preocupe, já estamos chegando. Já estamos, não?

– Isso vai depender se você me der a mochila ou não. Podemos pegar um caminho fácil ou dar mil voltas até chegar no lugar, você é que sabe – ele deu de ombros.

Suspirando, entreguei minha mochila a ele, e vi pelo canto dos olhos Gabriel dar um sorriso triunfante. Empate.

Enquanto caminhava sem o peso nas costas, pensei em como Taikun iria adorar isso aqui. O Jardim Botânico, quero dizer. Não o ato cavalheiresco do Gabriel. Afinal, por que Taikun se importaria com qualquer coisa que o Gabriel fizesse comigo?

Mas enfim, pensei em como seria legal se eu mostrasse a ele as coisas bonitas do Rio de Janeiro e da terra firme. Quer dizer, ele e Serena sempre me mostram tantas coisas lindas e maneiras do fundo do mar, mas eu nunca retribuí. Quanto à Serena, não tem mesmo jeito, porque ela não pode sair da água. Mas Taikun pode ir para a terra firme tranquilamente.

Passei pelos coqueiros imperiais, pelas árvores de mais de cem anos de idade – aquelas árvores gigantescas e grossas que mais parecem saídas de um filme. Vi as diversas fontes que existem pelo jardim, uma mais linda do que a outra, e ouvi cantos de diferentes pássaros enquanto andava. Um grupo de cinco tucanos passou voando por cima de nossas cabeças, e um beija-flor passou pertinho de mim.

Os animais não se aproximavam tanto de mim como acontecia no mar, mas eu sentia as árvores vivas mesmo assim, sabendo que escondidas em suas copas deviam estar dezenas de passarinhos. Eu não conseguia vê-los, mas sabia que os olhos mais desenvolvidos de sereiano do Taikun seriam capazes de enxergá-los. Por um momento os olhos verde-água do meu guarda-costas vagaram pela minha mente.

– Chegamos – Gabriel falou, me trazendo de volta para a realidade.

Precisei de uns segundos para me situar. Estávamos na parte oriental do Jardim Botânico. Eu podia ver o jardim de pedras do outro lado do lago, logo atrás da pontezinha vermelha e curva. Havia uma mesinha de metal armada no gramado próximo ao lago. Estava coberta por uma toalha branca de renda, com um prato de cada lado e um pequeno aquário redondo daqueles que vêm com um peixinho nas festas de criança. Mas o aquário só estava com água até a metade, tinha pétalas de rosa boiando na água e uma vela acesa no centro.

Eu olhei a cena incrédula.

– Gabriel, o que é isso?

– Um piquenique romântico, o que mais seria? Eu mesmo preparei.

Aham. E eu sou uma sereia unicórnio.

Levantei uma sobrancelha.

– Ok, foi minha prima que me ajudou, e ela que deu a ideia também – ele falou, vendo a incredulidade estampada no meu rosto – Na veradade, viemos aqui bem cedo para montar tudo, e ela ainda está pensando num jeito muito bom para eu retribuir. Espero que se sinta honrada – ele puxou uma cadeira pra mim e eu me sentei.

Carolina Cequini

– Hum, claro... Eu posso saber o motivo de tanta honra?

– Não é óbvio? Eu fiz isso porque eu te amo, claro.

– Se você diz... – falei, me acomodando melhor na cadeira. Será que ele estava sendo sincero? Será que ele descobriu que realmente me amava? Será que estava mesmo arrependido? Surpreendentemente, meu coração não se acelerou com esses pensamentos. Continuei focada no meu objetivo de dar um fora nele no final do encontro – A propósito, Gabriel, como foi que você montou esse negócio aqui? Pode? Tipo, não atrapalha as outras pessoas?

– Bom, o guarda dessa área é amigo dos meus pais. Ele me deixou ficar por algumas horas – Gabriel falou, sorrindo de um modo confiante, e depois se abaixou para pegar uma bolsa térmica que estava debaixo da mesa. De lá ele tirou ameixas, pêras, um cacho de uvas, cachorro-quente, suco de abacaxi e uma torta cheirosa de maçã. Todas as coisas que eu amava. Por último, uma barra de Toblerone.

Cara, isso é golpe baixo.

– Nosso pequeno banquete! – ele exclamou.

Eu só consegui ficar encarando aquela quantidade de comida, já com água na boca.

– E aí? Não ganho nem um obrigado?

– Bem, obrigada. Agora vamos atacar!

Eu deixei meu lanchinho de atum pra lá e mandei ver. Procurei não deixar espaço para uma conversa até que tivéssemos acabado com tudo.

– Vamos dar uma volta agora? – ele falou, já se levantando e puxando minha cadeira. Nem tive como dizer não.

Andamos até a ponte e ficamos ali, olhando as árvores se agitarem e ouvindo os pássaros. Sabe, aquele jardim é lindo. O Japão deve ser um lugar muito bonito. Eu me perguntei se o Taikun já foi pra lá, já que a Escola de Treinamento de guarda-costas fica entre o Japão e a Austrália. Bom, se não foi, ele devia conhecer isso aqui! É um pedacinho do Japão no Brasil!

– A paisagem daqui acalma, né? – Gabriel me trouxe de volta para a realidade mais uma vez.

– É... Verdade.

Realmente, aquele lugar dava uma paz. Não tanto quanto o fundo do mar, mas mesmo assim. Era gostoso. Decidi que ainda traria Taikun para cá algum

Surfistas, Beijos e um Pé de Pato

dia. Eu ia levá-lo aos pontos turísticos da cidade. Pão de Açúcar, Corcovado, Maracanã... Mas será que ele gosta de futebol?

— ... você, Cel — ouvi Gabriel dizer.

Caraca, eu tenho que parar de ficar viajando. *Terra chamando Celine, eu estou aqui com o Gabriel!*

— Hum, o quê? Desculpe, não prestei atenção.

— Eu disse que queria pedir desculpas. Por ter dito aquelas coisas no dia da festa do Rodrigo. E por ter ficado com a Bruna enquanto namorávamos. Foram só duas vezes, mas...

— Só duas vezes... — falei, sarcástica — Você não sabe o significado de "lealdade"? É algo importante em um relacionamento.

— Eu sei, me desculpe...

— Se sabe, então por que fez aquilo?

— Eu não sei, eu...

— Então é bom descobrir. Ou então nunca vai mudar.

— Olha, eu só queria pedir desculpas, tá legal? Eu realmente me arrependo. Percebo que de quem eu gosto de verdade é você, Cel.

— Uhum. E levou o quê? Quase três semanas para descobrir? Descobriu isso depois que beijou a Bruna umas trocentas vezes na minha frente?

— Você fica linda com ciúmes.

— Deixa de ser presunçoso, garoto. Não estou com ciúmes.

— E é esse seu jeito de bancar a difícil que me deixa louco.

— Bom, então volte a ficar são, porque não vai rolar de novo entre a gente.

Gabriel riu.

— Estou falando sério.

— Você sabe que ainda me quer.

— Não quero não.

— Qual é, Cel? Eu sou praticamente irresistível — ele deu um sorriso malicioso.

— E totalmente, completamente, integralmente babaca. Espero que saiba disso.

Ele riu mais, parecendo achar graça numa das coisas que eu tinha falado com a maior sin-

ceridade naquele dia, e se aproximou de mim, tentando passar os braços na minha cintura.

– O que está fazendo? – eu o afastei.

– Não tente prolongar o momento. Você quer me beijar, não quer?

Eu não neguei. Porque a primeira coisa que me veio à mente foi:

– Desde quando você fala "prolongar"?

Eu ia continuar com "Essa palavra é culta demais pra você", mas acho que ele ficou motivado quando não ouviu um "não". Então você deve saber o que aconteceu a seguir. Ele não hesitou e me beijou, é claro.

Surfistas, Beijos e um Pé de Pato

39
Essa não...

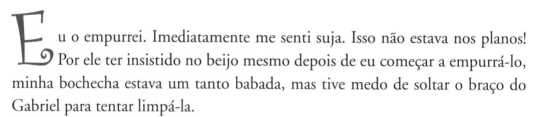

Eu o empurrei. Imediatamente me senti suja. Isso não estava nos planos! Por ele ter insistido no beijo mesmo depois de eu começar a empurrá-lo, minha bochecha estava um tanto babada, mas tive medo de soltar o braço do Gabriel para tentar limpá-la.

– Não comece a dar uma de assanhadinho pra cima de mim de novo, Gabriel! Dessa vez eu disse não e é não!

Ele riu de novo (sério, ele não percebe como fica parecendo um retardado rindo toda hora desse jeito quando não tem nada engraçado?) e se aproximou de novo, mas eu o segurei firme. Firme de verdade, usando todos os músculos que eu tinha – que não eram muitos, mas mesmo assim, era um aperto firme.

Gabriel percebeu que eu falava sério.

– Mas, Cel...

– "Mas, Cel" nada. Já que você ainda não percebeu, eu vou dizer com todas as letras: EU NÃO GOSTO MAIS DE VOCÊ. Sacou agora? Já passei dessa fase. Parti pra outra. Segui em frente. Como você preferir chamar. Não guardo rancor de você, afinal o que passou, passou, então só digo isso: vamos apenas fingir que nada aconteceu. Juntos, como namorados ou qualquer coisa do tipo, não rola mais. Entendeu?

Ele me olhou nos olhos, e eu nunca olhei tão fundo nos dele. Sustentei o olhar, até que eu vi o dele endurecer e ele parou de tentar avançar. Finalmente soltei suas mãos, mas ele só me olhava com desprezo.

– Está bem. Já saquei. Se não quer mais saber de mim, problema seu. O azar é seu! Você não vale o preço que eu paguei pra essa droga de piquenique! – ele andava meio de costas, meio de lado em direção à mesa. Eu apenas o encarava com indeferença enquanto ele dava seu ataque infantil – Você nem beija tão bem assim! E fica gorda quando está de biquíni. Nem sei como te achei gostosa. Não vai conseguir outro garoto nunca, e vai ficar sozinha pra sempre!

– Vê se cresce, Gabriel – revirei os olhos – Aceitar bem um fora faz parte do crescimento pessoal. Bom, acho que já vou indo. Até qualquer dia desses.

Enquanto ele xingava Deus e o mundo atrás de mim, com todas as pessoas do Jardim Botânico olhando pra ele fazendo aquela cena, eu fui andando calmamente até a porta enquanto ligava para a minha mãe. Caraca, isso é que é não saber perder. Sério, acho que esse foi o primeiro fora da vida dele.

Bom, mas até que essa vinda ao Jardim Botânico não foi tão ruim assim. Além de a comida estar uma delícia, eu pude comprovar de uma vez por todas que realmente não nutria mais nenhum sentimento por ele. Eu simplesmente não senti nada durante o beijo. Nadinha. O amor platônico que eu sentia por ele? Evaporou-se. Finalmente. Eu me sentia livre, sabe?

Tentei não pensar no fato de ele ter me beijado. Eca! Só de pensar que aquela língua que já compartilhou baba com quase todas as garotas do meu bairro esteve na minha boca de novo... Urgh!

Não chore, Celine. Não chore.

Agora, se eu não gostava mais do Gabriel... Então eu não gostava de ninguém? Puxa, eu já estava acostumada a ter uma motivação a mais para ir à escola, para acordar de manhã com aquele sentimento de "É hoje!", de sentir aquele friozinho gostoso na barriga quando se vê alguém de quem gosta...

Minha mãe não demorou para chegar (ou talvez eu é que não tenha sentido o tempo passar), e logo quis saber como tinha ido, se tinha dado tudo certo.

– É – falei – De certa forma, até que deu.

Surfistas, Beijos e um Pé de Pato

Acho que ela percebeu que eu não diria nada mais substancial, porque não fez mais nenhuma pergunta. Eu ainda tinha muitos pensamentos e sentimentos para por em ordem antes de responder qualquer coisa mais concreta.

Domingo, depois da missa, fui com a família inteira para a praia, como não fazia há muito tempo. Eu, meu pai, minha mãe e minha tia. Pude ver que tia Luisa não sossegou até avistar aquele cara que tínhamos visto há um tempão na barraquinha da praia. Mais precisamente, na primeira vez em que descobri que era sereia. Pelo visto, eles já tinham se encontrado mais vezes, porque ficaram conversando animadamente, e ela inclusive o apresentou para os meus pais. Eu não soube da última vez, mas seu nome era Alexandre.

Ele estava acabando de terminar a faculdade de Medicina, e ia ser cirurgião plástico, e aí ele, meu pai e minha mãe ficaram falando sobre coisas de médico. Eu odeio quando eles fazem isso, porque daí eu não entendo nada. Até minha tia, que também não tem paciência pra essas coisas, ficava rindo toda vez que o tal Alexandre abria a boca.

Fiquei meio *forever alone* ali com os dois casaizinhos, e disse aos meus pais que iria dar um mergulho. Peguei o pé de pato na bolsa extragrande da mamãe e corri para a água. Estava meio irritada por ser deixada de lado. Pô, eu tinha deixado de ir ao shopping com as meninas para poder ir na praia com eles!

No início, assim que me tranformei em sereia, fiquei só nadando sem rumo por aí. Depois notei que alguém me seguia.

– Quem quer que esteja aí, pode aparecer! – gritei, a voz tremendo um pouco.

– Hey! – Taikun apareceu, depois que se aproximou o suficiente para que eu pudesse vê-lo – Estava nadando de bobeira por aí também, é? E o seu namorado, não voltou pra ele?

– Olha você por aqui! – eu ri – Vagabundeando enquanto não está em serviço, não é?

Ele riu também, mas pareceu meio tenso quando eu não respondi logo.

– Não se preocupe – falei – Gabriel é completamente passado. Depois de ontem tenho certeza de que nunca vou voltar a gostar dele de novo. Estou bem melhor agora!

— Ah. Que bom — Taikun sorriu.

Não pude deixar de sorrir também; meu mau humor por ser ignorada pela família evaporando. Eu tinha sentido muita saudade dele esse final de semana, mais do que o normal. Por que será, hein?

— Então quer dizer que a Alteza finalmente vai se tornar uma princesa mais responsável? Levando mais a sério os compromissos reais? — Taikun brincou.

— Espero que sim.

— E vai dar menos dor de cabeça à Rainha?

— Não posso prometer nada quanto a isso — falei, e nós dois rimos.

Taikun se aproximou mais um pouco, ainda sorrindo, me fazendo sentir um friozinho gostoso na barriga.

E então a resposta me atingiu como um raio.

Ah, não.

Ah, não, não, não, não, não!

Eu não podia estar gostando do meu guarda-costas.

Surfistas, Beijos e um Pé de Pato

Fique ligado nas atividades da autora através da web:

 @carolcequini

 @carolcequini

 Surfistas, Beijos e um Pé de Pato

 Editora Atheneu

Encontre também o livro e a autora no Skoob!